Адрес официального сайта Александры Марининой в Интернете
http://www.marinina.ru

АЛЕКСАНДРА МАРИНИНА

Ангелы на льду не выживают

Том 1

ЭКСМО

МОСКВА

2014

УДК 821.161.1-312.4
ББК 84(2Рос=Рус)6-44
    М 26

Разработка серии *А. Саукова, Ф. Барбышева*

Иллюстрация на обложке *И. Хивренко*

Маринина, Александра.

М 26   Ангелы на льду не выживают : роман в 2 т. Том 1 / Александра Маринина. — Москва : Эксмо, 2014. — 352 с. — (А. Маринина. Больше чем детектив).

ISBN 978-5-699-73874-8

Прыжок. Еще прыжок. Холодная сталь коньков молнией рассекает голубой лед... Фигурное катание — красивый и изящный спорт. Миллионы людей с замиранием сердца внимают выступлениям наших фигуристов.

И вот в этот сказочный мир мрачной тенью врывается жестокое убийство. Застрелен Михаил Валентинович Болтенков — тренер высшей категории, человек-легенда, мастер, взрастивший не одного чемпиона. Тело обнаружено у дома его коллеги Валерия Ламзина. Свидетели подтверждают: тренеры встречались перед убийством, они ругались и угрожали друг другу... Дело, как говорится, «в шляпе». Но у Насти Каменской и ее друзей с Петровки — Антона Сташиса и Романа Дзюбы — свое мнение на этот счет. Им открывается правда о бесчеловечности и цинизме, пропитавших голубой лед. Лед, на котором ангелы не выживают...

УДК 821.161.1-312.4
ББК 84(2Рос=Рус)6-44

ISBN 978-5-699-73874-8

АНГЕЛЫ
НА ЛЬДУ НЕ ВЫЖИВАЮТ

ТОМ ПЕРВЫЙ

Она не могла удержаться, чтобы не посматривать на свое отражение в витринах. Белая блузка в крупный горошек сидела на ней мешком и была явно коротковата, теми же достоинствами отличалась и юбка на два размера больше, чем требуется, к тому же клетчатый рисунок недвусмысленно свидетельствовал, да что там — просто кричал о высоком художественном вкусе носящей эту одежду дамы более чем средних лет. Немытые волосы лежали выразительной паклей, украшенной чудесным фетровым беретиком невнятного цвета. Можно было строить самые разные предположения, начиная от чрезвычайно бедственного финансового положения женщины и заканчивая ее полной неадекватностью и душевной болезнью, и среди всех этих версий не найдется ни одной сколько-нибудь близкой к истинному положению дел. А это именно то, что и нужно.

Настя Каменская улыбнулась собственному отражению и еще раз констатировала: она выглядит великолепно!

Наконец-то, спустя три года после выхода в отставку, она почувствовала себя совершенно счастливой, потому что получила возможность делать то, что ей так нравилось всю жизнь, но чему отчего-то никак не находилось места в ее работе. Вернее, находилось, конечно, но так редко... Много лет назад ее отчим, сыщик с большим стажем, сказал, что такая внешность, как у Насти, встречается крайне редко и просто грех этим не пользоваться. То, что для нее как юной девушки могло бы рассматриваться в качестве огромного недостатка, оборачивалось невероятными достоинствами при любых перевоплощениях. Да, Настя Каменская всегда была невзрачной и бледной, но благодаря абсолютно правильным чертам лица и пропорциональному сложению не бросалась в глаза. Точно так же не бросается в глаза пустой лист бумаги стандартного формата с идеально ровными краями, его можно просто не заметить, в то время как неровно оторванный клочок, исписанный закорючками, непременно окажется в центре внимания.

Уже три года Анастасия Каменская работает в частном детективном агентстве своего старого друга Владика Стасова и по крайней мере год из этих трех «подрабатывает», помогая старым знакомым, оставшимся на оперативной работе. Впрочем, «подработка» — слово неправильное, денег она за это не получает, работает из любви к искусству, а точнее — для собственного удовольствия. Конечно, если начальство этих самых знакомых узнает — головы им не сносить, но ведь не узнает же...

Сегодня ей нужно было познакомиться, разговориться и выудить кое-какие сведения из мужчины, который никуда не ходил без своей жутко подозрительной и сварливой жены. Узнав, что сегодня супруги планируют посетить районную поликлинику, Настя решила, что лучшей возможности ей не представится. Очереди там длинные, и знакомятся люди весьма охотно, делясь впечатлениями о самом враче, в кабинет которого стремятся попасть, о его медсестре, о других врачах и работниках регистратуры, жалуясь на дороговизну лекарств, рассказывая о своих болезнях и давая всевозможные советы, а также адреса «чудесных женщин, которые снимают все за один сеанс и недорого».

Задачу свою Настя решила на удивление быстро и вышла из поликлиники вполне удовлетворенная. Вид немолодой недотепы вызывал доверие и жалость, посему никаких подозрений в адрес пенсионерки в дурацком беретике не возникло.

Единственным неудобством оказалась обувь: разношенных туфель подходящего размера у Насти не нашлось, были лишь кроссовки, и пришлось надеть то, что оказалось под рукой. А под рукой была только обувь, принадлежащая Дашеньке, жене Настиного брата Александра, и была эта обувь маловата. Но ничего, можно и потерпеть. Тем паче в неудобной обуви походка обычно делается корявой и неровной, что вполне соответствовало и блузке в горошек в сочетании с клетчатой юбкой, и плохим волосам (чтобы скрыть стильную стрижку, пришлось не мыть голову несколько дней и для пущего эффекта слегка смазать маслом), и удивительному, неизвестно с каких времен сохранившемуся беретику. Как хорошо, что Дашка любит возиться с растениями на своем участке! И как хорошо, что вся одежда и обувь, которую она использует для работы в саду, аккуратно разложена и развешана в хозяйственной пристройке! Вот и беретик там нашелся, и башмачки стоптанные...

Но идти с каждым шагом становилось все труднее, стопы начали болеть, и дама в беретике вполне отчетливо захромала. Машину-то пришлось поставить далеко, чтобы подойти к зданию поликлиники, не вызывая ни у кого ненужных мыслей.

Настя ловила на себе насмешливые и сочувственные взгляды встречных прохожих и мысленно улыбалась. Подойдя к машине, вытащила из старой потрепанной сумки ключи, нажала на кнопку, отключая сигнализацию, и буквально наткнулась глазами на молодого симпатичного парня, который сначала с любопытством, а потом с ужасом смотрел на нее. Ну да, конечно, откуда у такой странноватенькой и явно бедноватенькой тетеньки может быть серебристый «Пежо»... Парень, судя по всему, решил, что у него галлюцинации, и потряс головой. Настя скользнула на водительское сиденье, захлопнула дверцу и тут же опустила стекло: день был жарким с самого утра, а теперь, во второй половине дня, воздух стал неподвижным, густым и душным, как перед грозой. Когда она ставила здесь машину больше трех часов назад, место было в тени, но, пока она добросовестно сидела в очереди к участковому терапевту, тень уползла далеко в сторону и автомобиль успел основательно прогреться.

А парень все стоял и пялился на нее, не веря своим глазам. Такая замухрышистая тетка — и за рулем! Настроение у Насти было отличным, поэтому она решила, что не грех добавить позитивчика и этому симпатяге-пареньку. Открыла свою ужасную кошелку, достала очечник, из которого извлекла очки в модной оправе, потом вытащила сигарету и щелкнула дорогой зажигалкой. Парень покачнулся, его повело. Настя весело подмигнула ему и завела двигатель. «Пусть малыш порадуется, — насмешливо подумала она, — будет что приятелям рассказать. Рано они нас в старухи записывают».

Ехать предстояло далеко: уже три недели Настя и ее муж жили в загородном доме ее брата. Александр с Дашей повезли младшего ребенка в Швейцарию, нужна была сложная операция и последующая длительная реабилитация, но оставлять старшего сына, восемнадцатилетнего Саню, без присмотра не рискнули. Александр Каменский трезво оценивал своего, в общем-то хорошего и очень неглупого, но непослушного сына. Саня учился в институте, но это так, для проформы. Вся его жизнь заключалась в компьютере, а смысл этой жизни — в хакерстве. И достиг Саня Каменский на упомянутой стезе огромных успехов. Вместе со своим близким товарищем Петей, еще более крутым хакером, они просиживали за компьютерами сутки напролет и выделывали поистине невероятные вещи. Петя был на два-три года старше Сани, ни в каком институте не учился, в армии не служил по состоянию здоровья, работал по договорам, и свободного времени у него было предостаточно. Александр Каменский Петю недолюбливал, и когда

Настя впервые увидела лучшего друга своего племянника, то чувства брата вполне разделила. Петя был огромен, толст, неопрятен и не очень хорошо воспитан, забывал здороваться, а слова «спасибо», казалось, вообще не знал.

Настин брат боялся двух вещей: что сынок завалит сессию, его отчислят из института и призовут в армию и что сынок вместе с другом Петей (он же Питер, он же Педро, Петруччо, Пьер и Петер) «ломанет» либо банк самого Каменского, либо какой-то другой, то есть совершит преступление и сядет. Поэтому он и попросил сестру временно переехать в дом Каменских, чтобы хоть как-то приглядывать за Санькой. Собственно, Настя как таковая была и не особо нужна, функции «пригляда» должен был осуществлять ее муж, который в компьютерных программах понимал на три порядка больше, чем сама Настя, и мог реально проконтролировать, чем парень занимается. На Настину же долю доставалось только приготовление диетического питания для парня, который к своим восемнадцати годам благодаря длительному потреблению кока-колы, гамбургеров и прочей удобной для поглощения без отрыва от компьютера пищи приобрел огромный букет всевозможных проблем, начиная от прыщей по всему телу и заканчивая язвой и панкреатитом. Сварить кашу, протертый суп, сделать пюре и проконтролировать своевременный прием лекарств — вот и вся Настина задача. Остальное — на Чистякове, который может по нескольку дней подряд работать дома и руководить своей лабораторией дистанционно, переложив все текущие вопросы на заместителя.

Когда Настя парковала машину в гараже дома Каменского, было почти девять вечера, дорога заняла много времени, да еще пришлось останавливаться у супермаркета, чтобы купить продукты. Они с Чистяковым сразу отказались от услуг помощников и помощниц и попросили, чтобы никого не было. Им никто не нужен, они сами могут купить продукты и приготовить еду себе и Саньке, а женщина, которая делает уборку, пусть приходит не чаще одного раза в неделю. Саша с Дашей ведут светский образ жизни, у них постоянно собираются гости, потому и повар нужен постоянно, и горничная. А Настю и Чистякова все это будет стеснять. Правда, Дашка, знающая Настю много лет, высказала вполне обоснованные сомнения в способности родственницы сварить самую простую кашу. И была, безусловно, права. Каши варить Настя Каменская не умела. Равно как не умела варить протертые супы и делать другие диетические блюда.

Ну и что? Можно же научиться, в конце концов. Даже интересно попробовать, можно ли вообще чему-то научиться в пятьдесят два года или уже, как говорится, поздняк метаться? За несколько дней до переезда в загородный дом Настя открыла первое попавшееся руководство и попробовала сварить манную кашу. Получилось, надо признать, не просто плохо, а совсем плохо. Много времени ушло на отдирание пригоревших комков от дна и стен кастрюли, затем последовала вторая попытка, за ней — третья... После шестой попытки манная каша получилась идеальной. Удовлетворенно вздохнув, Настя вспомнила слова из фильма «Служебный роман» о том, что при известной доле упорства можно и зайца научить курить, и приступила к освоению следующего блюда. К моменту переезда она чувствовала себя вполне уверенно в качестве повара, специализирующегося на диетическом питании. Правда, приготовление блюд для здоровых людей все равно оставалось ее слабым местом, но это уже никакого значения не имело. Ее задача — накормить племянника. А ее саму, как обычно, прокормит любимый муж.

Все окна на первом этаже были темными, Чистяков уехал с утра на ученый совет и предупредил, что вернется поздно: после защиты диссертации будет банкет. На втором светилось окно Санькиной комнаты. Каждый раз, думая о племяннике, Настя задавала себе один и тот же вопрос: понимает ли ее брат, как ему повезло? Да, Александр боится, что сын вылетит из института или что-то натворит. Но парень по крайней мере сидит дома. И можно быть совершенно уверенным, что он жив и с ним ничего не случилось. За время работы в уголовном розыске Настя видела много семей, которые отдали бы все, что у них есть, чтобы их ребенок проводил время дома, а не болтался невесть где и не занимался неизвестно чем. А Александр не ценит своего счастья, все придумывает какие-то страшные опасности, которые на самом деле не являются страшными. Кто знает, что лучше: сын, отбывающий срок за хищение, или сын, к которому можно приходить только на кладбище?

Настя Каменская ответ знала точно. А вот ее брат, похоже, о таком ответе даже не догадывался.

Она включила свет в прихожей, надела тапочки и отнесла сумки на кухню. Заглянула в холодильник, потом в раковину — так и есть, Саня поленился разогреть то, что она приготовила, и ел холодную кашу прямо из кастрюли, а овощную запеканку хватал руками. Сиротливо валяющаяся на дне раковины столовая ложка, испачканная кашей, вкупе с остатками запеканки, места для других версий не оставляла.

Настя поднялась в комнату племянника, выдала ему все положенные лекарства вместе со стаканом воды. Таблетки и порошки Саня безропотно выпил, даже не повернувшись к тетке и ни на секунду не оторвав взгляд от экрана компьютера.

— Чем занимаешься? — дежурно спросила Настя.

— К контрабанде готовлюсь, — так же дежурно ответил Санек.

Контрабандой на молодежном сленге именовалась контрольная работа.

— А погулять? — предложила она.

Это превратилось в своеобразную игру: каждый вечер Настя предлагала ему выйти на прогулку и каждый вечер получала объяснение, почему это сделать невозможно. Объяснения были каждый день разными, и ей было страшно интересно, когда же у Сани иссякнет фантазия и он начнет откровенно грубить.

Кажется, этот день настал именно сегодня.

— А пойти в баню тазики пинать? — выступил он со встречным предложением, суть которого, все на том же сленге, сводилась к предложению отстать и оставить в покое.

— Легко! — тут же согласилась Настя и вернулась вниз.

Устроившись в мягком кресле у широкого окна гостиной, она достала старую записную книжку и взяла в руки мобильник. Есть спокойный свободный вечер, чтобы сделать обязательные телефонные звонки. За двадцать пять лет службы в уголовном розыске у Анастасии Каменской появилось огромное количество знакомых в самых разных профессиональных сферах и социальных слоях, и она взяла за правило не реже раза в полтора-два месяца звонить каждому, узнавать, как дела, поздравлять с праздниками... Одним словом, поддерживать отношения. Мало ли, как может повернуться работа сыщика, пусть и частного. Никогда не знаешь заранее, к кому и по какому вопросу придется обратиться в поисках нужной информации или за помощью.

Дышать становилось с каждой минутой все труднее, воздух, казалось, облеплял лицо влажной маской, и наконец сверкнула молния, а через несколько секунд в небе громыхнуло, и начался сильнейший ливень.

* * *

Собака яростно отряхивалась перед тем, как кинолог дал ей команду запрыгивать в машину, но все равно с густой шерсти на пол моментально натекла внушительная лужа. Следователь Баглаев с тоскливой завистью посмотрел на микроавтобус, в котором приехала дежурная следственно-оперативная группа и где теперь с комфортом будут посиживать кинолог с псом, и удрученно покачал головой: осматривать место происшествия под проливным дождем — занятие не только малоприятное, но, что еще хуже, практически неэффективное. Да еще в такую темень... Конечно, прожекторы выставили, но все равно это далеко не то же самое, что при ярком дневном свете. И что служебно-розыскная собака, даже самая лучшая, сможет найти толкового в сплошной воде? Но инструкция есть инструкция: на труп положено выезжать с кинологом.

Эксперт-криминалист, матерясь сквозь зубы, прочесывал магнитными граблями место обнаружения трупа, постепенно расширяя радиус поиска. Потоки воды могли снести гильзу бог знает куда. Если гильза вообще есть.

Полицейский-водитель и местный участковый стояли рядом, держа зонты над судебно-медицинским экспертом, осматривающим труп мужчины с огнестрельным ранением в спину, и над Баглаевым, который записывал под диктовку эксперта осмотр трупа и настороженно прислушивался к нарастающей боли в коренном зубе справа. Болело уже третий день, похоже, нерв начал обнажаться, и Тимур Ахмедович записался к стоматологу как раз на завтра, зная, что после суточного дежурства ему полагается выходной. Судебный медик извлек из кармана куртки паспорт, права, документы на машину, еще какой-то документ в твердых корочках, похожий на удостоверение, и ключи от машины.

— Держи, — он протянул документы следователю. — И напомни мне, когда закончим, я там тебе пару фразочек припас.

Баглаев благодарно улыбнулся. Многие коллеги знали о его хобби: Тимур Ахмедович, страстный поборник чистоты и правильности речи, коллекционировал «перлы» из письменных документов. Например, одним из последних его приобретений была фраза, взятая из протокола осмотра места происшествия: «Со столба и проволоки изъяты кусочки белой нитки красного цвета». А уж от судебно-медицинских экспертов порой поступали поистине бесценные подарки.

Судя по фотографии в паспорте и на правах, документы принадлежали убитому. Михаил Валентинович Болтенков, 1961 года рождения, прописан в Москве, зарегистрирован брак с гражданкой... выдан загранпаспорт...

Следователь быстро переписал в блокнот данные из паспорта и протянул все документы оперативнику.

— Федя, проверь.

Тот пролистал странички паспорта, бросил взгляд на права, открыл третий документ и удивленно присвистнул.

— О, Тимур Ахмедыч, а терпила у нас, оказывается, тренер высшей категории.

— Какой еще тренер? — буркнул Баглаев, продолжая записывать под диктовку.

— По фигурному катанию. Вот удостоверение тренера.

Ну, тренер так тренер... Какая разница? По мнению Тимура Ахмедовича Баглаева, в этой жизни существуют только два вида настоящего спорта — футбол и бокс. Все остальное — фантики. Тем более фигурное катание.

— Работай давай, — недовольно бросил он Федору Ульянцеву.

— Так а чего? Тут же адрес по прописке есть, ехать надо.

— Пробей сначала.

— Да зачем, Тимур Ахмедыч? Тут же все написано, в паспорте-то.

— По всем учетам пробей, я сказал!

Баглаев сердито зыркнул на Федю. Ох уж этот Ульянцев! Все бы ему побыстрее, с наскока, нахрапом! Чего там думать? Трясти надо! И откуда у этого опера такая самонадеянность? Ну да, конечно, был случай, когда Федор проявил просто невероятную способность к принятию решения, опираясь только на интуицию. Баглаев хорошо помнил тот эпизод, он был следователем по делу. Никто не верил в то, что Федя угадал... Разговоров тогда много было, Федей восхищались, но... Это ведь произошло только однажды. Больше ничего подобного ни разу не повторилось. А парень свято уверовал в свою интуицию и в то, что может без всяких дополнительных проверок определять на глазок достоверность любой информации. Доведет его до беды когда-нибудь эта самоуверенность, ох, доведет... Сам Баглаев — человек, как говорится, другой конструкции, любит, чтобы все было по порядочку, аккуратненько, последовательно, как положено. Вот что сейчас происходит? Есть труп, есть документ, в документе есть адрес по прописке. Да, если верить фотографиям в паспорте и на водительском удостоверении, убитый действительно является неким Михаилом Болтенковым. И нужно ехать к нему домой и задавать вопросы членам семьи: куда поехал? Зачем поехал? Когда поехал? Все правильно. Но где гарантия, что члены семьи проживают именно по тому адресу, который указан в штампе о прописке? Сегодня жизнь такая: прописан в одном месте, а проживает совсем-совсем в другом, это норма. Прибежит Федя в адрес, начнет звонить в дверь, людей с постели поднимет — время-то уже за полночь, а они ни сном ни духом, квартиранты какие-нибудь. Или вообще квартира стоит пустая и никакой Болтенков в ней не живет, и дверь Феде никто не откроет. Только время упустит пустой поездкой. Элементарно ведь! А Федор уверен, что надо немедленно ехать, ничего не проверяя. Интуиция у него, видите ли...

Баглаев быстро записывал в блокнот то, что говорил эксперт. Писать начисто протокол под таким ливнем — занятие глупое. Потом сядет в машину и спокойно все напишет, как положено. Краем глаза он заметил, что Ульянцев сел в микроавтобус, а не в свою машину. Значит, указание следователя выполняет. Молодец.

— Тимур Ахмедыч, — раздался через некоторое время взбудораженный голос оперативника, — я пробил по учетам, наш терпила проживает по месту прописки, вместе с ним проживают жена и малолетний сын. Сам он родом из Череповца, в Москве с семьдесят третьего года. Жена — врач МЧС. Так я поеду уже, а?

Федор от нетерпения переминался с ноги на ногу и машинально поглаживал недавно обритую голову.

— Поезжай, — кивнул Баглаев.

Федор уехал. Следователь обернулся к участковому.

— Попроси кого-нибудь из понятых вместо тебя зонт подержать, а сам начинай вместе с остальными ребятами машины проверять, вдруг там кто-то сидит, парочки, к примеру, или, может, ждут кого-нибудь.

— Понял, — откликнулся участковый без особого энтузиазма.

Ну оно и понятно, держать зонт — это ведь и самому под ним стоять, а не бегать под дождем.

На успех Тимур Ахмедович особо не рассчитывал, но по привычке делал все, как надо, от и до. Ночью да в ливень найти очевидцев того, что происходит на улице, дело безнадежное, все сидят по домам, а большинство уже и спит давным-давно. Так что люди, которые могли бы находиться в припаркованных неподалеку машинах, это единственный шанс. Хотя, впрочем, есть еще варианты...

Он снова окликнул участкового, который не успел еще далеко уйти.

— А кто у тебя в подвалах? Бомжи, гастарбайтеры?

— Нет, у меня в подвалах порядок. Проверяю регулярно.

Жаль... Обитающая в подвалах публика живет не по общепринятому графику, и вот они-то как раз вполне могли и под дождем, и в глухую полночь выходить или возвращаться.

— Но ты все равно проверь на всякий случай, — велел Баглаев. — А вдруг кто-то там сегодня шуршит?

— Сделаем.

— И номера квартир, в которых окна горят, тоже продиктуй.

А что? Время, конечно, плохое, но если свет горит в окне, значит, люди не спят, так почему не попробовать поговорить? Может, они знают убитого? Или видели что-то? Или хотя бы слышали?..

— Есть, Ахмедыч! — раздался возглас криминалиста. — Девятимиллиметровая, стандартная.

Ну вот, хоть гильзу нашли, уже что-то. Теперь надо искать оружие. Машину потерпевшего тоже надо искать, потому что если ключи в кармане, то он, скорее всего, на ней и приехал. Ладно, в такую темень все равно искать бесполезно, ну разве что машину найти можно, а уж оружием, если убийца его сбросил где-то поблизости, придется заниматься утром. И поквартирный обход тоже с утра начать, пораньше, пока люди на работу не ушли.

Тимур Ахмедович с сожалением подумал о том, что как раз на минувшей неделе закончил следствие по двум делам и передал материалы в суд. Так что убийство этого Болтенкова руководство поручит именно ему, скажет, что в целях равномерного распределения нагрузки... и так далее... А коль так, то не видать ему завтра законного выходного, полагающегося после суточного дежурства. Надо будет что-то придумывать с зубом, дальше тянуть нельзя. Ладно, выкрутится как-нибудь.

Он сел в микроавтобус, собираясь начать составлять начисто протокол осмотра места происшествия, полез в карман за ручкой, пальцы нащупали сложенный вчетверо листок — тот самый, что дал ему судмедэксперт. На улице под дождем Баглаев сразу спрятал листок в карман, не читая. Вот теперь для поднятия настроения можно и посмотреть, чем порадовал его эксперт. «В своем объяснении на имя начальника полиции Саидов указал, что при похищении его дочери он сам и его жена были убиты, но заключением судмедэкспертизы это не подтвердилось». «При этом в морг направляется труп неизвестного гражданина, при опросе которого выяснено, что фамилия его Жаров и он был обнаружен в кабине автомобиля в сидячем положении». «В судмедэкспертизу направляется труп Полынина для установления факта смерти. При наружном осмотре факт смерти не установлен».

Несмотря на усталость, дискомфорт от мокрой одежды и печальной перспективы остаться без выходного и без медицинской помощи, Тимур Ахмедович сначала негромко фыркнул, потом не выдержал и расхохотался.

* * *

Вера Болтенкова смотрела на невзрачного крепкого бритоголового паренька и не могла поверить в то, что он говорит. Мишу нашли застреленным... Как же так? Почему? Ведь ничего не произошло такого уж серьезного, он поехал просто поговорить, извиниться, помириться... Нет, этого не может быть, это наверняка какая-то ошибка!

— А вы уверены, что это Миша? — звенящим от напряжения голосом спросила она.

Дверь в комнату приоткрылась, на пороге возник заспанный мальчик в пижамке с ежиками.

— Мама, что случилось? — непроснувшимся голосом спросил он. Потом заметил чужого человека, и сонное выражение глаз сменилось испуганным. — А вы кто? А папа где?

Вера постаралась взять себя в руки, чтобы не напугать сына еще больше.

— Папа уехал по делам, он задерживается, иди, мой хороший, ложись.

— А вы кто? — упрямо повторил ребенок, не сводя настороженных глаз с оперативника по имени Федор.

— Сыночек, дядя приехал к папе, он его подождет. Иди ложись.

Мальчик потоптался еще несколько секунд на пороге и ушел в свою комнату.

— Пожалуйста, давайте потише, — попросила Вера.

Оперативник, казалось, не испытывал к ней ни малейшего сочувствия. Он равнодушно пожал плечами и заметил:

— Да вы сами первая кричать начали. Итак, куда, когда и с какой целью уехал ваш муж?

С какой целью...

Михаил вернулся после тренировки расстроенный и возбужденный. Оказалось, к нему пришел какой-то тренер по фамилии Ламзин и устроил скандал. Вера вышла замуж за Михаила Болтенкова десять лет назад и о спортивном прошлом своего мужа знала мало, а вернее — не знала почти ничего, кроме основных фактов: был спортсменом, потом стал тренером. Конечно, она была знакома с нынешними учениками мужа, они постоянно приходили к ним домой, но в целом Вера была как-то не очень в курсе, что происходит в работе Михаила и в фигурном катании в целом. Фамилию «Ламзин» она слышала в общих разговорах, но лично с этим человеком знакома не была.

— Из-за чего скандал? — спросила она.

Но Михаил говорил бурно и невнятно, так, словно она должна отлично знать, в чем суть.

— Конечно, я виноват, глупо это отрицать, но я виноват в том, что случилось тогда, а не сейчас. Как Валерка этого не понимает? Ворвался в тренерскую и стал орать, что зря он тогда меня не убил, хоть не напрасно отсидел бы.

Муж взволнованно говорил что-то еще, приводил непонятные Вере аргументы, как будто оправдываясь не то перед ней, не то перед неведомым ей Ламзиным. И она посоветовала Михаилу поступить так, как поступила бы сама: объясниться и снять конфликт. Ну и извиниться, разумеется.

— Ты права! — Михаил забегал по комнате, отыскивая футболку и носки, которые успел снять. — Ты совершенно права! Я поеду и поговорю с Валеркой, он должен меня понять. Это все какое-то недоразумение! Что было — то было, уж сколько лет прошло, нельзя сейчас из-за этого... То, что случилось тогда, было детским, глупым, несерьезным, а то, что случилось сейчас, это взрослая история, и не следует смешивать одно с другим! Черт! Черт!

Вера рассказывала и с трудом верила в то, что все это происходило всего несколько часов назад.

— В котором часу ваш муж пришел домой? — деловито спросил оперативник.

— Около семи вечера. У него сегодня только одна тренировка, с двух до четырех.

— Сегодня? А обычно их сколько?

— Обычно бывает по две, а то и по три. Но сейчас более спокойный период у спортсменов, соревновательный сезон закончился, поэтому у Мишиной группы четыре раза в неделю по две тренировки в день и два раза по одной. В воскресенье выходной.

— Понятно. И он утверждал, что некий Ламзин угрожал его убить?

Вере было тошно и страшно. Этот парень говорил явно что-то не то, но у нее не было сил поправлять его и объяснять, что Ламзин не угрожал, а сожалел о том, что не убил Мишу раньше... Да какая разница, в конце концов! Миши больше нет, вот что важно. Все прочее значения не имеет.

Она молча кивнула, не сводя глаз с фотографии в рамке, стоящей на книжной полке: они втроем с Мишей и сыном, смеющиеся, счастливые. Как же так? Ну не может же быть!

— Вы знаете, где живет Ламзин?

Она так же молча отрицательно покачала головой. Вера так мало знала о подробностях внутриспортивной жизни! И лично знакома была только с теми тренерами, с которыми дружил и постоянно общался Михаил. Но даже их адресов и телефонов она не знала.

Оперативник поднялся и вышел в коридор, на ходу доставая из кармана мобильник. Она слышала его приглушенный голос, но слова разобрать не могла, да и не пыталась. Не было в этот момент ничего важнее мысли: Миши больше нет.

Она даже не нашла в себе сил удивиться или насторожиться, когда полицейский заглянул в комнату и попросил закрыть за ним дверь. Лицо его сияло.

— Завтра с вами захочет побеседовать следователь, — предупредил на прощание Федор. — И еще: вам придется приехать в морг на опознание.

Вера снова молча кивнула, тщательно заперла дверь квартиры и на цыпочках прошла в комнату к сыну. Мальчик не спал.

— Почему ты не засыпаешь? Надо спать, уже очень поздно.

— Дверь хлопнула, я слышал. Это папа пришел?

— Нет, сыночек, этот дядя ушел.

— Он не стал дожидаться папу?

— Нет, уже очень поздно, даже взрослым дядям пора спать.

Она долго сидела возле сына, пока не убедилась, что тот крепко спит, потом прошла на кухню, трясущимися руками приготовила горячий чай и обхватила большую чашку ладонями, чтобы унять озноб. Надо как-то дожить до утра... Утром она позвонит Игорю Шнитову. Они не очень близко знакомы, но Игорь Эдуардович всегда поддерживал Михаила и помогал ему. Где-то у нее лежала визитка Шнитова с номерами телефонов.

Зачем звонить члену Исполкома Федерации фигурного катания на коньках России, она не могла бы объяснить толком, но ничего другого ей в голову не пришло.

* * *

Оперативник Федор Ульянцев чувствовал себя на коне. Неслыханная удача, раскрытие преступления по горячим следам, и не просто по горячим, в течение 24 часов, а просто-таки по кипящим, в течение первых же двух часов. Звонок в соответствующую службу — и у него есть адрес того самого Ламзина Валерия Петровича, 1963 года рождения, тренера по фигурному катанию. И адрес этот в точности совпадает с тем местом, где два часа назад обнаружен труп Михаила Валентиновича Болтенкова. Ну разве что квартира... А так — и улица, и дом. Разумеется, Федор тут же позвонил следователю Баглаеву, а уж Ахмедыч своего не упустит, вопьется в этого Ламзина как клещ, хватка у него знатная. Впрочем, вряд ли Тимуру Ахмедовичу удастся впиться в самого тренера-убийцу, преступник наверняка уже свалил подальше и теперь будет скрываться, но с ним вместе проживают жена и взрослая дочь, и уж с них-то Баглаев не слезет, пока не выбьет все нужные показания, а также место, где скрывается их муж и отец.

* * *

— Голоса, говоришь, слышали? — задумчиво переспросил Баглаев участкового, отключая мобильник, по которому только что поговорил с Федей Ульянцевым. — Мужские?

— Ну да, сначала скандалили, кричали друг на друга, потом в сто вторую дверь хлопнула два раза с интервалом примерно в минуту.

В квартире номер 102 в доме, расположенном в ста пятидесяти метрах от места обнаружения трупа, проживал Валерий Петрович Ламзин, тот самый, к которому убитый, по утверждению жены, поехал поговорить и объясниться. Ага, поговорил. И объяснился. Результат, как видим, налицо.

Ну что ж, если сложить вместе то, что узнал Ульянцев, и то, что удалось выяснить участковому, то картина получается понятной и логичной. Ламзин сегодня угрожал Болтенкову убийством, Болтенков вечером поехал к Ламзину, чтобы помириться и снять конфликт. Помириться не удалось, мужчины кричали друг на друга, после чего Болтенков ушел из квартиры Ламзина, а следом за ним, буквально через минуту, выскочил сам Ламзин, прихватив с собой пистолет. Догнал Болтенкова в ста пятидесяти метрах от дома и застрелил.

А может, не так уж и плохо, что это убийство случилось именно в дежурство Баглаева? Быстрое и легкое раскрытие, куча свидетелей... Правда, Ламзина этого еще найти надо, ведь крайне маловероятно, что он застрелил своего недруга и вернулся домой спать, а пистолет аккуратно положил в тумбочку. Нет, конечно же, все будет не так просто, но это уже задача розыска, а не следствия. Ламзин наверняка подался в бега, но в том, что он убийца, сомнений никаких нет.

— Окна сто второй покажи мне, — попросил он участкового.

В больном зубе возникла острая дергающая боль, и Тимур Ахмедович непроизвольно поморщился и дотронулся пальцами до правой щеки.

Нет, тянуть нельзя, надо постараться завтра непременно вырваться к стоматологу.

— Вон они, пятый этаж, третье и четвертое налево от водосточной трубы.

В окнах был свет. Вот и ладушки, будить никого не придется.

* * *

Прийти в офис к закупщику без предварительной договоренности о встрече — дело нереальное. И Химин это отлично понимал, потому и воспользовался добрыми отношениями с байером отдела молочных продуктов, который подтвердил, что представители «Файтера» идут на встречу именно к нему. Хотя на самом деле Химину, ведущему менеджеру отдела по работе с ВИП-клиентами компании «Файтер-трейд», позарез нужно было встретиться с начальником отдела закупки сети «Оксиджен» по непродовольственной группе товаров. Груз, который «Файтер» должен был получить еще полтора месяца назад, прочно застрял на таможне, в то время как по договору с сетью магазинов «Оксиджен» товар следовало отгрузить им уже давно. И вроде бы все было сделано по правилам, все документы о задержках отгрузки по уважительной причине предоставлены, однако сеть ошибочно выставила «Файтеру» штрафы за недопоставку, оспорить и отменить которые было крайне сложно, а эта стерва Лара Крофт, не к ночи будь помянута, на электронные письма не отвечает и телефонную трубку не берет. Ну да не беда, Химин на своем месте не первый год работает и с такими

Ларами управляться умеет. А вообще-то забавно: название компании вроде бы обязывает, «Fighter» в переводе с английского означает «Боец», а вот вопросы решать приходится вовсе не бойцовскими методами, а хитроумными вывертами.

Приехал он не один, пришлось взять с собой менеджера, отвечающего за сеть «Оксиджен», которую для краткости и удобства все именовали не иначе как просто «Окси». Вообще-то толку от него — как с козла молока, а если точнее — то вред один, но никуда не денешься, есть указание владельца «Файтер-трейда», самого Орехова, натаскивать и учить эту бестолочь, которая по совместительству является еще и единственным и любимым папиным сыночком. Вообще-то Орехов-старший мужик деловой и правильный, заставил сынка проходить весь путь с самого низа, чтобы своими глазами все увидеть и своими мозгами все понять. Кроме одобрения, такая политика ничего вызвать не могла бы, если бы не одно «но»... Такое коротенькое, однако жирное и весомое: Орехов-младший, а попросту говоря, Филиппок, как называл его про себя Химин, был существом абсолютно безмозглым и безответственным. По крайней мере, на взгляд ведущего менеджера по работе с ВИП-клиентами. Филипп хотел все и сразу, он злился на отца, который не давал ему расти в должности и заставлял постигать науку менеджмента, набивая шишки на собственной голове. Вести переговоры самостоятельно Филиппу, разумеется, пока еще не доверяли и доверят ох как нескоро. Но он должен неизменно присутствовать на всех встречах и учиться, учиться, учиться... Филиппок присутствовал. А вот учился ли — большой вопрос. Впрочем, Химин над этим голову не ломал, не его это дело. Ему велено брать с собой и натаскивать — он выполняет. Да и если положить руку на сердце, то бестолковость и безответственность — это, пожалуй, единственные недостатки Орехова-младшего. Во всем остальном он парень вполне приятный, компанейский, с чувством юмора, не злобный, не конфликтный, покладистый и открытый. И в качестве спутника, с которым коротаешь досуг в московских пробках, добираясь к месту деловых встреч и потом назад, в офис «Файтер-трейда», очень даже годился. С ним, по крайней мере, не было скучно.

Химин с Филиппом поднялись на третий этаж и тут же нос к носу столкнулись с невысокой, очень стройной и очень яркой молодой женщиной.

— О, Лара... — выпалил Филипп, за что немедленно получил ощутимый тычок локтем в бок.

— Ольга, добрый день, мы к вам, — с вежливой улыбкой проговорил Химин.

Именно так: Ольга, а не Ольга Геннадьевна и уж тем более не Оленька. Ольга Виторт, руководитель отдела по закупке непродовольственных товаров (именующегося по традиции на западный манер «нон-фудом») сети магазинов «Оксиджен», стремилась к краткости, но категорически не признавала панибратства. Мало кому удавалось увидеть улыбку на ее красивом лице, а те, кому довелось по тому или иному (но ни в коем случае не романтическому) поводу коснуться ее руки, плеча или спины, например подавая пальто или помогая выйти из машины, ощутили стальные мускулы сильного, хорошо натренированного тела. Ольга Виторт систематически посещала фитнес-клуб и время проводила там отнюдь не в косметическом кабинете и не в солярии. Если бы Химина попросили охарактеризовать ее тремя словами, он не задумываясь произнес бы: «Быстрая. Жесткая. Холодная». Именно поэтому за начальницей отдела «нон-фуд» прочно закрепилось прозвище «Лара Крофт». За глаза ее только так и называли и в «Окси», и за его пределами.

Но какой же идиот все-таки этот Филиппок! Взять и ляпнуть вслух прямо ей в лицо...

Ольга совершенно точно глухой не была, однако на глупость визитера не отреагировала. По крайней мере, внешне. Хотя Химину показалось, что в глубине ее темно-карих глаз полыхнул злобный огонек. Полыхнул и сразу погас.

— Добрый день, — ничего не выражающим, каким-то механическим голосом ответила Ольга. — Зачем вы пришли? Что вы хотите от меня услышать? Если бы мне было что вам сказать, я бы сама с вами связалась. Сейчас у меня нет времени.

Как всегда, она говорила быстро, напористо, короткими фразами. На человека неподготовленного подобная манера общения с партнерами оказывала такое же воздействие, как гипнотизирующий взгляд удава на кролика: мгновенно возникало впечатление, что добиться все равно ничего не удастся, нечего и пытаться. Но Химин знал Ольгу Виторт не один год и понимал: это всего лишь ловкий и хорошо отработанный прием, позволяющий с ходу отсечь тех, кто пришел, не имея весомых убедительных аргументов. Огромное количество поставщиков являются к закупщикам, надеясь исключительно на свое обаяние, при помощи которого можно выколотить для своей фирмы какие-то скидки, льготы или преференции. Тратить на них время Ольга не собиралась. Однако если у партнеров были аргументы, Ольга Виторт умела их слышать и принимать во внимание.

— Ольга, нам с вами надо что-то решить с этими штрафами, сумма нешуточная, — негромко, но твердо произнес Химин. — Мы все понимаем, недоразумения случаются, но с нашей стороны были заблаговременно предоставлены все необходимые письма о том, что мы блокируем артикулы в связи с задержкой партии товара на таможне. Если мы не решим этот вопрос, мне просто запретят вас отгружать. Вы готовы к тому, что мы прекратим отгрузки?

Ольга повернулась и быстро пошла вдоль длинного коридора в сторону офиса, где сидели сотрудники ее отдела. Химин и Филипп двинулись за ней, стараясь идти рядом, а не сзади, хотя ширина коридора для подобного дефиле не очень-то годилась.

— Прекращайте, — равнодушно ответила Виторт, и Химин с завистью отметил, что при такой быстрой ходьбе у нее ни на йоту не сбилось дыхание. — Я выставлю вам еще один штраф за недопоставки. У нас с «Файтером» подписан контракт, который никто не отменял. Аннулировать эти штрафы в закрытом бухгалтерском периоде крайне проблематично. Почему вы сразу не подняли этот вопрос, когда получили заказы на заблокированные артикулы, а спохватились только тогда, когда вам выставили счета на штрафы?

Химин почувствовал облегчение: Ольга приводит объяснения, то есть, с учетом ее характера, практически оправдывается, а это означает, что она ерепенится исключительно для проформы, а на самом деле готова обсуждать пути решения проблемы. Он уже сделал вдох, чтобы сказать, что... Но в этот момент вылез Филиппок и все испортил.

— А вы не боитесь, что мы подадим на вас в суд? — ехидно осведомился он. — Мы не можем себе позволить работать в подобном режиме и дальше. Так что готовьтесь, мы будем долго и нудно судиться.

Не замедляя шага, Ольга чуть повернула голову налево, бросила на сына владельца «Файтер-трейда» короткий невыразительный взгляд и едва заметно усмехнулась. Химин мысленно выматерился: ну куда этот придурок самоуверенный лезет? Он что, не понимает, что с Ларой так нельзя? Да и ни с кем нельзя. Потому что угроза судебным преследованием равносильна угрозе оружием: бессмысленно вытаскивать из кармана и грозно размахивать пластмассовым ножом для разрезания бумаг, и точно так же глупо и бессмысленно угрожать судебными исками в сегодняшней России, где судебная система, особенно в области гражданского и арбитражного судопроизводства, давно забуксовала и захлебнулась. Но даже если бы перспективы судебного разрешения вопроса и удовлетворения исковых требований были менее туманными, прибегать к таким угрозам все равно нельзя. Выиграть суд означало бы вылететь из сети

«Оксиджен», ведь «Файтер-трейд» далеко не единственный поставщик на свете, есть множество других, которые спят и видят, чтобы их товары «для спорта, отдыха и здорового образа жизни» продавались в такой разветвленной сети магазинов, как «Окси». А вот другой такой сети, через которую «Файтер» сможет реализовывать продукцию в таких же масштабах, пожалуй, и не найдется. Не зря же «Окси» находится в списке ВИП-партнеров! Так что с этой Ларой Крофт не ссориться надо, а договариваться.

— Коллега шутит, — торопливо сказал Химин, стараясь придать голосу как можно больше мягкости и теплоты, — признаю, шутка вышла неудачной, но это по неопытности. Приношу извинения.

Он с неудовольствием отметил, что и сам, невольно копируя Ольгу, начал говорить короткими фразами. Не хватало еще подражать этой сучке!

— У нас и в мыслях не было прибегать к помощи суда, — продолжал он. — Мы стремимся к взаимовыгодному сотрудничеству и готовы ради этого сделать все возможное и пойти на определенные уступки. Но мы просили бы вас поставить нас в известность о своих планах. У вас трудности — мы это понимаем, и мы со своей стороны сработали не на сто процентов безупречно, не подняв этот вопрос сразу, вы правы. Но мы точно так же понимаем, что в вашей компании должны быть какие-то варианты действий в подобных ситуациях. Наверняка мы не первый и не последний поставщик, который столкнулся с такой проблемой. Мы вас очень просим понять, что для нас это настоящий камень преткновения. В противном случае пострадаем и мы, потому что через вас не продадим запланированный объем товара и недополучим прибыль, и вы из-за дыр на полке и тоже, в конечном итоге, недопродаж.

Они дошли до двери офиса, и Ольга резко толкнула дверь. Химин и Филипп Орехов вошли следом за ней в помещение, где находились три рабочих стола с компьютерами и еще один — за стеклянной выгородкой. Два стола сотрудников пустовали, хотя экраны включенных компьютеров мерцали звездочками, за третьим работал молодой мужчина со скучающим лицом. Наблюдательный Химин успел заметить, что в тот момент, когда Ольга шагнула в комнату, этот сотрудник мгновенно переключил программы. Сейчас на экране висела какая-то таблица, но до этого — Химин мог бы поклясться — совершенно определенно распознавался интерфейс популярной социальной сети.

«Тоже мне, работничек, — усмехнулся про себя Химин. — Небось с девками переписывается, свидания назначает. Посмешище! Впрочем, чего удивляться, все понятно».

Ольга Виторт между тем молча прошла к своему столу за стеклянной выгородкой и стала перебирать какие-то бумаги. Непонятно, чего она ждала: то ли того, что незваные посетители наконец уметутся восвояси несолоно хлебавши, то ли продолжения уговоров. Химин решил продолжить.

— Давайте я предоставлю всю переписку, которая подтверждает, что мы заблаговременно предупреждали о проблемах на таможне. Или давайте мы заплатим этот штраф, но вы на эту сумму предоставите бесплатно нам какой-нибудь маркетинг в следующем месяце. Мы готовы искать компромисс, чтобы не подставлять вас и не вовлекать в сложности. Но поймите, что, если мы что-то не предпримем, ситуация зайдет в полный тупик.

Ольга наконец оторвала взгляд от документов и впервые с момента их встречи в коридоре посмотрела прямо в глаза Химину. Это был хороший знак. Лара Крофт никогда не смотрела в глаза человеку, если изначально не имела намерения с ним договариваться. Химин почувствовал, как напряжение стало отпускать и плечи немного расслабились.

— На какую сумму у нас сейчас по «Файтеру» уже освоен маркетинговый бюджет?

Она обращалась к своему подчиненному, но глаза ее по-прежнему были устремлены на Химина. И в этих глазах ему чудились одновременно снисходительность и уважение.

Сотрудник, который работал в отделе Ольги не меньше полутора лет, но имени которого Химин так до сих пор ни разу и не услышал и по этой причине именовал его Малой, замялся.

— Э-э-э... Не готов сказать навскидку, надо уточнить.

— Ну так уточни, — в голосе начальницы прозвучала неожиданная мягкость. — Хорошо, считайте, что мы договорились. Мы подумаем, какие промо-активности можно вам бесплатно предложить на сумму штрафа и в какие месяцы в течение года. И сообщим на следующей неделе. Это все?

— Все, — выдохнул Химин.

Он был доволен. На то, чтобы выйти из переговоров с твердым обещанием отменить штрафы до окончания завтрашнего банковского дня, никто и не рассчитывал. Нормальное течение финансовых взаимоотношений.

Но Филиппку надо пистон вставить, и побольнее. Чуть не сорвал все мероприятие своим неуместным упоминанием о судебной тяжбе. Учишь его, учишь... а толку — чуть. Даже и не чуть, а вовсе никакого.

Пока они возвращались по длинному коридору к лестнице и спускались вниз, Химин молчал, дав себе волю только в машине, когда их никто не мог слышать. Орехов-младший в ответ на его гневную тираду легко рассмеялся:

— О! Сколько ты интересных слов знаешь, оказывается! Имеет смысл специально косячить, чтобы потом иметь удовольствие насладиться твоим красноречием.

— Не умничай, — буркнул быстро остывший Химин. — Сам ведь понимаешь, что из-за твоего выступления про суд мы чуть не пролетели мимо денег. Не знаешь, что сказать — так хоть молчать научись, блин!

— Да ладно, не пыли, — Филипп широко улыбнулся. — Никакой катастрофы не произошло. Все закончилось мирно и благополучно.

— Это ты еще скажи спасибо, что Малой не держит в голове, что у нас полтора года назад была точно такая же лажа со штрафами, но лоханулись именно мы, потому что письмо прислали всего за день до заказа. Лара наверняка не помнит этого тоже, иначе сказала бы, что такое с нами не в первый раз и мы не умеем работать, а коль так — то и расхлебывать должны мы сами. И был бы у нас с тобой полный попадос. Ни тебе отменить штраф, ни компромисс найти, а если упрешься или начнешь возникать — тоже вред один, — заметил Химин. — А теперь, даже когда она узнает, у нее хода назад не будет, все же знают, что ее слово — закон, можно ничего не подписывать, она от своего обещания никогда не откажется. Репутацию бережет.

— Угу, — согласно кивнул Филипп, — повезло нам, это точно. А вот Ларе не повезло с этим парнем. Это ж уму непостижимо: не знать статус выборки бюджета по крупнейшему поставщику даже приблизительно! Любой хороший менеджер такие вещи должен в голове держать и в любой момент выдавать, а этот... ответить он, видите ли, затрудняется. Оборжаться и не встать! И на фига Лара его держит? Взяла бы толкового человека вместо него. На кой хрен он ей сдался? Ни рыба ни мясо, всегда молчит, ничего не знает. Его вообще не видно и не слышно, вот сколько раз мы с тобой его видели, а даже имени не знаем. Ты его Малым называешь. А он, может, какой-нибудь Арнольд или Феоктист.

— Ничего не знает, зато многое умеет, — усмехнулся Химин.

Филипп недоверчиво прищурился.

— Умеет? Что, например?

— То самое. Спит он с Ларой. Ну, или она с ним, что вернее. За это она его и держит, — объяснил Химин.

Краем глаза он заметил, как изменилось выражение лица Филиппа. Ну что ж, его изумление можно понять: такая баба, как Лара Крофт, она же Ольга Виторт, начальник отдела закупки по непродовольственной группе товаров, — и этот невнятный, никчемный, хотя и миловидный парень. Хотя, впрочем, какой он парень? Лет тридцать-то точно есть, если не больше. Нормальные мужики к этому возрасту уже полкарьеры построили, добились чего-то, а этот Малой все сидит в простых менеджерах и никуда не двигается, как пришел в «Оксиджен» года полтора-два назад — так и застрял в позиции молчаливого и ни на что не годного балласта, должность занимает, а в профессионализме никаких подвижек. Где амбиции? Где устремления? Где желание учиться и развиваться? В восемнадцать-девятнадцать лет такое отношение к работе еще можно понять, но не в тридцать же... Вот поэтому Химин и называет его Малой. Психология ребенка... Как бы ни звали на самом деле этого человека, в глазах ведущего менеджера отдела по работе с ВИП-клиентами он навсегда останется пареньком. Мальчиком. Малым, одним словом.

— Да ладно! Быть не может! Лара — и этот хмырь бесцветный?

Все-таки Филипп ему не поверил. А зря.

— Любовь зла, — глубокомысленно заметил Химин. — И потом, ты сам подумай: какой нормальный мужик захочет связываться с Ларой Крофт? Никому из них жить еще не надоело. Она ж акула, одним зубом перекусит и не поморщится. Нормальным мужикам нужны мягкие теплые бабы, а не куски арматуры. Вот ты сам, например, не подумывал приударить за Ларой? Она ж красотка!

Умная. И зарабатывает хорошо. Не хочешь стать ее любовником?

— Кто? Я? — делано испугался Филипп и снова расхохотался. — Вообще-то ты прав, я ее боюсь до ужаса. А ты?

— И я боюсь, — признался Химин. — И все нормальные мужики ее боятся. Поэтому ей остается выбирать только среди ненормальных. Вот она и выбрала из них более или менее симпатичного. Вполне обоснованный выбор, на мой взгляд. Какой-то мужик ведь все равно нужен, раз мужа нет. Так почему не этот?

— Она что, никогда замужем не была?

Химин пожал плечами.

— Понятия не имею. Не удивлюсь, если окажется, что была и не один раз. И, кстати, вот тебе еще один урок: да, я не знаю, как зовут этого Малого, но мне простительно, а вот почему ты этого не знаешь?

— Не понял, — протянул Орехов-младший с вопросительной интонацией. — Почему это тебе простительно, а мне нет? И вообще, зачем мне это знать? На фиг он мне сдался, этот Малой?

— Объясняю: ты хочешь подняться в бизнесе, и не в каком-нибудь, а конкретно в фирме твоего отца, ты мечтаешь занять место гендиректора «Файтера». Для того чтобы преуспеть и удержаться на этом месте, тебе нужны связи и знакомства. Согласен?

— Ну... В принципе — да, согласен. И что? Малой — такой ценный кадр? — скептически осведомился Филипп.

— А вот этого мы с тобой не знаем, — рассудительно заметил Химин. — Но каким-то образом он же оказался у Лары в отделе, кто-то же устроил его в «Окси». А зарплаты там такие, что очередь желающих огромная, и среди них наверняка полно толковых, грамотных и целеустремленных людей. А взяли Малого. То есть за ним кто-то стоит. И вот этот кто-то и есть тот ценный кадр, который может оказаться тебе полезным. Ты должен был уже давно подумать об этом и познакомиться с Малым поближе, а ты даже имени его не знаешь.

— Так ты сам сказал, что он спит с Ларой. Она его и взяла. Чего тут думать-то?

— Может быть, — кивнул Химин. — Вполне может быть. Но может оказаться и по-другому: Лара сперва его взяла по чьей-то просьбе или рекомендации, а потом уже сделала своим любовником. В любом случае тебе следовало как минимум этим поинтересоваться. Связями надо обрастать, чтобы потом успешно двигаться вверх. Без этого ничего в бизнесе не получится, имей в виду. Без связей и знакомств ты даже начальником нашего отдела работать не сможешь. Думаешь, зря тебя отец на самые низкие должности ставит? Он дает тебе возможность построить ту базу, на которой ты потом будешь функционировать долгие годы. Без работы «по низу» этой базы не будет никогда. А ты дурака валяешь.

— Да ладно, — махнул рукой Филипп, — чего ты, в самом деле... Не, ну насчет связей я согласен, но с Малым знакомиться поближе — это нет, это увольте. Мямля бесхребетная, моль бесцветная, альфонс смазливый. О чем я с ним говорить-то буду? Я — мальчик-мажор, метросексуал и общать-ся могу только с себе подобными. Понял?

— Не был бы ты сыном босса — я б тебе сказал, кто ты такой, — проворчал себе под нос Химин, выворачивая к шлагбауму, перекрывающему въезд на парковку.

Филипп все слышал, но ничуть не обиделся. Он беззаботно насвистывал мелодию модной песенки, которую без конца крутили по радио весь последний месяц. Нет, что ни говори, а при всех недостатках характер у Филиппка легкий. Хороший характер.

* * *

После окончания суточного дежурства ни следователь Баглаев, ни оперативники, выезжавшие на труп Болтенкова, по домам не разошлись. Азарт и близость успешного быстрого раскрытия убийства придавали сил, спать совсем не хотелось. Никто не ожидал, что подозреваемый в совершении тяжкого преступления Валерий Ламзин окажется дома и можно будет произвести задержание. Но случилось именно так. Правда, обыск в квартире никаких результатов не дал, но это дело объяснимое и поправимое.

И теперь Баглаев допрашивал жену задержанного, Наталью Сергеевну. Ульянцев сидел здесь же и внимательно слушал, выстраивая собственную тактику додавливания Ламзиной, а в соседнем кабинете другой оперативник беседовал с двадцатилетней дочерью задержанного, Алисой Ламзиной. Как успел выяснить все тот же Ульянцев, Наталья

Сергеевна в прошлом была чемпионкой страны по гребле на байдарках, а Алиса — действующая спортсменка, занимается легкой атлетикой. Спортивный характер на помойку не выкинешь, он, как считал Ульянцев, является мощным оружием, поэтому обе женщины рассматривались как потенциальные противники, с которыми придется помучиться.

Тимур Ахмедович закончил задавать нужные ему вопросы и, как они и договаривались с Ульянцевым, отправился сначала к стоматологу, а потом в адрес по месту обнаружения трупа Болтенкова, чтобы лично проконтролировать работу патрульно-постовой службы по поиску орудия убийства, сиречь пистолета, а заодно и разобраться с камерами видеонаблюдения, оставив оперативника продолжать допрос.

Федор заранее наметил, с чего начнет и о чем спросит в первую очередь. Разумеется, об оружии. Любил ли Ламзин оружие, интересовался ли им, ездил ли на охоту, посещал ли тир? На все вопросы Наталья Ламзина твердо отвечала «нет».

— А вообще оружие у кого-нибудь в вашей семье было?

— Нет, никогда не было.

Н-да, здесь не зацепиться ни за что... Умная баба, никаких надежд, что проболтается по неосторожности. Ладно, попробуем с другого конца подобраться.

— Что вы делали в тот момент, когда из квартиры вышел Болтенков?

— Была на кухне, гладила.

— То есть вы не видели, как он уходил?

— Нет, я только слышала, как хлопнула дверь.

— И что вы сделали после этого?

— Ничего, я продолжала гладить. Крикнула Валере.

— Что крикнули?

— Ничего, просто позвала его, хотела спросить, чем закончился разговор.

— А вы сами разве не слышали, чем закончился?

Вот-вот-вот... Начинаются нелогичности, значит, дамочка того и гляди запутается! Надо давить, пока она не опомнилась. Наталья Сергеевна, невысокая, очень спортивная и сильная, с до сих пор накачанными плечами, даже не вздрогнула. Значит, не поняла, что прокололась. Это хорошо.

— На кухне работал телевизор, — спокойно ответила она. — Я слышала, что Валера и Михаил разговаривают на повышенных тонах, кричат друг на друга, но слова разобрать было трудно. Да я и не стремилась к этому.

— Ну уж так уж и не стремились? — ехидно прищурился Ульянцев. — Неужели вам было не интересно, в чем суть конфликта? К вашему мужу пришел человек, коллега, муж впадает в ярость, гневается, кричит, а вам не интересно? Никогда не поверю!

— Послушайте, все не так...

— Да? А как?

— Я прекрасно знала, в чем суть конфликта. И о том, что Валера в ярости, что он обижен и оскорблен, тоже знала. Что нового я могла услышать? Когда Миша пришел, я открыла ему дверь, потом вышел Валера, и Миша прямо при мне сказал: «Валерка, я не хотел, чтобы так вышло, давай поговорим, чего ты, в самом деле...»

— Так, и что было дальше?

— Муж открыл дверь в комнату и пригласил его пройти.

— А что он сказал при этом?

— Господи, я уже сто раз вам повторяла, и сегодня ночью, когда вы ворвались к нам в квартиру, и сейчас на допросе следователь этом спрашивал! — В голосе Ламзиной впервые за все время длительного допроса проскользнуло раздражение.

Но только проскользнуло. И тут же исчезло. Самообладания ей было не занимать.

— Валера сказал: «Ну, пойдем поговорим, раз ты хочешь. Хотя я не понимаю, о чем нам разговаривать».

— Почему он пригласил Болтенкова в комнату?

— Ну а где им разговаривать? Не в прихожей же. Дочь дома, наверное, Валера не хотел, чтобы она слышала.

— А она слышала?

— Ну, наверное. Конечно, слышала. Они так кричали друг на друга... У меня работал телевизор, я уже говорила, и то мне было слышно, как они ругаются, а дочь из своей комнаты могла слышать каждое слово. В нашем доме стены не особо толстые. Подозреваю, что в соседних квартирах тоже все уже в курсе.

— Хорошо, вернемся к тому моменту, когда Болтенков якобы ушел из вашей квартиры.

— Почему якобы? Он ушел.

Ой, молодец тетка, недаром была чемпионкой страны! Ни на секунду бдительности не теряет, ни на йоту не расслабляется, внимание сконцентрировано, каждое слово оценивает и ничего не пропускает. С таким противником тягаться будет трудно, но зато интересно! У Ульянцева даже настроение поднялось.

— Я имею в виду: якобы один. Когда вы позвали мужа, он к вам пришел на кухню?

— Нет.

— А ответил что-нибудь?

— Я слышала, как он одевается в прихожей. Тогда я громко спросила: «Ты куда-то собрался?» Он мне ответил: «Пойду в круглосуточный магазин, куплю водки».

— Но к вам на кухню так и не заглянул?

— Нет.

А вот и еще один прокол. Ничего, голубушка, никуда ты не денешься, я из тебя выжму правду-матку.

— А вы не подсказали ему, что водку в это время суток не продают? Вас саму это не смутило? Почему вы не заподозрили неладное? Почему не поняли, что муж вас обманывает и за водкой идти вовсе не собирается, а имеет преступный умысел на убийство Болтенкова?

— Да вы с ума сошли! Не было у него никакого умысла! А про то, что водку не продают, я и сама не подумала. Мы ее давно уже не покупали, поэтому и в голову не пришло.

Ну да, конечно, в голову не пришло... Сказки старого Арбата... Ладно, можно зачесть как прокол номер три. Теряет хватку бывшая чемпионка, зачастила с ошибками. Значит, победа близка.

— То есть вы не видели его в тот момент, когда он покидал квартиру следом за Болтенковым?

— Нет, не видела. А какое это имеет значение?

Еще какое значение имеет! У Ламзина мог быть с собой пистолет. И у его жены нет ни малейших оснований утверждать, что его не было.

— А что, это обычное дело, когда ваш муж почти в полночь ни с того ни с сего бежит за водкой? Он что, алкоголик?

— Как вам не стыдно! Он был расстроен, его уволили с работы, понимаете? С работы, которую он любил, которой дышал, всю свою жизнь ей посвятил, душу вкладывал. И теперь ни на какую подобную работу нигде больше его не возьмут. Это что, не стресс? Не повод расстроиться? А тут еще Миша пришел, и снова они разворошили всю историю. Может быть, Миша чем-то его обидел. Во всяком случае, желание выпить в такой ситуации меня не удивило. У нас дома водки не было. Мы вообще спиртное не держим.

— Когда ваш муж вернулся, он что-нибудь рассказывал вам о том, как прошел его разговор с Болтенковым? Вот вы говорите: может, Миша его чем-то обидел... То есть вы не знаете, обидел или нет? Муж вам не сказал, когда вернулся?

— Нет, не сказал.

— И вы сами не спросили?

— Спросила, конечно. Но он ответил, что лучше поговорить об этом завтра, на свежую голову. Если бы он захотел именно в тот момент рассказать, он бы рассказал. Но когда Валера вернулся, мне показалось, что он немного успокоился, взял себя в руки, поэтому я сочла за благо не задавать лишних вопросов и ни на чем не настаивать, чтобы он снова не разнервничался.

— А водку он купил?

— Нет. Сказал, что передумал. Пробежался под дождем, весь вымок, замерз и остыл. Эмоционально остыл.

— То есть вы говорите, что вернулся он успокоенным и удовлетворенным?

Ульянцев упорно гнул свое, пытаясь получить у Натальи Ламзиной показания против мужа. Опытный следак Баглаев, конечно, предупредил ее о том, что она имеет право отказаться от дачи показаний, но сделал это в правильный момент, а именно тогда, когда ее мужа только-только увели в наручниках. Наталья Сергеевна была так ошеломлена, что ничего не слышала и, само собой, не прочитала официальное предупреждение, которое подписала, не глядя. Сейчас Федору очень хотелось, чтобы она признала, что муж вернулся не только успокоенным, но и удовлетворенным. Тогда можно было бы давить на то, что он осуществил умысел на убийство из мести.

Но Ламзина, казалось, плохо понимала, чего хочет оперативник. Во всяком случае, идти ему навстречу отчего-то не собиралась. И снова продемонстрировала свою внимательность к словам, чем вызвала у Федора приступ острой досады.

— Он вернулся более спокойным, — повторила она. — О каком удовлетворении может идти речь? Чем Валера мог быть удовлетворен? Тем, что поссорился с Мишей? Тем, что его уволили? Тем, что вымок и замерз?

Ах ты ж зараза! Ну ничего, мы сейчас развернем беседу в другое русло, ты и опомниться не успеешь, как совершишь роковую ошибку. Главное — наносить удар без предупреждения.

— Где ваш муж хранил пистолет?

— У него никогда не было пистолета. Вообще оружия в доме не было. Вы уже спрашивали об этом много раз.

И снова полное спокойствие. Не вялое и равнодушное, а сосредоточенное и уверенное. С каждой минутой Наталья Ламзина вызывала у Федора все больше подозрений.

— Почему вы так в этом уверены?

— Потому что уверена.

— Вы регулярно проверяли сумку мужа?

Впервые с начала допроса на лице Ламзиной проступило удивление. По-видимому, такая постановка проблемы ей даже в голову не приходила.

— Вообще никогда к ней не притрагивалась. В нашей семье это не принято. Ни я к его сумке, ни он к моей.

— А я вот видел у вас в спальне кровать и по бокам две тумбочки. Вы знаете, что лежит в тумбочке вашего мужа?

— Нет. Знаю, что очки для чтения, он ими пользуется, когда читает в постели. И лекарства кое-какие. Просто я видела, как он их оттуда доставал.

— А что еще?

— Не знаю. Я туда не заглядывала, у нас в семье это не принято. Мы уважаем личное пространство друг друга.

— Как интересно! И как удобно! Я не я, и лошадь не моя.

Ульянцев не скрывал издевки, и Наталья Ламзина наконец утратила свое непробиваемое, казалось бы, спокойствие.

— Почему вы позволяете себе так со мной разговаривать? Вы меня в чем-то обвиняете? Подозреваете?

— Конечно, — улыбнулся Федор, — я вас совершенно откровенно и не скрывая подозреваю в соучастии в форме пособничества, заранее не обещанного укрывательства, а может, и заранее обещанного. Вы помогаете вашему мужу скрывать орудие преступления. Вы знаете, что оно было у вас в доме, и даже, вероятно, знаете, где оно лежало, но самое главное — вы знаете, куда оно потом делось, то есть где ваш муж его спрятал. Или, что даже более вероятно, спрятали вы и ваша дочь после того, как вашего мужа задержали и увезли. Вам страшно повезло, что следователь не смог провести обыск в квартире немедленно, у вас оказалась целая ночь в распоряжении, поэтому ничего удивительного, что утром при обыске уже ничего не нашли. Вы и от оружия избавились, и от одежды, в которой ваш муж был в момент убийства, а нам выдали совсем другую одежду. Ведь так все было? Я прав?

— Вы сошли с ума?

— Нет, это я так шучу, извините.

— Послушайте, поговорите с работниками полиции, которые обслуживают территорию нашего дома. Они прекрасно знают Валеру, знают много лет и с самой лучшей стороны. Он помогал организовывать спортивные секции для подростков, находил ребят, которые эти секции вели бесплатно. Вы можете себе представить, чтобы в наше время кто-то что-то делал бесплатно? А Валера таких находил. Он помогал решать вопросы с трудными подростками. Его знают все оперативники и все инспекторы по делам несовершеннолетних.

А вот это уже интересно! Оперативники, значит... Федор Ульянцев прекрасно знал, какими способами многие опера обеспечивают себе дополнительные доходы. Одним из этих способов было «решение вопросов» с теми, кто наезжал на предпринимателей. Иногда можно было просто поговорить, но иногда приходилось применять некоторое физическое воздействие в отношении наезжающих, в результате чего в руках оперативников частенько оказывалось оружие. Которое, разумеется, никому не сдавалось и не возвращалось. И такого оружия у одного какого-нибудь опера могло быть две-три единицы. Распорядиться им можно было как угодно, в том числе продать. А коль у Ламзина было много знакомых полицейских, то у кого, как не у них, мог он приобрести ствол! Вот в этом направлении и нужно будет поискать.

— Хорошо, — он изобразил притворное согласие. — Назовите мне имена и должности сотрудников полиции, которые знают вашего мужа наиболее хорошо, с кем он чаще всего общался, кому доверял.

Ламзина ничего не заподозрила и с готовностью принялась называть фамилии. Федор записывал, с удовлетворением думая о том, что эту спортсменку-чемпионку он все-таки перехитрил. Она сама дает ему в руки оружие против мужа.

* * *

— Слушай, сядь уже, не маячь, задолбал своей ходьбой, — сварливо проговорил один из сокамерников.

Валерий Петрович Ламзин никак не отреагировал на вежливую просьбу и продолжал ходить взад-вперед по тесному помещению. Вся его жизнь — на ногах, думать в сидячем положении он не привык. Как же так вышло? Ведь совсем еще недавно все было в полном порядке. И вот вчера... Ворвались ночью... нет, не так, сначала пришел Мишка Болтенков... Нет, и это не то... Что же было сначала? Где, в какой точке начался тот путь, в конце которого оказалась камера изолятора временного содержания и обвинение в убийстве?

Когда-то они катались в одной группе и дружили, москвич Валера Ламзин и приехавший из Череповца Мишка Болтенков, которого тренер отобрал как перспективного спортсмена. Оба тренировались как юниоры-одиночники, но потом высокого, атлетически сложенного Валеру перевели в другую группу и поставили в пару, а вскоре предложили перейти к другому тренеру. Мальчики разошлись по разным группам, но все равно общались, когда была такая возможность, и, разумеется, встречались на сборах и соревнованиях.

На летних сборах 1978 года они тоже были вместе, и там Мишка Болтенков влюбился в девочку-парницу, которая тренировалась в одной группе с Валерой. Девочку звали Зоей, она была очень красивой и очень талантливой. Валера даже как-то спросил у Мишки, не хочет ли он перейти к ним в группу и встать в пару с Зоей, ведь они так красиво смотрятся вместе, но Мишка только головой покачал: ему светила карьера крепкого одиночника, а в паре с Зоей он особых высот не достигнет, у него не хватит сил поднимать ее в поддержку, все-таки ее нынешний партнер — настоящий атлет, поднимает ее и крутит без всякого усилия, как былинку, он, Мишка, так не сможет. Да и не бросит она своего партнера, она девчонка честная и добрая. Роман продолжался и в Москве после сборов, и развивался. Все об этом знали.

Кто был сильнее, Валера Ламзин со своей партнершей Викой Лыковой или Зоя со своим партнером? Обе пары катались примерно на одном уровне и были прямыми конкурентами, но на дружбе Валеры и Миши это никак не сказывалось. До тех пор, пока все участники этой истории не оказались на отборочных соревнованиях на первенстве страны среди юниоров, по результатам которого происходил отбор в юниорскую сборную СССР.

Все знали, что Вика Лыкова, партнерша Валеры Ламзина, — девочка нервная и трепетная, ее легко выбить из колеи и довести до слез. Перед самыми соревнованиями обнаружилось, что из ее спортивной сумки пропала косметичка, в которой лежит все, чем она делает макияж для выступления, заколки для волос и пара старинных сережек — подарок от прабабушки. Вика сережки не носила никогда, они выглядели немодными и совсем неподходящими для пятнадцатилетней девочки, но прабабушка сказала, что они принесут удачу, и Вика относилась к украшению как к талисману, без которого не видать ей удачи на соревнованиях. Отчаяние и ужас спортсменки невозможно описать: мало того что исчез талисман, так еще и косметики нет! В те времена невозможно было просто пойти и купить хорошие тени, тушь, помаду, тональный крем, да и заколки тоже, все нужно было доставать или приобретать у спекулянтов по тройной цене, всем этим дорожили, как главным сокровищем, использовали до последней крупинки. Вика кинулась собирать косметику у подруг по команде, нервничала, торопилась, рассредоточилась и в результате сорвала прокат. Пара Виктория Лыкова — Валерий Ламзин, перед произвольной программой уверенно претендовавшая на медаль, заняла одно из последних мест, зато подружка Миши Болтенкова Зоя со своим партнером стала призером соревнований и попала в сборную. Да, пусть всего лишь третьим номером, но это сборная! И пусть потом «продадут», это уже не важно. Сегодня ты третий и являешься разменной монетой, а завтра ты второй, а потом и первый, и вся сборная будет работать только на тебя.

Впрочем, юниорам все эти тонкости и хитросплетения были неизвестны, и включение в состав сборной означало для них получение зарплаты и бесплатного инвентаря, но самое главное — поездки на международные соревнования. За возможность выехать за рубеж жители СССР времен застоя готовы были отдать даже самое дорогое. Это уже спустя годы Ламзин, сам став тренером, до малейших деталей вник в механизм «подкладывания» одних спортсменов под других. Третий номер в делегации нужен, как правило, именно для того, чтобы обеспечить восхождение на пьедестал первому или второму номерам. Начинается сложная многоходовая торговля с судьями, представляющими те страны, спортсмены которых в данной дисциплине на высокие места не претендуют. «Ты моих ставишь на третье место, а я твоих ставлю на пятое...» Например, у судьи из другой страны идет в конкретной дисциплине борьба за место с седьмого по пятое, а у русского судьи в этой же дисциплине борьба за второе-третье место. Нашему спортсмену важно стать если не первым, то хотя бы вторым, и за это другому судье обещают пятое место для участника из его страны. А еще какому-нибудь судье говорят: «Ты нашего фигуриста ставишь на второе место, а я на следующих соревнованиях тебе помогу, потому что я знаю, что ваша страна пошлет такого-то спортсмена, и я поставлю его на такое-то место». А третьему судье можно предложить: «Ты мне помогаешь в парном катании и ставишь мою пару на второе место, а мой друг-судья, который будет судить мужчин, поднимет твоего одиночника туда-то. У вас в парах все равно претенденты на 10—12 места, вам без разницы, а одиночник у вас претендует на место повыше, и для вас это важно. А для нас не принципиально, у нас одиночники на этих соревнованиях не борются за призовые места». Или: «Наш спортсмен по-любому первый, а кто будет третьим — нам все равно, можем вашего сделать».

Начинается сложнейшая шахматная партия. Один судья ничего решить не может, здесь нужна комбинация, чтобы складывался пазл. Это очень трудная многоходовая работа. Основная задача судьи — уметь хорошо считать. Совсем недавно

Ламзин прочел в книге, написанной известной спортивной журналисткой, очень точную фразу: «В фигурном катании по тем временам триумф порой отделял от трагедии один-единственный (зачастую проплаченный) судейский голос. Или — негласный приказ». По тем временам... Да, сегодня о торговле местами в фигурном катании не говорит только ленивый, а тогда, в конце семидесятых, это можно было обсуждать только шепотом, и уж конечно тщательнейшим образом скрывать от самих спортсменов, которые ничего этого знать не должны были.

Итак, возлюбленная Мишки Болтенкова попала со своим партнером в юниорскую сборную Союза, а Вика Лыкова целыми днями рыдала, виня себя за срыв проката и за то, что так подвела Валеру. А потом Валера Ламзин узнал, что косметичку из Викиной сумки вытащил Мишка. Для своей подруги старался, хотел помочь ей занять место повыше. Драка между недавними друзьями была, конечно, обоюдной, но пострадал в ней только Болтенков, которому Ламзин сломал нос и челюсть. Разумеется, были вызваны и милиция, и «Скорая», и уголовное дело возбудили по признакам причинения телесных повреждений средней тяжести. Однако Валера молчать не стал и рассказал следователю все в подробностях. Так что и против Мишки Болтенкова дело возбудили, только не за насильственное преступление, а за корыстное — кражу. По советским законам кража личной собственности считалась уголовно-наказуемой только в том случае, если размер похищенного составлял не менее 50 рублей. Викина косметика, конечно, столько не стоила, но вот старинные сережки, подаренные прабабушкой, которая получила их тоже от кого-то из предков, имели цену немалую. Вмешалась Федерация фигурного катания, и оба уголовных дела прекратили в связи с передачей виновных на поруки, тем более все похищенное у Вики Лыковой было ей возвращено, а насильственные действия Валеры Ламзина казались если и не оправданными, то во всяком случае совершенными в состоянии сильного душевного волнения и потому заслуживающими известного снисхождения.

Дружбе Валеры Ламзина и Миши Болтенкова пришел конец.

Оба они через несколько лет закончили карьеру фигуристов, поступили в институт и стали тренерами. У Болтенкова тренерская работа пошла более успешно, в его группе катались мастера спорта, среди его учеников были чемпионы России. А Ламзин тренировал ребят помладше, работать со старшими юниорами и со взрослыми спортсменами ему не давали. Такова была система, и поделать с этим никто ничего не мог. Но Валерий Петрович свою работу не просто любил — он дышать без нее не мог, и на судьбу не роптал. Каждому свое, в конце концов.

И вдруг ему объявляют, что он уволен. Ни с того ни с сего. На ровном месте. Оказывается, есть какой-то новый закон, и согласно этому закону человек, привлекавшийся хоть когда-нибудь к уголовной ответственности за насильственное преступление, не имеет права работать с детьми и подростками. Самым невероятным оказалось то, что привлечение к уголовной ответственности за корыстное преступление подобных последствий не влекло. Иными словами, Валерий Петрович Ламзин, избивший вора, работать с детьми права не имеет, а сам этот вор, Михаил Валентинович Болтенков, отлично может продолжать заниматься тренерской работой.

И он, Валерий Ламзин, сорвался, нервы не выдержали. Довел до конца тренировку и отправился в Школу олимпийского резерва, где со своей группой занимался Болтенков, вихрем промчался по дугообразному коридору, огибающему лед, добежал до ведущей в цокольный этаж лестницы, пролетел по ступенькам вниз и ворвался в тренерскую, где Михаил Валентинович Болтенков заполнял журнал. Сейчас Ламзин уже не мог вспомнить точно, что именно он кричал в лицо изумленному и ничего не понимающему Мишке, своему бывшему другу и товарищу по команде, помнит только, что повторял: «Надо было убить тебя еще тогда, хоть не так обидно было бы. Не попадайся мне на глаза, убью!» В тренерской сидели еще мужчина и женщина, мужчину Ламзин не знал, а женщина работала в группе Болтенкова хореографом. Он не закрыл за собой дверь, и его голос разносился по всему коридору, по которому шли люди, кто-то останавливался и заглядывал, слушал. Но ему было все равно. Выкричавшись, Валерий Петрович вышел, изо всех сил хлопнув дверью.

А вечером Миша Болтенков пришел к нему домой поговорить, пытался что-то бормотать о том, что он не виноват, что закон такой несправедливый, они орали друг на друга, чуть снова не сцепились. Мишка ушел, и Ламзин рванул следом за ним... Потом, спустя довольно много времени, пришли эти, полицейские, задавали вопросы, давили, запугивали, обыскивали Валерия Петровича, проверяли карманы его куртки, все спрашивали, где оружие... И вот теперь он здесь. Когда привезли — первым делом протерли ему руки марлевым тампоном, смоченным в ацетоне, сказали, что теперь ему не отвертеться. И сколько еще ему здесь сидеть? Он в законах не силен, слышал только, что вроде для ареста нужно получить какое-то разрешение не то у прокурора, не то у судьи. И как оно все сложится дальше — он не представляет.

* * *

Анастасия Каменская осторожно положила мобильник на стол и непроизвольно отдернула руку, словно он был ядовитым или обжигающим. Ну как ей не стыдно! Пенсионерка уже, а врет брату, как маленькая. «Все хорошо, не беспокойся, Санек в порядке, мы с ним нашли общий язык, он слушается...» Бред полный! На самом деле ни черта она не справляется, ничего у нее не получается и никаким авторитетом она у племянника не пользуется. Все ее слова и просьбы он пропускает мимо ушей. А Чистякова обожает, смотрит на него открыв рот, но все равно слушается плохо. Единственное, чего удается добиться, это своевременного приема лекарств. То есть сам Сашка о них, разумеется, не помнит и даже не знает, где они лежат, но когда Настя входит к нему в комнату с горстью таблеток и стаканом воды, молча кивает и безропотно все глотает. Хотя бы это хорошо. Заставить его съесть кашу или суп — мука. Заставить помыться — испытание. Заставить погулять — фантастика. Смотрит на тетку, как на инопланетянку, и ухмыляется.

Она спохватилась, что сидит и предается размышлениям, в то время как надо быстренько прибраться, потому что сейчас явится Стасов. Непонятно зачем. Просто позвонил и сказал, что проезжает тут где-то неподалеку и заедет на чашку чаю. Ведь только вчера вечером виделись на работе, если только что-то срочное возникло... Ну мог бы и по телефону сказать, зачем в гости-то ехать.

«Я стала злая и негостеприимная, — с удивлением подумала она, — раньше я бы обрадовалась, а теперь почему-то злюсь».

Настя принялась наводить порядок на кухне и обнаружила кучу пакетов от чизбургеров, гамбургеров и жареной картошки, рассованных по углам. Господи, и когда он успевает? Ведь только позавчера была женщина, которая раз в неделю приходит делать уборку во всем доме, после нее кухня сверкала. Судя по числу пустых пакетов, такое количество еды можно было употребить не меньше чем за неделю. А всего-то полтора дня прошло. Наверное, это Санькин дружок Петя помог, у него аппетит просто зверский, постоянно что-то жует, оттого и выглядит как мешок с тряпьем. Да это-то ладно, Петруччо пусть ест что хочет и сколько хочет, Насте нет до этого дела, но ведь и племянник вместе с другом ест то, что ему категорически противопоказано. Не может она уследить за парнем. Зря ей доверили...

Как она и подозревала, Владислав Николаевич Стасов заявился к ней, чтобы обсудить не служебные дела, а сугубо личные. Его старшая дочь Лиля закрутила роман с Антоном Сташисом, оперативником, работавшим на Петровке, в Настином бывшем отделе. Антон — вдовец с двумя маленькими детьми, и это обстоятельство делало, по мнению Владислава Николаевича, романтические отношения между молодыми людьми абсолютно неприемлемыми.

— Я не знаю, что делать с Лилей, — удрученно и в то же время горячо говорил Владислав Николаевич, машинально болтая ложечкой в чашке с чаем.

От ужина он отказался, сказал, что не голоден, а вот чаю попросил налить побольше и погорячее, вбухал в полулитровую кружку десять кусочков сахара, выжал сок из половины лимона, сделал несколько жадных глотков и теперь, поглощенный своей проблемой, позволил роскошному напитку бездарно остывать.

— Она вбила себе в голову, что хочет выйти замуж за Антона. Нет, я ничего не хочу сказать плохого о нем. Антон, конечно, хороший парень, но для Лили это неподходящая партия, ей нужно делать свою карьеру и строить свою жизнь, а не нянчить чужих детей. Но она уперлась — и ни в какую. Даже фамилии сюда приплела.

— Фамилии? — непонимающе переспросила Настя. — Какие фамилии?

— Ну какие-какие... Ее и Антона. Она Стасова, он — Сташис, фамилии настолько похожи, что даже подпись после замужества менять не придется. Лилька считает, что это знак судьбы. Короче, дурь сплошная у нее в голове, и что с ней делать — не представляю. Может, ты с ней поговоришь?

— Я?! — в ужасе переспросила Настя. — И о чем я должна поговорить с твоей дочерью? Ты в своем уме, Владик? Я кто для нее? Совершенно посторонняя женщина. Ну, разве что знаю ее с детства.

Но Владислав Николаевич снова и снова повторял свои аргументы, казавшиеся ему несокрушимыми. Он совершенно не против того, чтобы Лиля встречалась с Антоном, ради бога, но никаких семейных уз! Лиле нужно рожать своего ребенка, а при наличии двух чужих это превратится в проблему для всех. Лиля учится в аспирантуре, пишет диссертацию и собирается делать карьеру, а если она выйдет замуж за Антона и родит ребенка, то наличие троих маленьких детей все это порушит. Даже если она забросит карьеру и сядет дома, нормальных отношений все равно не будет, семью разрушит и детская ревность, и ревность взрослых. Антону будет казаться, что Лиля недостаточно любит его детей от покойной жены, а Лиле, в свою очередь, будет казаться, что детей от первой жены он любит больше, чем их общего ребенка. Короче, ничего хорошего из такого расклада априори получиться не может. Да, Антон хороший парень, честный, умный, но когда речь идет о твоей единственной принцессе — это уже не аргумент.

— Я много раз пробовал с ней поговорить, — продолжал Владислав Николаевич, — но она меня не слушает, она вообще не хочет со мной это обсуждать. Я не знаю, что мне делать, Настюха. Я в полном отчаянии.

— Ну хорошо, у тебя не получается найти общий язык с Лилей, но у нее же есть мать, в конце концов! Почему Рита не может с ней поговорить?

— А! — Стасов безнадежно махнул рукой. — Ритке не до нее, она с новым мужем порхает по Латинской Америке, он там какое-то документальное кино снимает.

Он поднял чашку, залпом допил остывший чай и поморщился.

— Холодный, — проворчал он.

— А ты разговаривай больше, — заметила Настя. — Горячего еще сделать?

— Да ладно, хватит, мне еще домой ехать, а с туалетами на МКАДе, сама знаешь, хреново.

— А Татьяна с Лилей разговаривала? — спросила она. — Все-таки у нее больше прав, чем у меня, Таня ей не посторонняя, как-никак — жена отца.

Владислав Николаевич нахмурился и недовольно поджал губы.

— Таня, видишь ли, считает, что ничего страшного не произойдет, если Лилька выйдет замуж за Антона. Говорит, что девочке было бы полезно пережить такой опыт, а то уж очень она жесткая и сухая. Пусть научится идти на уступки и прощать.

— Кто жесткая?

Настя ушам своим не поверила. О ком это Владик говорит? О Лиле, прелестной толстушке, книжном ребенке, которого Настя Каменская знала с десятилетнего возраста?

— Лилька жесткая, — со вздохом подтвердил Владислав Николаевич. — В общем-то Таня права, конечно, Лильке бы мягкости добавить и доброты... Но все равно, не такой же ценой! Нет, я согласен, Лильке неплохо было бы стать гибче и добрее к людям, но не гробить же ради этого собственную жизнь! Ты ведь понимаешь, почему я именно тебя прошу с ней поговорить? Почему у меня вся надежда не на Ритку и не на Татьяну, а на тебя?

— Ну и почему?

— Да потому, что ты в розыске четверть века отпахала, и кто, как не ты, сможет объяснить Лильке, что такое работа опера и что такое быть женой сыщика! Твои аргументы на нее подействуют. А Рита и Таня в этом смысле для нее не авторитет.

— Кстати, о сыщиках. Ты ведь сам всю жизнь в этой профессии, почему ты не можешь объяснить своей дочери, что такое работа оперативника и что такое быть его женой? Стасов, мне кажется, ты пытаешься переложить на меня то, что прекрасно можешь сделать сам.

— Пробовал, — угрюмо ответил он. — Не получается у меня. Лилька меня не слушает. Она считает, что я слишком давно ушел со службы и у меня совковые представления, а сейчас жизнь совсем другая. В общем, я для нее — пережиток прошлого.

Н-да, с этим, конечно, не поспоришь, Владислава Николаевича уволили в отставку еще в 1995 году. Неудобен стал. А Настя прослужила до 2010 года. Может быть, Владик и прав?

— А с самим Антоном поговорить ты не пробовал? — Настя все еще пыталась найти спасительную соломинку, уцепившись за которую удастся выпутаться из неприятной необходимости учить жизни чужого ребенка.

— А то я не говорил! — рассердился Владислав Николаевич. — Он и сам не рвется на Лильке жениться, он же разумный человек, понимает, что ему нужна не просто жена, а мать для его детей, а какая из Лильки мать? Смех один! Да и ответственность за ее карьеру он на себя брать не хочет. В общем, Антоха-то как раз нормальный, ну, влюбился в Лильку, что тут такого? Она девка красивая, умная, кто хочешь в нее влюбится, в принцессу мою. Пусть бы себе встречались и любились, ради бога! Так ведь она замуж хочет за него! И меня не слушает. Уши затыкает, обижается, в общем, уходит от обсуждения. Или начинает плакать и говорить, что я собираюсь угробить ее жизнь. Ну поговори с ней, Настя!

Анастасия Каменская всегда была против того, чтобы лезть в чью-то личную жизнь, тем более с поучениями. Выполнять просьбу своего давнего друга и нынешнего шефа ей ужасно не хотелось, но в то же время и обижать его отказом в помощи тоже как-то... не по-товарищески. Тем более аргументы для разговора с Лилей Стасовой у Насти были.

* * *

До конца рабочего дня Ольга Виторт разобралась со всеми текущими делами и вполне успешно решила все накопившиеся к данному моменту проблемы. Не зря коллеги говорят про нее: «наша Лара прет, как танк». Конечно, она, как и все люди, имеет обыкновение запускать дела, откладывая на потом и забывая или считая, что вопрос подождет. Это нормально. Но если наступал момент, когда Ольга набиралась решимости все разгрести и привести в порядок, то двигалась вперед быстро, напористо, жестко и не останавливалась, пока не видела перед собой идеальную картину.

Сегодня был именно такой день, четвертый по счету и, как оказалось, последний на данном этапе наведения порядка. Все, что копилось с середины марта, то есть два месяца, было за четыре дня доделано, разобрано, урегулировано, обсуждено и решено. В такие моменты настроение у начальника отдела закупок «нон-фуд» всегда поднималось, и даже воспоминания о взглядах визитеров из «Файтера» его не испортили. Ни на зрение, ни на слух Ольга отродясь не жаловалась, и «Лару» из уст Орехова-младшего она прекрасно слышала, и тычок локтем в бок увидела, и даже сбой в дыхании Химина, когда Филипп ляпнул про суд, усекла. Что уж говорить про те взгляды, которыми обменялись поставщики, когда выяснилось, что менеджер ее отдела не помнит сумму бюджета. Ясно, о чем они подумали в тот момент и что говорили, выйдя из ее офиса. Да что уж там, не только они — весь ее отдел и половина сотрудников «Оксиджена» сплетничают о ее романе с подчиненным. Ну и фиг с ними. Пусть сплетничают. Пусть говорят что хотят, ее это не волнует. Она не просто какой-то там начальник отдела, она — настоящая Лара Крофт, она живет по принципу «вижу цель — не вижу препятствий».

Она не стала задерживаться в офисе, когда закончился рабочий день, ей нужно было успеть на кладбище, ворота которого закрываются в семь вечера. Знакомую фигуру полной женщины в свободном плаще-балахоне Ольга увидела издалека и прибавила шаг, хотя и без того почти бежала.

— Здравствуйте! Вы давно здесь? — выпалила она с ходу.

Женщина обернулась, улыбнулась печально и крепко обняла Ольгу.

— Здравствуй, родная. Хорошо, что ты успела до закрытия, я боялась, что ты застрянешь где-нибудь в пробке. Сама два с половиной часа добиралась, все на свете прокляла.

Невысокая Ольга прижалась лбом к плечу женщины. Как странно устроена жизнь! На этой могиле еще нет памятника, захоронение совсем свежее, всего несколько месяцев, сказали — нужно ждать год, чтобы земля осела. Все было так недавно... Все еще живо в памяти. Во всяком случае, по мнению Ольги, должно быть живо. Ей казалось: то, что говорил тот, кто сейчас здесь лежит, простить невозможно. И забыть невозможно. А Алла, похоже, и простила, и забыла.

Так они и стояли несколько минут, пока женщина не вздохнула глубоко и не отстранила Ольгу.

— Ну, все, моя хорошая, пойдем Женечку навестим, а то с минуты на минуту вход закроют.

Пойдем Женечку навестим... Никак не могла Ольга понять, почему эти два захоронения находились на расстоянии друг от друга, вместо того чтобы оказаться в одной могиле. Ну ведь не по-человечески же! Давно хотела спросить, да все язык не поворачивался. Может, сейчас?

— Алла Владимировна, можно я спрошу? — осторожно проговорила она. — Если вопрос бестактный — просто не отвечайте, ладно?

— Конечно, Олечка, спрашивай, — рассеянно разрешила Алла Владимировна Томашкевич, известная актриса, народная артистка России, ловко, несмотря на значительную полноту, лавируя между оградками. Можно было пройти и по дорожке, но так ближе...

— Почему они похоронены в разных местах? Есть какая-то причина? Или просто так вышло?

Алла Владимировна грустно усмехнулась. Остановилась возле могилы, с фотографии на памятнике смотрело серьезное сосредоточенное лицо.

— Когда не стало Женечки, я была никем. С трудом удалось купить место на этом кладбище, но свободный участочек оказался слишком маленький для гроба, и мне его оформили только при условии, что будет кремация и захоронение урны с прахом. Да и за это взяли огромные деньги, я отдала все, что у нас было. Думаю, что все это сделали незаконно, но мне в тот момент было все равно. А Георгий не хотел, чтобы его кремировали, он много раз говорил об этом. И я не решилась нарушить его волю. Теперь я народная артистка, меня полстраны знает в лицо, и когда я попросила, чтобы Георгия похоронили рядом с Женечкой, мне выделили из «бесхоза» участок максимально близко к Жене. Конечно, лучше бы совсем рядом, но не получилось.

Они еще несколько минут постояли молча, не сводя глаз с фотографии на памятнике.

— Но ведь урну можно, наверное, перезахоронить? — негромко спросила Ольга. — Пусть бы они были вместе... Нет?

— Не знаю, — тихо призналась Томашкевич. — Может быть. Но я даже подумать не могу о том, что будут вскрывать могилу Женечки и вынимать урну. Это невозможно вынести.

Никто из сотрудников сети «Оксиджен» не мог бы представить себе, как сердце несокрушимой Ольги Виторт, железной Лары Крофт, разрывается от горячей любви и острой жалости. И еще от невыносимого чувства бессилия, потому что она не знала, что сделать и чем помочь. Ольга Виторт — и не знает, что ей делать? Такое никому и в голову прийти не могло.

* * *

Из плоской квадратной коробки исходил одуряюще соблазнительный запах. Все-таки не зря эту расположенную напротив здания окружного следственного комитета пиццерию так уважали все, кто в нем трудился. Федор Ульянцев притащил еду в кабинет Баглаева, потому что есть хотелось невыносимо, а Тимур Ахмедович велел прийти в 21.00 для подведения итогов.

Задержанный по подозрению в убийстве Валерий Петрович Ламзин твердо стоял на своих первоначальных показаниях: он вышел из дома практически сразу после того, как из квартиры ушел Болтенков, собирался купить спиртное в круглосуточном магазинчике неподалеку, но уже на улице спохватился, вспомнив, что теперь спиртное после одиннадцати вечера не продают. Однако вместо того, чтобы вернуться домой, решил, несмотря на проливной дождь, пройтись быстрым шагом и даже пробежаться, дабы снять нервозность и успокоиться после скандала с Михаилом Болтенковым. Самого Михаила он на улице не видел, поскольку направился в сторону магазина, а не в ту сторону, куда, по-видимому, двинулся его гость.

Ламзина попросили подробно описать маршрут, по которому он якобы бежал. Полицейские весь день обшаривали дворы, мусорные контейнеры и урны по всему описанному маршруту в поисках выброшенного пистолета. Безрезультатно. Следователь Баглаев попросил криминалистов побыстрее дать заключение по смывам с рук Ламзина, эксперты пошли навстречу, но и здесь ничего не получилось: на руках задержанного не обнаружили никаких следов того, что он стрелял из огнестрельного оружия. Это, конечно, ни о чем не говорило, поскольку кожаные перчатки, как известно, отлично предохраняют кожу рук от частиц пороха и гари. Ламзин мог быть в перчатках. И их нужно было найти. Но и они отчего-то не находились.

С камерами наблюдения вообще полная катастрофа. Дом, в котором живет задержанный, является самым обычным, не ведомственным, не элитным и даже не кооперативным, типичная старая многоподъездная девятиэтажка. На обслуживание таких домов бюджет выделяется маленький, и камеры видеонаблюдения, которые должны, согласно общегородской программе, иметься на каждом подъезде, покупаются самые дешевые, самые плохие. Да и из этих плохих и дешевых добрую половину разворовывают еще до установки, а другая половина быстро выходит из строя. И на ремонт денег, как водится, не бывает. Так что ни одна видеокамера из тех, что установлены на подъездах дома Ламзина и двух соседних домов, не работала уже давно. Была, правда, надежда на хорошие камеры, которые обычно стоят на дверях дорогих магазинов, офисов банков и так далее, но и здесь полицейских ждала неудача. Микрорайон был до такой степени «спальным», что ни одного приличного офиса, оборудованного хорошей камерой, по маршруту, которым предположительно двигался подозреваемый, не нашлось. Вернее, нашлось, даже целых две, более или менее приличные камеры видеонаблюдения, которые были даже не сломаны и все записывали, но ведь камера-то для чего нужна? Для того, чтобы видеть лицо того, кто входит в дверь. А вовсе не для того, чтобы фиксировать лица прохожих на расстоянии более трех метров от двери. Да, какие-то люди проходили, точнее — пробегали мимо камер, вжав голову в плечи, накинув капюшоны, держа над головой зонты, но ни одного лица разобрать было невозможно. Да и особенности фигуры и одежды не определялись: темно и потоки воды с неба. Короче: показания Ламзина не удалось ни подтвердить, ни опровергнуть.

Самым слабым местом этого уголовного дела был большой разрыв во времени между задержанием Валерия Ламзина ночью и проведением обыска его квартиры утром. Никто не виноват, что так получилось. Когда вся дежурная группа уже работала в квартире Ламзина, Баглаеву позвонил кто-то из его руководства и велел все бросать и немедленно мчаться на другое происшествие: в трех кварталах от места обнаружения трупа Михаила Болтенкова взорвали автомобиль зампрефекта округа. Чиновник, вышедший из дома, где был в гостях, садился в машину и при взрыве получил серьезные травмы. Тимур Ахмедович такому приказу, конечно, не обрадовался, не любил он бросать начатое на полпути, но спорить с начальством не стал, быстро написал постановление о задержании и велел везти Ламзина в отдел, а сам помчался на место взрыва. Обыск квартиры провели только утром, и то обстоятельство, что ни оружия, ни перчаток, ни патронов не нашли, уже никак не могло свидетельствовать в пользу подозреваемого. Его жена и дочь оставались в квартире одни в течение нескольких часов и имели все возможности избавиться от улик. Сегодня же самым тщательным образом обыскали и дачу Ламзиных, и гараж, но ни оружия, ни перчаток не обнаружили. Все это было не просто плохо — это было очень плохо. И поскольку никаких вещественных доказательств пока добыть не удалось, оставалось работать на поиск свидетелей. В этом направлении необходимо было сделать все возможное и невозможное.

Тимур Ахмедович достал расчерченный в виде таблицы лист бумаги, но Ульянцев кинул на него умоляющий взгляд:

— Тимур Ахмедыч, давайте пожрем, ну сил же никаких нет терпеть, с голоду подохну сейчас, а она так пахнет, зараза!

Баглаев усмехнулся и убрал заготовленную таблицу в ящик стола. Он терпеть не мог никаких крошек вблизи рабочих документов. Федор быстро вскрыл коробку, достал из кармана куртки раскладной нож и ловко разрезал аппетитный круг на восемь частей. Баглаев прислушался к себе, провел языком по десне справа: после удаления зуба, который, как уверял стоматолог, уже не спасти, осталась дырка, и десна, да и вся челюсть, весьма ощутимо побаливала. Пожалуй, пиццу есть не стоит, хотя голод и держит за горло костлявой рукой. Лучше потерпеть, потом, дома уже, попросить жену приготовить что-нибудь более безопасное.

— Вкусно! — с набитым ртом констатировал Федор, уминая второй кусок. — Чего вы не едите-то? Вы ж любите пиццу.

— Спасибо, Федя, я воздержусь, зуб у меня...

— А-а-а, — сочувственно протянул оперативник. — Ну тогда ладно.

После третьего куска Ульянцев ощутил себя вполне готовым к продолжению работы. Следователь снова достал таблицу, и Федор, глядя в блокнот, начал излагать результаты поквартирного обхода дома, где проживает задержанный Ламзин, а Тимур Ахмедович проставлял в соответствующих клетках значки, которые обозначали «ничего не видели», «не открыли дверь», «уехали или не проживают», «что-то видели», «не отработано». Нашлось еще несколько человек (квартиры рядом, выше и ниже квартиры Ламзиных), которые слышали голоса и скандал, подтвердилась и информация о том, что дверь хлопнула дважды. Впрочем, сам задержанный этого и не отрицал, он сразу признался, что выскочил следом за Болтенковым, но не убивал (само собой!), а собирался сбегать в магазин за водкой.

— Кому бы он это все рассказывал! — негодовал Ульянцев. — Сегодня в нашей стране даже младенцы знают, что водку после двадцати трех часов не продают нигде и никому. То есть продают, конечно, но это ж надо места знать! Само собой, Ламзин сообразил, что вранье вышло неудачным, и начал лепить какую-то ахинею, что, дескать, сначала забыл, да потом вспомнил, да решил просто прогуляться-пробежаться. Это под проливным дождем-то... Но я, Тимур Ахмедыч, зацепочку одну нащупал. Сегодня-то все силы и всех людей на поиски оружия и на поквартирный обход задействовали, так что у меня до нее руки не дошли, а вот завтра я за эту ниточку обязательно потяну. Похоже, я знаю, где и у кого Ламзин мог приобрести пистолет.

Выслушав соображения оперативника о том, что Ламзин имел множество добрых знакомых среди работников полиции по месту жительства, Баглаев скептически усмехнулся:

— Молод ты еще, Феденька, против оперов работать, не справишься.

— Да ладно вам, Тимур Ахмедыч, — возмущенно возразил Ульянцев, — чего там справляться-то? Я же не буду про оружие напрямую спрашивать, я буду типа характеристику личности задержанного составлять. А уж если у кого рыло в пуху — я непременно почую, даже не сомневайтесь.

Но следователь Баглаев сомневался. И даже очень. Он вообще не особо верил в такую штуку, как интуиция, особенно у молодых людей. Тимур Ахмедович полагал, что интуиция — это не голос свыше и не природное умение считывать сведения из информационного пространства, а результат большого жизненного опыта. Посему если уж и говорить об интуиции, то только применительно к людям, долго пожившим и много испытавшим.

Федя же Ульянцев на человека, обремененного опытом и знаниями, никак не тянул.

— Если твоя версия толковая, то отдай ее тем, кто поопытнее, — посоветовал он. — Кстати, там какие-то звонки из министерства идут, большие начальники вмешались, Петровку хотят подключить, так что жди, завтра тебе помощники подвалят. Старшие братья, так сказать. Они тебя быстро научат преступления раскрывать, ты смотри, не оплошай, учись как следует. — Следователь заметил, как моментально помрачнело лицо Ульянцева, и понимающе усмехнулся. — И вот еще что: мне сегодня после суток полагалось отсыпаться, а меня на это убийство подвязали, так что сегодня я уж отработал по полной программе, а завтра меня не будет. Я с утра к судье за санкцией на содержание Ламзина под стражей съезжу — и все.

Федор выглядел таким расстроенным, что на него жалко было смотреть.

— А я? Я же тоже после суток не отдыхал.

— Опера ноги кормят, а следователя — голова, — назидательно произнес Тимур Ахмедович. — Голова должна отдыхать, иначе я тебе такого тут нарасследую, что мама не горюй. Короче, вот тебе постановление о проведении обыска на рабочем месте задержанного Ламзина, вот тебе отдельное поручение, и дуй завтра с утречка, куда указано. Найди мне свидетелей, которые... ну, сам знаешь, что нам нужно. И не забудь съездить на место работы потерпевшего, сам же говорил, что его жена рассказывала: Ламзин ворвался к Болтенкову в тренерскую и открыто, при свидетелях угрожал убийством. Вот всех этих свидетелей мне найди и обеспечь. Все понял?

Ульянцев тяжело вздохнул и принялся упаковывать остатки пиццы в коробку. В общем-то он не был огорчен тем, что выходной накрылся медным тазом. В таких делах, как это, где светит быстрый и безоговорочный успех, дорога каждая минута, и на отдых тратить время нельзя. Удачное завершение дела куда важнее. А вот перспективой работать бок о бок с операми из московского главка он был откровенно расстроен. Они ведь все равно ничего делать не будут, только так называемую методическую помощь окажут, а на фига ему эта методическая помощь? Ему, Ульянцеву, в чьем производстве находится дело оперативного учета, нужны дополнительные руки и ноги, чтобы бегать и собирать информацию, а вовсе не дополнительные головы, которые ничем, на его взгляд, не отличаются от его собственной головы. Вот будут теперь ходить с важными рожами, как надутые индюки, и делать вид, что руководят процессом. И зачем только их подключают? Кому это в голову пришло? Труп тренера по фигурному катанию... Подумаешь! Невелика шишка. Еще ладно бы, если бы дело было совсем тухлым и местные опера не знали бы, с какого конца к нему подступиться. А здесь-то! Все налицо: и подозреваемый, и мотив, еще чуть-чуть — и можно «палку» срубить, записав в свой актив раскрытие тяжкого преступления по горячим следам. На фига ему сдались эти, с Петровки? Опять все лавры себе присвоят. Помощнички, блин! И почему так всегда получается?

* * *

— Тренер по фигурному катанию? Он что, тренирует кого-то, кто будет участвовать в Олимпиаде?

Вопрос, раздраженно заданный Антоном Сташисом, повис в воздухе без ответа. Сергей Кузьмич Зарубин только плечами пожал, а рыжеволосый Роман Дзюба, всего два месяца назад переведенный к ним в отдел из окружной криминальной полиции, немедленно схватился за мини-планшет: поиск информации в интернете — первое, что он всегда делает.

— Болтенков Михаил Валентинович? — через несколько секунд проговорил он. — Нет, ничего такого. В связи с Олимпиадой его имя даже не упоминается нигде.

— Тогда почему нас подключают? — продолжал сердито недоумевать Антон.

Подполковник Сергей Зарубин хмыкнул и выразительно ткнул пальцем в сторону Антона.

— Нет в тебе политического мышления, Тоха, молодой ты еще! И сам убитый Болтенков, и задержанный по подозрению в убийстве некто Ламзин — оба тренеры по фигурному катанию. Да, не высшей лиги. Но! Все равно это вид спорта, в котором на предстоящей Олимпиаде у нас есть хоть какие-то шансы на медали, поэтому нужно бросить в этом направлении все силы. А труп тренера и тренер-убийца — это скандал, который может негативно сказаться на психологической атмосфере и помешать эффективной подготовке наших будущих чемпионов. Короче, обсуждать тут нечего. Есть команда из министерства, наше дело — выполнять. Они там наверху сами решают. Зуб даю — кто-нибудь из Федерации вмешался и начал министерских теребить. Сейчас сюда приедет опер с территории и введет нас в курс дела. Пока могу сказать только то, что сам знаю: труп Болтенкова обнаружен неподалеку от дома, где проживает Ламзин. У Болтенкова с Ламзиным длительные неприязненные отношения были, недавно конфликт разгорелся с новой силой, Болтенков приехал к Ламзину выяснять отношения и после того, как ушел оттуда, был найден застреленным. Ламзин задержан, оружие не найдено, признательных показаний нет. Вот вам и вся картинка.

Роман Дзюба посмотрел на Зарубина ясными глазами круглого отличника.

— И что, уже есть санкция судьи?

— Это я не в курсе, — признался Зарубин, — или есть, или вот-вот будет. А тебе не все равно?

— Но я не понимаю, как можно получить санкцию при таких хилых доказухах! У них же ничего нет на Ламзина! С какого перепугу они вообще его задержали?

Зарубин возвел очи горе и всем своим видом изобразил монолог, суть которого сводилась в кратком изложении к сожалениям по поводу наивности молодого поколения.

Антон Сташис рассмеялся:

— Ну давай, Кузьмич, расскажи теперь Ромчику, как плохо быть молодым. Меня ты уже просветил на эту тему, теперь его очередь.

Но в этот момент зазвонил мобильник Зарубина, и отвечать на вопрос пришлось Антону.

— У следователя может быть хорошая репутация в глазах судьи, — терпеливо объяснял он. — У него, например, всегда все раньше было обоснованно, четко, по делу. И судья ему доверяет, полагается на его профессионализм. Или, как вариант, судья — личный задушевный дружбан этого следака, они, может, учились когда-то вместе или сейчас водочкой и шашлычками балуются время от времени. И вообще, Рома, решение о заключении под стражу принимается исходя не из доказательств виновности...

— Да знаю я, — перебил его Дзюба, — чего ты меня, как студента, натаскиваешь?

«Это правда, — подумал Антон, — что-то меня занесло. Ромка хоть и моложе меня, и опыта у него меньше, но законодательство он знает лучше. Тут не поспоришь. Судье неинтересно, виновен задержанный на самом деле или нет, он доказательства виновности не оценивает, а исходит из оценки фактов, свидетельствующих о том, что человек может скрыться или помешать следствию. Действующего загранпаспорта уже достаточно, чтобы судья дал санкцию. А уж если виза открыта куда-нибудь, то и разговоров нет».

— Ну вот и хорошо, — примирительно произнес он. — Значит, дождешься человека с земли и подключишься.

Зарубин закончил разговор по телефону и мгновенно подхватил последнюю услышанную фразу.

— Что значит «подключишься»? — взревел он. — Почему в единственном числе? Вы оба будете этим делом заниматься.

— Ну Кузьмич, — взмолился Антон, — поимей же снисхождение! У меня убийство Ефимовой из аппарата Госдумы, ты же знаешь.

— Ой-ой-ой, кто бы говорил! — насмешливо протянул Сергей Кузьмич. — Тебя послушать, так у нас у всех по одному делу в работе, и только у тебя, несчастного, целых пять. Про твою нагрузку я все знаю. И про Ефимову свою ты мне тут не пой, не на таких напал. Что мы, не знаем, как люди работают? В первые сутки все на ушах стоят, до трех суток — колотятся еще как-то, а через неделю все превращается в рутину. Ефимову твою уж два месяца как убили, и по делу целая группа работает: и ФСБ, и УЭБиПК, нам только маленький кусочек на отработку всунули, так что главный спрос не с тебя, и на этом деле Ефимовой ты не убился насмерть. Работай, как обычно, а по тренеру надо поднажать, пока все свежее. И не смотри на меня волком.

Дзюба сосредоточенно составлял какой-то документ на своем компьютере, и Антон, подойдя к Зарубину почти вплотную, проговорил как можно тише:

— Серега, ну будь ты человеком, а? Пусть Дзюба пока один поработает вместе с ребятами с земли. Дай мне продохнуть хоть немного. Ты же сам сказал, что знаешь, какая у меня нагрузка. Работы выше головы.

Зарубин взглянул на него сочувственно, но при этом все равно строго. Несмотря на маленький рост, из-за которого ему приходилось смотреть на стоящего Антона, сильно задрав голову, подполковник ухитрялся выглядеть властным и излучать силу.

— Я сказал: нет, — шепотом, но очень четко произнес он. — Кто здесь начальник, я или все подряд? Короче, Тоха, шеф сказал, чтобы по тренеру работали двое. Я назначил тебя и Ромку. Хочешь — договаривайся с ним сам, чтобы прикрыл тебя, но у меня должна быть возможность отчитываться перед руководством с честными глазами. А то вы тут химичите чего-то постоянно, а у меня глаза из-за этого делаются вороватыми.

Антон молча отошел от стола Зарубина, достал из сейфа какие-то бумаги и вышел. Ничего, сегодня Ромка и сам справится, а ему нужно быстро проверить одну, на первый взгляд вполне невинную, информацию. Толку, конечно, не будет, это и так понятно, но если потребуют отчитаться по убийству Ефимовой, то, по крайней мере, будет что показать. Да, результата нет, но работа-то проделана! Человек старался, выяснял, проверял. Иными словами — делом занимался, а не баклуши бил.

* * *

Роман Дзюба занимался спортом всю жизнь, но в ледовых дворцах ему бывать не приходилось. Оперативник по имени Федор Ульянцев быстро изложил обстоятельства дела и сказал, что надо ехать в Детско-юношескую спортшколу, где тренировал свою группу Валерий Ламзин. Во-первых, нужно проверить его показания, во-вторых, следователь выдал отдельное поручение на проведение обыска рабочего места Ламзина, и в-третьих, необходимо выявить свидетелей того, что Ламзин высказывал намерение расправиться с Болтенковым.

— Ты так уверен, что эти свидетели есть? — недоверчиво спросил Дзюба.

— Нет — так будут, — уверенно откликнулся Ульянцев. — Но я убежден, что они есть.

Директор ДЮСШ, кругленький и подвижный человек лет шестидесяти, встретил полицейских настороженно.

— Что вы хотите узнать? — сердито спросил он. — Вы уже и так арестовали Валерия Петровича, а теперь хотите, чтобы кто-то из нас вам помог его упрятать в тюрьму? Не дождетесь!

— Зачем вы так? — мягко откликнулся Ульянцев. — Мы хотим всего-навсего узнать, что это за история с его увольнением. Ведь именно из-за этого возник конфликт с Болтенковым. Или есть другая причина?

Директор горестно вздохнул и жестом предложил оперативникам присесть. Роман Дзюба с любопытством рассматривал фотографии, которыми были увешаны все стены маленького кабинета. Соревнования, награждения, тренировки, портреты юных спортсменов и взрослых — скорее всего, тренеров.

— Это совершенно идиотская история, совершенно идиотская, — директор покачал головой и развел руками. — Пришла команда сверху: применить статью закона. Закон-то вышел давно, но никому и в голову не приходило его всерьез применять, понятно же, что глупость. А тут спустили прямое указание из Федерации — и попробуй не выполни. Видно, кому-то лед понадобился позарез, вот и решили хорошего тренера вытеснить.

— А кому, не знаете? — с любопытством спросил Дзюба и тут же наткнулся на предостерегающий взгляд Ульянцева: мол, не отклоняйся от генеральной линии партии, не лезь в детали, которые не имеют значения для дела, не трать время.

Роман Дзюба всегда отличался упрямством. И никакие взгляды, даже самые выразительные, остановить его не могли.

— Догадываюсь, — директор отвел глаза и уставился на цветок в горшке, стоящий на шкафу.

— И кому же? — настойчиво продолжал Роман.

— Не хочу зря клеветать на людей. Может быть, я ошибаюсь.

Ульянцеву явно надоела самодеятельность Дзюбы, и он перехватил инициативу.

— Как сотрудники спортшколы отнеслись к увольнению Ламзина?

Директор пожал плечами.

— Кто как. Одни сочувствовали и негодовали, другие радовались открыто. Дети очень огорчились. А родители их вообще взбунтовались. Дети Ламзина очень любят, никто не верит, что он мог убить, и собираются тренироваться пока одни, со вторым тренером, и ждать его. Уверены, что его скоро восстановят на работе. Родители спортсменов даже петицию писали в Федерацию.

— А что Федерация? Ответила что-нибудь?

— А ничего. Им же лед для кого-то понадобился. Тренеров много, групп много, а льда всегда мало, его на всех не хватает. Поэтому на какие только ухищрения не идут, чтобы вырвать себе лишние полчаса на льду. Если хотите знать мое мнение, то Валерия Петровича просто подставили. Я уверен, что он не убивал, я его сто лет знаю, да и причин нет. Если бы он считал, что должен убить Болтенкова из-за той истории и из-за увольнения, так давно бы уже убил, две недели прошло, как ему объявили об увольнении по этому корявому закону. И дали две недели доработать, как положено. Зачем было ждать, чтобы Болтенков сам к нему пришел? Да еще убивать прямо возле своего дома? Нет, как хотите, а его подставили.

— Зачем? — быстро спросил Дзюба, стараясь не смотреть в сторону Ульянцева.

«Порчу ему всю малину, — мелькнуло в голове у Романа. — С другой стороны, почему я должен идти у него на поводу? У меня своя голова есть».

— Ну как зачем? Чтобы дети его не ждали, — пояснил директор, — чтобы не надеялись, что на их петицию в Федерацию кто-то откликнется и поймет, что Ламзина нельзя увольнять, и все вернется на круги своя. Чтобы думали, что он уголовник, преступник, убийца. Какая мать разрешит своему ребенку тренироваться у убийцы? Конечно, все мамочки немедленно позабирают своих детей, а тут и другие тренеры за углом стоят в позе низкого старта, самых способных поджидают. Мы же после увольнения Ламзина собрались группу расформировать и раздать детей по другим тренерам, так и спортсмены, и их родители все как один уперлись, не хотят никого, только Валерия Петровича. А после обвинения в убийстве все сразу на все согласятся.

Вот это направление разговора интересовало Дзюбу больше всего, однако Федор Ульянцев, по-видимому, имел совершенно другой план и другие цели, потому что вновь вернулся к вопросу о процедуре увольнения тренера Ламзина и попросил директора рассказать все подробно и последовательно. Слушая директора, Роман вдруг сообразил, что не очень отчетливо представляет себе, о каком законе идет речь. То есть что-то такое было, он помнит, но в подробности не вникал, потому что его непосредственной работы это не касалось. Надо будет разобраться...

— Когда пришло указание действовать в соответствии с этим законом, — говорил между тем директор ДЮСШ, — мы вывесили на доску объявлений бумагу с требованием всем тренерам представить так называемую справку о лояльности. Ну, это мы ее так между собой называем, на самом деле это официальная бумага из органа внутренних дел о том, что человек никогда не привлекался по соответствующим статьям УК. Стали приносить через какое-то время. Кто-то сразу приносил, кому-то пришлось напоминать по нескольку раз. И Валерий Петрович принес. Зашел ко мне сам, сказал, что, мол, так и так, в справке написано, что он привлекался за насильственное преступление, дело прекращено в связи с передачей виновного на поруки в каком-то лохматом году. Я, честно говоря, забеспокоился, вызвал кадровичку, мы все втроем посоветовались, она обещала проконсультироваться в вышестоящей профсоюзной организации. На следующий день она туда поехала, вернулась и сказала: указание надо выполнять, никаких отступлений. Тогда я поехал в Федерацию поговорить. Там высказались еще более жестко, сказали, что в предолимпийский год нам скандалы с тренерами не нужны. Я честно все передал Ламзину, сам был расстроен ужасно, а на Ламзине просто лица не было. Он даже сказал: «Увижу — убью эту сволочь!»

Дзюба вздрогнул и покосился на Ульянцева, по лицу которого промелькнула довольная улыбка. Вот, значит, как... Теперь понятно, что имел в виду Федор, когда выражал уверенность в том, что свидетели будут. Вцепится теперь в эти слова мертвой хваткой и не успокоится до тех пор, пока из четырех, сказанных в сердцах, слов не вырастут по меньшей мере три красочных длинных фразы, подтвержденные как минимум тремя очевидцами.

— Я ведь в Федерации поднимал вопрос о Болтенкове, — продолжал директор, — мол, справедливо будет, если его тоже уволят, а мне объяснили, что у Болтенкова преступление ненасильственное, у него кража. То есть по вот этому умному закону получается, что тот, кто дал в морду вору, тренировать детей и вообще работать с ними не может, а сам вор — пожалуйста. Расхититель — ради бога. Воры и расхитители, мошенники и аферисты у нас считаются носителями высоких моральных качеств, так надо полагать. Впрочем, что удивляться, вся Госдума, поди, из них одних и состоит, раз такие законы принимают.

Директор горячился и волновался, и Дзюба с опаской подумал: «Вот наговорит сейчас черт знает чего в запале, а такие, как Ульянцев, потом будут цепляться и угрожать ответственностью за клевету на органы власти».

— Значит, Ламзин открыто угрожал убить Болтенкова? — довольным голосом уточнил Федор.

Директор вдруг испугался:

— Да вы что, это я так сказал, к слову, все же понимают, что это он сгоряча ляпнул, он ничего такого не собирался... И вообще, вы меня из себя вывели, молодой человек, я вам тут много лишнего наболтал и про Валерия Петровича, и про Госдуму...

Дзюбе стало жаль этого замученного неприятностями человека, так искренне пытающегося защитить тренера. Захотелось его успокоить и хоть как-то поддержать.

— Да не волнуйтесь вы так, мы все понимаем...

Роман собрался добавить еще что-то утешительное и обнадеживающее, но Федор не дал ему договорить.

— А вот вы сказали: «Все понимают, что Ламзин сгоряча ляпнул». Кто — все? Кто-то еще, кроме вас, слышал, как Валерий Петрович грозил Болтенкову убийством?

Ну, ясен пень, теперь и свидетелей угроз надо подтянуть. Роман подавил вздох разочарования.

Директор помялся, несколько секунд потратил на перекладывание бумаг на своем столе, потом ответил с явной неохотой:

— Да, еще кадровичка наша была и секретарь, она как раз принесла приказ об увольнении Ламзина, чтобы я подписал и его ознакомил под роспись.

Ульянцев, разумеется, тут же попросил пригласить упомянутых сотрудников или сказать, где их можно найти, и радостно отправился добывать свидетельские показания, которыми так красиво можно будет подпереть версию следствия. Дзюба остался в кабинете директора, чтобы дотошно разобраться, что же это за закон такой, по которому уволили тренера Ламзина.

— Да что я вам тут буду объяснять! — сердито воскликнул директор. — Вот вам все документы, сами читайте! Законники! А еще полиция называется: законов не знают, а туда же... людей арестовывать у вас юридического образования хватает... черт знает что!

Роман не стал ни возражать, ни обижаться, он понимал, что директор ДЮСШ расстроен: хотел защитить Ламзина, а получилось, что сам, собственными руками дал следствию улики против тренера. Еще и свидетелей назвал.

Директор буквально швырнул на стол перед Дзюбой толстую папку. Роман открыл ее и внимательно прочитал название первого документа. Это был Федеральный закон № 387-ФЗ от 23 декабря 2010 года «О внесении изменений в статью 22.1 Федерального закона «О государственной регистрации юридических лиц и индивидуальных предпринимателей» и Трудовой кодекс Российской Федерации».

Надо же, три года прошло... То есть закон не новый. Интересно, почему о нем так мало разговоров было? А если и были, то давно заглохли.

Он быстро пробегал глазами строчки текста, распечатанного из интернета очень мелким шрифтом. Уже в статье 2 Закона появилась та самая «справка о лояльности», о которой говорил директор. Правда, в официальном тексте она называлась строго и громоздко «справкой о наличии (отсутствии) судимости и (или) факта уголовного преследования либо о прекращении уголовного преследования по реабилитирующим основаниям».

В какой-то момент Роману показалось, что он утратил способность адекватно воспринимать прочитанное. Бред какой-то... Такого просто не может быть! Он внимательно и медленно перечитал еще раз и убедился, что никакой ошибки нет:

«К трудовой деятельности в сфере образования, воспитания, развития несовершеннолетних, организации их отдыха и оздоровления, медицинского обеспечения, социальной защиты и социального обслуживания, в сфере детско-юношеского спорта, культуры и искусства с участием несовершеннолетних не допускаются лица, имеющие или имевшие судимость, подвергающиеся или подвергавшиеся уголовному преследованию (за исключением лиц, уголовное преследование в отношении которых прекращено по реабилитирующим основаниям) за преступления против жизни и здоровья, свободы, чести и достоинства личности (за исключением незаконного помещения в психиатрический стационар, клеветы и оскорбления), половой неприкосновенности и половой свободы личности, против семьи и несовершеннолетних, здоровья населения и общественной нравственности, а также против общественной безопасности».

Ничего себе! Как такое возможно? Выходит, директор был прав, когда говорил, что ворам, мошенникам и расхитителям по этому закону разрешено работать с детьми и подростками... А он, Дзюба, думал, честно говоря, что директор просто плохо разобрался в тексте закона. Нет, ну каковы законодатели, а? Хоть бы сроки какие-то указали, не говоря уже о перечне преступлений... И что вот теперь, если кто-то сорок лет назад нахулиганил и разбил окно, будучи несовершеннолетним, и дело возбудили, а потом прекратили ввиду малозначительности, то есть по тем самым нереабилитирующим основаниям, то сегодня этот взрослый и, возможно, вполне достойный человек, ставший врачом, не имеет права лечить детей? В законе этом чудовищном ясно сказано: принеси справку из органа внутренних дел, и если в ней написано не то, что надо, то трудовой договор заключен быть не может, а уже заключенный ранее трудовой договор подлежит прекращению по обстоятельствам, не зависящим от воли сторон.

Вероятно, вся гамма чувств так выразительно отражалась на лице Дзюбы, что директор наконец перестал видеть в полицейском врага и смягчился.

— Понимаете, в какую ловушку мы все попали? И сделать ничего нельзя, Федерация настаивала на безусловном исполнении закона. Формально они правы. А как мне объяснить все это детям и их родителям? Видели толпу в коридоре? Это вот они, решили меня измором взять, как будто я что-то могу изменить. Все, что мог, я уже сделал. И от петиции их толку не будет.

Поблагодарив директора, Дзюба отправился искать Федора. Нашел он Ульянцева в подвальном этаже, в небольшом кафе, почти все столики которого были сдвинуты вместе: за ними сидели человек 10—12 взрослых и примерно столько же подростков, которые пили чай с бутербродами и что-то обсуждали, понизив голос и бросая то и дело неприязненные настороженные взгляды в сторону единственного «не присоединенного» столика, за которым беседовали Федор и строгого вида дама средних лет. Роман молча подсел к ним и начал слушать. Судя по словам женщины, она отвечала на вопрос о реакции Ламзина на предупреждение об увольнении. Значит, Федору удалось добиться своего и вытянуть из этой свидетельницы подтверждение того, что тренер высказывал угрозы убийством в адрес Болтенкова.

— Приказ я подготовила и попросила секретаря распечатать и отнести на подпись директору. Он сразу подписывать не стал, ждал, пока у Валерия Петровича закончится тренировка, потом вызвал его к себе. Конечно, для Ламзина это не было совсем уж полной неожиданностью, все-таки две недели прошло с тех пор, как его предупредили...

— А почему ждали две недели? — спросил Ульянцев.

— По закону положено. А мы за это время пытались выяснить, может, можно как-то обойти этот закон, не так прямо втупую его исполнять. Звонили знакомым, узнавали, как там в общеобразовательных школах решается вопрос, в медицинских учреждениях, в других спортшколах.

— И что вам ответили? — задал вопрос Дзюба, которому не давал покоя более чем странный закон.

Дама как будто только сейчас заметила, что за столиком сидит еще кто-то, кроме нее самой и Ульянцева. Она медленно повернула голову в сторону Романа и приподняла брови, помедлила, словно о чем-то вспоминая, потом слегка кивнула каким-то своим мыслям. Ульянцев пребольно наступил Роману на ногу, дескать, куда ты лезешь? Какое значение имеет, что ей ответили в других школах? Значение имеет только одно: Ламзин угрожал Болтенкову и высказывал намерение расправиться с ним!

— Знаете, все страшно удивлялись, — неторопливо ответила дама, ведающая кадровыми вопросами в ДЮСШ. — То есть указание насчет этого закона все, конечно, получили уже давно, закон-то не новый, еще десятого года, но потом выяснилось, что если по этому закону увольнять всех, кто под него подпадает, то сельские школы и детские больницы вообще без кадров останутся. Дошло до того, что сторожа детского сада уволили, потому что он двадцать с лишним лет назад привлекался за неуплату алиментов. Ну, стало понятно, что исполнять закон невозможно и не нужно, и спустили все на тормозах, никто ж не теребит, все как будто тявкнули и в будку спрятались. А тут... Мы даже удивились. Никаких уступок. Но мы понимаем: кому-то лед понадобился, кому-то группу надо набирать, свои игры. С Ламзиным просто расправились, прикрывшись этим законом. А придраться не к чему; если он в суд на незаконное увольнение подаст, то никакой суд его не восстановит, потому что закон-то исполнен.

Ульянцев свою программу-минимум, судя по всему, выполнил, потому что, закончив беседовать с дамой из отдела кадров, снова направился в сторону кабинета директора. Предъявив ему постановление о производстве обыска в тренерской, где находится рабочее место Валерия Петровича Ламзина, Федор попросил организовать ему двоих понятых и дать ключ от помещения. Тренерская оказалась тесной комнаткой с тремя столами, шкафом для одежды и продавленным диванчиком. Стены плотно увешаны фотографиями, дипломами, вымпелами и прочими документальными подтверждениями вех спортивного пути как самих тренеров, так и их учеников. В углу скромно стояла жалостливого вида покосившаяся тумбочка с парой немытых чашек, чайником и коробками с чаем и сахаром. Спросив, какой из столов принадлежит Ламзину и в какой из секций шкафа он хранит свои вещи, оперативники приступили к обыску.

— Чего ищем-то? — шепотом спросил Дзюба. — Что-то конкретное?

Ульянцев недовольно мотнул головой.

— Как обычно.

— Понял, — вздохнул Роман.

«Как обычно» в данном случае означало, что искать (и желательно найти) нужно следы пребывания оружия — пятна оружейного масла, патроны, кобуру, следы чистки — тряпки, скомканную бумагу со следами масла или смазки, а также документы, которые могут стать вещественными доказательствами: дневники, записки, письма.

В шкафу висела теплая куртка для пребывания на льду, в карманах ее ничего не обнаружили, но Ульянцев решил на всякий случай оформить изъятие. А вдруг повезет и именно на этой куртке криминалистам удастся выявить следы оружия?

В ящике стола обнаружился тренерский журнал, и Дзюба с удивлением услышал пояснения одной из понятых — хореографа — о том, что у тренеров огромное количество писанины, нужно составлять планы нагрузок и занятий, отмечать присутствие, иметь список группы. Надо же, ему, с детства посещавшему самые разные спортивные секции, даже в голову не приходило, что его тренеры ведут какие-то журналы. Почему-то казалось, что тренер работает только в зале и его работа состоит исключительно в проведении тренировок.

«Ну да, — с усмешкой подумал Роман, — про нас, оперов, тоже все думают, что мы в основном бегаем-прыгаем-догоняем-в засадах сидим, и никто даже представить себе не может, сколько в нашей работе писанины и отчетности...»

На подоконнике высилась стопка разноцветных разнокалиберных коробок, похожих на конфетные.

— Так это и есть конфеты, — пояснила все та же словоохотливая понятая. — Родители же несут, а куда их девать? Валерий Петрович вообще сладкое не ел, не любил. Если кто хотел ему приятное сделать, то несли банки с соленьями и маринадами. Но мало кто об этом знал, конечно, поэтому конфеты несли... Вот они здесь и валяются.

Ульянцев быстро примерился к толщине коробок, выбрал три, в которые можно было бы при желании поместить пистолет, прикинул на руке вес, вскрыл и безнадежно осмотрел аккуратные ряды всевозможных конфет.

Тренерская маленькая, и даже самый тщательный обыск закончился довольно быстро. Все, больше искать негде. Ничего не нашли.

* * *

Работа по раскрытию убийства Инны Викторовны Ефимовой, 47 лет, москвички, сотрудницы аппарата Госдумы из отдела протокола и внешних связей Управления международного сотрудничества, тянулась уже два месяца. Чиновница была средь бела дня убита ударом ножа в грудь в тот момент, когда вышла из салона красоты и садилась в свою машину. Направления разделили: ФСБ разрабатывала линию, связанную со служебными обязанностями в части, касающейся паспортно-визовых дел; Управление экономической безопасности и противодействия коррупции искало информацию о конфликтах, проистекающих из возможных финансовых афер и взаимоотношений с банками; а оперативникам из криминальной полиции поручили раскапывать личные и бытовые отношения потерпевшей. С самого начала было понятно, что сделано это исключительно для виду, чтобы потом никто не смог обвинить руководство в том, что оно не обеспечило проверку полного спектра возможных версий. Потому что в бытовую версию никто не верил всерьез и работа по ней шла только для проформы. Для галочки и красивой отчетности. Именно по этой причине Антона не сильно дергали, так что тут Сергей Кузьмич Зарубин ничего не исказил.

И Антон Сташис ни за что не стал бы просить Зарубина изменить свое распоряжение заняться делом об убийстве тренера, если бы буквально накануне невесть откуда вдруг не вылезла информация про этот чертов участок. Точнее, вылезла она у ребят из УЭБиПК, когда они проверяли движение финансовых средств убитой Инны Ефимовой, но поскольку речь шла всего лишь о приобретении соседнего земельного участка у частного владельца, то сразу было понятно, что никаких банковских махинаций здесь быть не может. Однако для очистки совести проверить нужно. Да и для отчетности полезно, в любой момент могут потребовать письменный рапорт о проведенной за последнюю неделю работе, а по убийству сотрудника аппарата Госдумы и отчитаться-то нечем... Попросив Ромчика Дзюбу прикрыть его, Антон направился туда, где строила загородный дом Инна Викторовна.

Это была та часть Рублевки, на которой еще сохранились жилые постройки с тех времен, когда никому в голову не приходило считать территорию особо престижной. Конечно, состоятельные застройщики давно дотянулись до Раздоров, но и самых обычных одно- и двухэтажных стареньких домиков, в которых жили самые обычные люди, оставалось достаточно. Именно такой старый, давно обветшавший дом с довольно большим участком и стоял когда-то забор в забор с участком, принадлежащим убитой. Когда-то — потому что теперь никакого дома на соседнем участке не было. Зато временный забор огораживал оба участка, объединяя их в единое, весьма немалое пространство.

Антон постоял возле забора, позволив себе на несколько минут отключиться от работы и просто помечтать: вот если бы у него был такой участок и на нем дом, как славно было бы детям, Василисе и Степке, вон там он поставил бы качели, вот здесь можно было бы выкопать небольшой бассейн, а в дальнем углу поставить вольер для собаки — Васька давно просит щенка. И еще клетку для кроликов, о которых мечтает маленький Степка...

Встряхнувшись, Антон скептически усмехнулся — не будет у него никогда таких денег! — и направился в сторону жилых домиков. Надо поговорить с соседями убитой Ефимовой.

В первом же доме, куда он постучался, никого не оказалось. А вот в следующем дверь ему открыл крепкий широкоплечий мужчина с костылем, лет шестидесяти, с хитрыми живыми глазами и весьма очевидными следами недавнего похмелья. Представился он Борисом Ильичом и выразил полную готовность поговорить о большой начальнице из Госдумы, которую он, конечно, совсем уж близко не знал, но знаком был, что да, то да. Борис Ильич рассказал, что Ефимова купила участок два года назад, но строиться чего-то не начинала.

— Потом стало понятно, чего она тянула: рядом с ней участок Маклыгиных. — Борис Ильич рассказывал не торопясь, с видимым удовольствием.

Особенно ему нравилось, что Антон записывает его слова. Иногда Борис Ильич даже делал небольшую паузу, если ему казалось, что гость не успевает дословно фиксировать повествование.

— Она расшириться хотела, земли ей было мало, наверное, царские хоромы себе запланировала, не иначе. В общем, начала она Маклыгиных обхаживать, чтобы те участок ей продали, хорошие деньги предлагала, между прочим, не задарма, врать не стану, не хапуга она, баба честная. Мне как Валька Маклыгина сумму объявила, так я чуть с костыля не навернулся. Продавай, говорю, чего думать-то, такие деньжищи огромные, вы ж городское жилье сможете улучшить, квартиру побольше купите, у вас вот дочка замуж вышла, ей рожать надо, где вы впятером ютиться-то собираетесь.

— А они что? Согласились продать? — поинтересовался Антон.

В общем, история не выглядела интересной с точки зрения расследования. О том, что покойная Ефимова купила участок у своих соседей Маклыгиных, Сташис знал еще вчера и приехал сюда только для уточнения информации. Но коль попался такой словоохотливый и явно скучающий свидетель, который может хоть что-то рассказать об убитой, то почему не послушать? Мало ли какое слово проскользнет...

Борис Ильич махнул рукой.

— Так в том-то и дело, что нет! Уперлись, как бараны: здесь наши деды рождались и умирали, здесь наша молодость прошла, и все такое.

Антон с трудом сдержал желание удивленно посмотреть на Бориса Ильича. Что значит «не продали»? Что значит «уперлись, как бараны»? По документам ясно видно, что участок переоформлен на Ефимову. Ладно. Сделаем вид, что все нормально.

— А у них что, общие деды? — едва заметно улыбнувшись, спросил Сташис.

— Ну да, ну да, — задорно расхохотался Борис Ильич. — Это я махнул, могу и преувеличить, со мной бывает. Для красного словца, сам понимаешь, не по злому умыслу. А ты молодец, услышал. Меня жена всю жизнь пилит за красноречие. Пашкины это предки здесь жили, и детство его здесь прошло у меня на глазах, соседи ж как-никак. Не удалось мне им мозги вправить, никак не соглашались продавать. Уж Инна Викторовна и цену поднимала, — ни в какую. Даже ко мне приходила, целую сумку дорогих продуктов и выпивки принесла, просила подействовать на них, видно, ей сказали, что я с Пашкой Маклыгиным сто лет знаком.

— И как? Поговорили?

— А как же! — радостно кивнул Борис Ильич. — Только Пашка и меня не послушал. Короче, сглупили они.

— Я не понял, почему сглупили? Ведь в конце концов участок же продали Ефимовой. То есть согласились.

Борис Ильич поставил густые брови домиком и с укором посмотрел на Антона.

— Да ты что, парень? У них совсем ни копейки лишней не было, чтобы после пожара дом восстанавливать.

Вот тебе и здрасте! Это еще что за новости? Про пожар почему-то вообще речи не было, во всяком случае, в материалах ребят из подразделения по борьбе с экономическими преступлениями.

— После какого пожара?

— А ты не знаешь разве? — неодобрительно прищурился Борис Ильич. — Тоже мне, полиция называется, ничего вы не знаете! Пожар у них был. Дом-то старый, проводка хилая, Пашка хоть и вырос здесь, но безрукий совсем, только головой работать может, доктор наук, а ни полку прибить, ни проводку починить, ничего не умеет. Замкнуло где-то что-то — и все сгорело в момент. Девушка там погибла, родственница их какая-то дальняя, в Москву приехала поступать в институт, а у них квартира-то в Москве маленькая, девчонке заниматься надо, а ее и устроить негде, вот они ее сюда и определили, чтобы к экзаменам готовилась. Жалко ее, что и говорить... Ну вот, дом сгорел дотла, строиться не на что, и Пашка уже сам к Инне Викторовне на поклон пошел. А я ему говорил: надо было сразу соглашаться, когда она большие деньги предлагала, сейчас вот ты к ней пойдешь, а она тебе шиш с маслом покажет, больше червонца за твои угодья не даст. Но не угадал.

— В каком смысле?

— Я же тебе говорил: Инна Викторовна баба правильная была, никого не обманывала, все по-честному. Цену практически не снизила, чуть-чуть только, по сравнению с тем, что предлагала вначале. Так что Валька с Пашкой свою квартиру в Москве продали, эти деньги добавили и теперь живут в человеческих условиях, от центра, правда, далеко, зато метраж хороший, внучку ждут или внука, как получится. Дочка у них уже беременная.

Антон взял у Бориса Ильича московские координаты Маклыгиных. Грех, конечно, так говорить об убитой, но повезло ей: вовремя дом-то сгорел. Правда, девушка погибла... Так что одно из трех: или действительно проводка, или кто-то хотел убить конкретно эту девушку, или мадам Ефимова организовала поджог, не зная о том, что в доме кто-то есть. Итак, что надо делать? Первое: проверить материалы по пожару, посмотреть пожаротехническую экспертизу, поговорить с теми, кто этим занимался. Второе: собрать информацию про девушку, если, конечно, этого еще раньше не сделали. Должны были, по идее, возбудиться или хотя бы доследственную проверку версии об убийстве девушки провести. Должны были. Но сделали ли? Вот вопрос.

Антон посмотрел на часы: времени достаточно, чтобы подтянуть самые «горящие» хвосты по остальным делам и с завтрашнего дня плотно подключиться к убийству тренера. Нехорошо получается: он же сам выступил с инициативой организовать перевод Ромчика Дзюбы из округа на Петровку, убеждал Кузьмича, что Ромка, несмотря на молодость, очень толковый и справится с работой, а теперь выходит, что бросил парня без поддержки. Если Дзюба накосячит, то Кузьмич спросит с него, старшего опера Антона Сташиса, дескать, твой протеже — ты и отвечай. Так что надо постараться за сегодняшний день сделать как можно больше и завтра уже заниматься Болтенковым и прочими фигурантами из мира фигурного катания.

Он еще раз посмотрел на часы и позвонил Эльвире, няне своих детей.

— Как там дела у нас? Все в порядке?

Разумеется, все было в полном порядке, как и всегда.

— До которого часа вы сможете меня подождать?

— Я сегодня никуда не тороплюсь, — ответила няня, — могу остаться ночевать, если нужно.

Отлично! Второй звонок — Лизе:

— Я освобожусь часов в девять вечера. Ты как?

— Приедешь? — с надеждой спросила девушка.

— Приеду, — пообещал Антон.

Ему не нравилось, что она просила называть себя Лизой, Антону куда милее было мягкое переливчатое «Лиля» — имя, которым она представилась при знакомстве полгода назад. Но уже на первом свидании она строго попросила Лилей ее больше никогда не называть. Только Лизой. Антон нехотя подчинился, хотя причин такой просьбы не понимал. Он вообще многого не понимал в этой красивой девушке, с которой ему так нравилось спать, но на которой он почему-то совершенно не хотел жениться.

* * *

Весь лист плотной рисовальной бумаги уже покрыт бесформенными пятнами масляной пастели, осталось нанести последнее. Он задумался: какой цвет выбрать? Для этой картины он в качестве основного придумал резкое сочетание глубокого изумрудно-зеленого с холодным бледно-розовым, а дополнительными цветами для пятен меньшего размера хотел бы сделать что-то мягкое, нежное, чтобы передать свое сегодняшнее настроение.

Глубокий зеленый — цвет депрессии, холодный розовый — равнодушия, но ведь жизнь не состоит только из собственного горя и равнодушия к нему со стороны людей, в ней есть пусть маленькие, пусть случайные и короткие, но мгновения тепла, понимания, сопереживания. Жизнь не черно-белая, она многоцветная, в этом художник был убежден твердо.

Поколдовав над сочетанием желтого и красного, он добился, в конце концов, нежного теплого оттенка и покрыл пастелью последний незакрашенный участок бумаги. Бросил взгляд на выполненный карандашом эскиз — да, все правильно, именно в этом месте на готовой работе будет находиться нижний «полураспустившийся» цветок. Именно нижний, а не верхний, как символ оживающей надежды в тот момент, когда все, казалось бы, ушло на самое дно. Всегда можно упасть. Но и подняться тоже можно всегда. Слаб не тот, кто споткнулся, а тот, кто не нашел в себе сил встать и идти дальше.

Вот теперь лист полностью покрыт разноцветными пятнами масляной пастели. Художник развел в небольшом количестве воды черную акриловую краску, проследил, чтобы она не оказалась слишком жидкой, и полностью закрасил ею масляную пастель. Дал краске подсохнуть и взялся за отвертку, процарапывая линии, завитки, петли... Отвертка снимала слой черного акрила и открывала нижний пастельный слой, из-за чего все линии и фигуры получались переливчато-многоцветными.

Он разделил единственную комнату в своей квартире на две части. В одной он — обычный москвич, который ест, пьет, спит, занимается любовью со своей подругой, читает книги и смотрит телевизор, сидит за компьютером. В другой он — творец, художник, единоличный властелин собственного придуманного мира, состоящего из цвета и линий. Это поистине божественные линии, в которых для него соединено и воплощено все самое изысканное, самое прекрасное. Эти линии — вершина мастерства, сияющая и недосягаемая. Создать эти линии смог только один человек за всю историю. И только еще один смог безупречно их повторить.

Он работает, а в голове звучат слова: «Ты думаешь, тебе просто не повезло? Ты думаешь, ты просто споткнулся там, где другие не споткнулись? Все было заранее предопределено, были приняты все меры к тому, чтобы ты споткнулся. Ты думаешь, случайно одного заменили на другого? Нет, это был расчет. Это была чья-то выгода. И этой выгоде тебя принесли в жертву».

Слова начали звучать уже тогда, когда он только выбирал цветовую гамму пастельных пятен. Именно они, слова, и настраивали художника каждый раз, вызывая определенные эмоции и заставляя отдавать предпочтение тем или иным цветам. И акрил он выбирает тоже, прислушиваясь к своему внутреннему состоянию. Иногда ему хочется работать с голубым, иногда с красным, иногда с зеленым или желтым. Но сегодня он выбрал черный. Проглядывающие из-под черного фона цвета горя и равнодушия — и проблески надежды.

Без слов вдохновение не приходит, и линии получаются неточными и невыразительными, и не приходит чувство цвета. Каждый раз, когда он работает над своими полотнами, он слышит слова. Всегда разные. И произносят их разные голоса — мужские, женские, детские, старческие. Голоса звучат по-разному, некоторые — в полной тишине, некоторые — на фоне шумов или музыки, одни — приглушенно, другие — гулко. Природа наградила его великолепной слуховой памятью. И теперь именно память стала источником, дающим ему силы дышать в одном из двух миров и как-то доживать в другом.

* * *

До глубокой ночи Роман Дзюба не мог избавиться от неприятного послевкусия, оставленного первым знакомством со следователем Баглаевым. Промотавшись весь день в поисках свидетелей и доказательств, Ульянцев и Дзюба собрались было разбежаться по домам, когда Федору на мобильный позвонил следователь.

— Тьфу ты, — в сердцах бросил Ульянцев, засовывая телефон в карман, — ведь собирался сегодня оттул брать за сутки! Говорил вчера, что только санкцию у судьи получит — и все! Так нет, неймется ему, не может отдыхать, как человек. Поехали!

— Куда? — не понял Роман.

— Куда-куда... К Баглаеву. Отчитываться о наших феерических успехах.

После такой характеристики романтичный и влюбленный в свою профессию Роман Дзюба ожидал встретить следователя, столь же преданного делу и мыслящего так же, как и сам оперативник. Увидев перед собой атлетически сложенного русоволосого мужчину лет сорока, с приятным лицом и располагающей улыбкой, Роман укрепился в своих надеждах. И разочарование его было тем сильнее, чем больше он убеждался, что Тимуру Ахмедовичу, по сути дела, не важно, кто на самом деле убил Михаила Болтенкова. Ему важно было оказаться правым. Во всяком случае, именно так показалось Дзюбе после встречи с Баглаевым, который, как выяснилось, получил санкцию на заключение Ламзина под стражу и потому был чрезвычайно доволен, когда Федор Ульянцев в подробностях рассказывал о свидетелях, готовых дать показания о том, что Ламзин угрожал убить Болтенкова. А когда Роман осторожно высказал сомнения в виновности Ламзина, следователь оборвал его довольно безапелляционно. Это подействовало на Дзюбу как удар хлыста, он мгновенно встал на дыбы.

— Вы провели обыски в четырех местах, плюс машина Ламзина, уже пять. И ничего не нашли! Ни оружия, ни перчаток, ни одежды со следами пороховых частиц. Я не верю, что обыкновенный тренер по фигурному катанию может за короткое время все продумать и устроить так, чтобы полностью избавиться от вещдоков. Не верю я! Он не мог знать, что Болтенков приедет к нему поговорить, значит, не мог заранее все это продумать и организовать.

— Да успокойся ты с этими обысками, — встрял Ульянцев, полностью разделявший позицию следователя. — Много ты знаешь, кто чего может придумать или не может. Да он мог выйти на проспект, поймать машину, отъехать на расстояние трех-четырех минут езды, ночью трасса пустая, можно отъехать очень далеко. Там выскочил на минутку, выбросил все в мусорный контейнер, сел в машину и вернулся точно в ту же точку, где сел в нее. И дальше бежал ножками. Вот соседи видели, как он подбегал к подъезду весь в мыле.

— Ну да, — кивнул Роман. — Но он ведь и не отрицает, что бегал.

Ульянцев демонстративно замолчал и отвернулся, всем своим видом давая понять, что с такими упрямыми балбесами вообще работать невозможно и просто смешно, что на Петровке считают этих зеленых пацанов способными «оказывать методическую помощь». Тот факт, что зеленый пацан был всего года на два-три моложе самого Федора, Ульянцева ничуть не смущал.

— Слушай, Дзюба, — устало проговорил Баглаев, — чего ты хочешь? Мы с тобой видим одни и те же факты. Только для меня они — свидетельство причастности Ламзина к убийству, а для тебя — свидетельство его невиновности. И свое мнение ты можешь засунуть себе в задницу, потому что...

Дзюба дерзко посмотрел ему в глаза.

— Да, знаю, потому что вы главный. Как в американском кино.

Баглаев укоризненно взглянул на него и неодобрительно покачал головой.

— Не знаю, как там в американском кино, а в российском УПК, в статье пятнадцатой, ясно сказано: функции обвинения, защиты и разрешения уголовного дела отделены друг от друга и не могут быть возложены на один и тот же орган или одно и то же должностное лицо. На меня возложена функция обвинения и на тебя, парень, тоже. И на Федора. И на всех, кто входит в состав следственно-оперативной группы. И ни один из нас не имеет права принимать на себя функцию защиты, даже если очень захочет, ты понял? Так что не лезь в чужой огород и не натягивай на себя чужой костюм. Уважай закон. А будешь своевольничать — придется тебе напомнить, что следователь — лицо процессуально самостоятельное и независимое. Поэтому как я скажу — так и будет.

Под конец рабочего совещания Тимур Ахмедович велел оперативникам землю рыть в поисках ответа на вопрос: где, когда и при каких обстоятельствах Ламзин приобрел пистолет.

— Ты выяснил, он получал разрешение на оружие? — спросил следователь у Федора.

— Нет, не получал, — мгновенно отозвался тот.

— Значит, легальные пути отметаем сразу, — кивнул Баглаев. — Работаем только нелегальные. Надо искать и опрашивать всех подряд. Может, Ламзин у кого-то интересовался, где можно быстро приобрести левый ствол.

— Знать бы точно, какой именно ствол у него был, — жалобно проныл Федор. — Девять миллиметров — это все, что нам известно. А их, девятимиллиметровых-то, до фигища! Когда баллисты дадут ответ?

Следователь, на радость Дзюбе, посмотрел на Ульянцева как на умственно неполноценного.

— Ты что, первый день работаешь? Как ребенок, ей-богу! Баллисты раньше, чем через неделю, ответа не дадут. Так что придется подождать. Я, конечно, звонил, просил, чтобы побыстрее сделали, но толку-то от этого... Еще не родился такой следователь, который не позвонил бы экспертам и не попросил сделать побыстрее. Так что у них на «побыстрее» такая же очередь, как и на все другие экспертизы.

— Но они хотя бы обещали? — с надеждой спросил Федор.

— Обещали, — усмехнулся Баглаев. — Но не особенно твердо. Так что на твоем месте я бы не рассчитывал на быстрый результат.

По пути домой Роман перебирал в уме каждый момент разговора в кабинете следователя, восстанавливал в памяти каждую реплику, пытаясь нащупать ту единственную возможность, которая позволит ему, не нарушая субординацию и служебные инструкции, все-таки вырулить в работе по раскрытию убийства в другую колею. Может быть, Тимур Ахмедович по каким-то причинам не замечает очевидного? Может быть, ему, Роману Дзюбе, нужно привести какие-то более сильные аргументы, найти какую-то новую информацию, позволяющую посмотреть на ситуацию под другим углом?

Нет, ничего у Дзюбы не получалось. И не получалось именно потому, что следователю Баглаеву не нужна была работа по раскрытию преступления. Убийство Михаила Валентиновича Болтенкова он считал уже раскрытым. И ему от оперов нужно было только одно: доказательства виновности Ламзина, которые позволят закончить следствие, составить обвинительное заключение и передать дело в суд.

Дзюба понимал, что следователь не идиот, он прекрасно видит всю слабость своей позиции. Но поскольку произведены задержание и обыски и получена санкция на содержание под стражей, Тимуру Ахмедовичу страшно не хочется признавать, что он мог ошибиться. Баглаев будет делать все, чтобы доказать, что он был прав. У него не будет непредвзятости. С этим надо что-то делать.

— Ромочка, давай я тебя все-таки покормлю, — озабоченно проговорила мать Дзюбы, заглянув к нему в комнату. — Ты же голодный.

Но Роман был так расстроен, что даже от ужина отказался. Он долго еще лежал в полной темноте на диване, заложив руки за голову и наблюдая за тем, как по потолку проносятся отсветы от проезжающих за окном автомобилей. Нужно было принять душ, расстелить постель и ложиться спать. Или хотя бы компьютер включить... Но отчего-то не хотелось.

* * *

В последнее время их свидания почти всегда заканчивались выяснением отношений. Начиналось все мило и приятно. Антон приезжал к Лизе, если освобождался не очень поздно, они ужинали или просто пили чай, потом занимались любовью. Иногда, если Эльвира могла остаться с детьми на ночь, Антон проводил время у Лизы до утра. Но перед расставанием девушка все чаще стала заговаривать о том, чтобы перевести регулярные встречи в режим совместного проживания. Антон прекрасно знал, как ко всему этому относится отец Лизы, Владислав Николаевич, но при этом чувствовал, что дело не только в этом. И даже, если честно, вообще не в этом. А в чем — понять никак не мог. Что-то скребло внутри, раздражало и словно бы удерживало: не делай этого! Однако аргументы, которые казались Антону правильными и разумными, на Лизу не действовали. Сам же он понимал, что это не те аргументы. Совсем не те. А какие — те? Ответа у него не было.

Вот и сегодня, в ответ на очередной вопрос Лизы «Ты что-нибудь думаешь по поводу того, чтобы мы поженились?» он снова, как и в прошлый раз, ответил:

— Тебе не нужно выходить за меня замуж. Наши отношения не имеют перспективы.

— Но я хочу! — Лиза нахмурилась и стукнула кулачком по столу, за которым они пили чай. — Я хочу стать твоей женой! И ты сам тоже этого хочешь.

А вот в этом Антон Сташис как-то сомневался... Но, возможно, это пустые сомнения, вызванные всеми прочими обстоятельствами?

— Лиза, твой отец никогда тебе этого не позволит!

— Ну и пусть! Почему я должна спрашивать его разрешения? Я не ребенок, в конце концов!

— Ты готова рискнуть отношениями с отцом? — Антону не удалось скрыть недоверия и даже неодобрения, и это, конечно, не укрылось от Лизы. Ее большие темно-серые глаза посветлели и стали холодными.

Антон как человек, рано потерявший семью, очень ценил родственные отношения и считал, что ими ни в коем случае нельзя пренебрегать. Лиза выросла в любви, у нее были и мама с папой, и папина новая жена, а потом и мамины мужья, и наличие любящих и любимых родственников она воспринимает как данность, как нечто само собой разумеющееся. Ей даже в голову не приходит, как тяжело и одиноко жить, когда ничего этого нет, поэтому она и готова сейчас даже отношения с отцом порвать. А это неправильно. Кроме того, она потом сама же не простит эту жертву Антону и будет ею глаза колоть при каждой возможности.

— Лиза, пойми, пожалуйста, брак со мной — это не вариант для тебя. Ты же не сможешь бросить свою карьеру, свою диссертацию и превратиться в домохозяйку? Тебе нужен совсем другой муж.

Она встала из-за стола, отошла к стене, встала, скрестив руки на груди.

«Закрылась, — машинально отметил Антон. — Не хочет слышать меня».

— Вот как ты заговорил?! Тебя волнует моя карьера? Так сделай что-нибудь, чтобы она не пострадала. Ты говоришь, что мы не можем быть вместе, но при этом не делаешь ничего для того, чтобы мы смогли быть вместе. Ничегошеньки!

— Что ты хочешь, чтобы я сделал? — устало спросил он.

— Ты так держишься за свою работу, а вот если бы ты действительно хотел жениться на мне, ты бы подумал о том, чтобы ее поменять.

Каждый раз одно и то же... В этом месте Антон обычно тоже встает, одевается, молча целует Лизу, говорит: «Давай не будем ссориться, родная моя» — и уходит.

И после этого каждый раз чувствует себя ужасно виноватым, потому что понимает, что Лиза права, и в то же время что-то мешает ему согласиться с ней. Он от этого злится с каждым днем все больше и больше, и места себе не находит, и нервничает, и не знает, что ему делать, когда Элин жених закончит наконец свои бракоразводные дела и официально оформит отношения с Эльвирой, после чего, по его же собственным уверениям, не допустит, чтобы его жена работала няней у чужих детей. Его жена должна стать хозяйкой его дома и матерью их общих детей, и в этом раскладе Василисе и Степке места не остается. Женитьба на умной, красивой, самостоятельной и к тому же любящей его молодой женщине выглядит в этом ракурсе единственным реальным и правильным вариантом.

Двигаясь по хорошо освещенной трассе в сторону своего района, Антон Сташис вдруг подумал, что он, пожалуй, не так уж и хочет жениться на Лизе. Да, он был влюблен в нее сильно, был увлечен, и когда она впервые заговорила о браке, с энтузиазмом ее поддержал и даже строил какие-то радужные планы... Но вот в последнее время стал все чаще и чаще задумываться о том, что ему это не нужно. Или все-таки нужно? Может, он просто чего-то не понимает?

* * *

Подразделения Главного управления внутренних дел Москвы, как известно, располагаются не только в большом красивом здании на Петровке, 38, но и в менее приметных домах на близлежащих улицах, в частности — в Колобовских переулках. Именно там, во Втором Колобовском, Роман Дзюба столкнулся с Надеждой Игоревной Рыженко, следователем, с которым неоднократно работал по разным делам. И даже был длительное время влюблен в дочку Надежды Игоревны, Лену, которая не обращала на неудачливого кавалера никакого внимания.

— Рома! — радостно воскликнула Рыженко. — Давно я тебя не видела! Ну как тебе на новом месте? Доволен, что перешел?

— Да вроде нормально пока, — улыбнулся в ответ Дзюба.

— А к нам чего не заходишь? Впрочем, я так понимаю, с Ленкой у тебя все? Прошла любовь — завяли помидоры?

Дзюба смутился. Он действительно охладел к Лене Рыженко, причем произошло это внезапно, в течение буквально нескольких минут. С тех пор он перестал пользоваться любым поводом, чтобы зайти к следователю домой.

— Да не красней ты, — рассмеялась Надежда Игоревна. — Все в порядке, тебе не нужна такая вертихвостка, как моя Ленка. Ты мальчик правильный, и девушка тебе нужна совсем другая, тоже правильная.

«Мне нужна Дуня, — подумал он, даже не замечая, что при мысли о своей девушке невольно начинал улыбаться. — Только с ней мне хорошо. И только она меня понимает целиком и полностью. Правда, моей маме она почему-то не нравится: оценщица в ломбарде, без высшего образования, из простой семьи. А вот Лена Рыженко наверняка понравилась бы. Но я все равно на Дуне женюсь».

— Значит, вы не сердитесь на меня? — как-то совсем по-детски спросил Роман.

— Я радуюсь за тебя, дурачок! С моей Ленкой ты бы горя хлебнул.

И внезапно Дзюба решился. Хотя и понимал, что собирается поступить совершенно неправильно и по головке его за это не погладят. Но после вчерашней встречи со следователем Баглаевым в Ромку словно бес противоречия вселился. И сделать с этим вертлявым, хитрым и настырным бесом молодой оперативник ничего не мог.

— Надежда Игоревна, а можно мне с вами посоветоваться?

— Давай, — кивнула она, — только быстро, мне бежать нужно.

— Нет, быстро не получится, — покачал головой Дзюба. — Там рассказывать много...

— Тогда приходи вечером ко мне домой, после восьми, ладно? Не бойся, Ленки не будет, она уехала на два дня с друзьями за город.

«Зачем я это делаю? — недоуменно думал Дзюба, распрощавшись с Рыженко. — Дурак! Получу за это по самое не балуйся. Но и не сделать не могу».

* * *

— Ты куда? — недовольно спросил Владислав Николаевич Стасов, когда Анастасия Каменская, сдав ему отчет о проделанной работе, собралась уходить. — У меня для тебя новое задание есть.

Настя повернулась к нему и сделала равнодушную мину.

— А не много ли заданий ты мне поручаешь? Нет, я, конечно, могу изменить свои планы и никуда не ехать, только потом не жалуйся.

Лицо Владислава Николаевича выразило попеременно удивление, затем неудовольствие, после чего последовал сарказм и лишь в последнюю очередь — именно то, чего Каменская и добивалась: радость догадки.

— Ты с Лилькой встречаешься? Ну, слава богу! Я уж думал, ты решила проигнорировать мою просьбу.

— Тебя проигнорируешь, как же, — усмехнулась Настя. — Она у тебя стала жутко деловая, весь день по минутам расписан, не подступишься. Вот, выделила мне Елизавета Владиславовна сорок минут, отведенных на дорогу от Института государства и права на Знаменке до квартиры ее научного руководителя в районе Кутузовского проспекта. Так что придется мне сегодня поработать личным извозчиком твоей принцессы.

Владислав Николаевич смущенно опустил глаза. Он вполне справедливо считал себя ответственным за воспитание дочери.

— Ася, еще я хотел сказать... Только ты не убивай меня сразу, ладно? Она не хочет, чтобы ее называли Лилей, как в детстве.

— Да?! — от удивления Настя приостановилась и даже сумку поставила на стол. — А как мне ее называть? По имени-отчеству?

— Она хочет, чтобы ее называли Лизой.

— И почему, интересно? Всю жизнь была Лилей, а теперь что изменилось?

— Аська, ну не терзай ты меня, ради бога! — взмолился он. — Мне самому неприятно, что приходится тебя напрягать. Ну не знаю я, что мне с ней делать. Совсем от рук отбилась. Станешь называть ее Лилей — может взбрыкнуть.

— Ладно, — вздохнула Настя, — пусть будет Лиза.

Лиля, точнее — Лиза Стасова, которую Настя Каменская помнила серьезной, но очень доброй и улыбчивой девочкой, превратилась в совсем взрослую молодую женщину, еще более серьезную. Во всяком случае, когда Настя, подъезжая по Знаменке к особняку, занимаемому Институтом государства и права, увидела стоящую перед входом дочь Стасова, лицо Лизы было сосредоточенным и суровым. Правда, уже через несколько мгновений оно озарилось прелестной улыбкой.

«Прав Владик, — подумала Настя. — В такую кто угодно влюбится».

Лиля степенным шагом подошла к машине и села впереди, рядом с Настей.

— Мне нужно на Кутузовский, в район Триумфальной арки, — деловито сказала Лиля. — Я там покажу, как проехать.

— Слушаюсь, мой генерал, — улыбнулась в ответ Анастасия. — А как насчет поздороваться?

— Не ловите меня на слове, — строго ответила Лиля. — Мы с вами здоровались уже сегодня, по телефону. Тетя Настя, давайте ближе к делу, ладно? Вас папа прислал? Насчет Антона?

— Все верно, — вздохнула Настя, — и поскольку папу твоего я давно и нежно люблю как друга и уважаю как старшего товарища по профессии, то отказать ему не могу. Поэтому давай я тебе скажу все, что считаю нужным, ты меня молча выслушаешь, я тебя довезу, и разойдемся, взаимно довольные друг другом. Договорились?

— Вот уж нет! — фыркнула девушка. — Если я с вами не соглашусь, то молчать не стану, не надейтесь.

Понятно. Характер тяжелый, самомнение в наличии, умение договариваться и идти на взаимно приемлемый компромисс отсутствует полностью. Да, пожалуй, жена Стасова Татьяна не так уж не права, если считает, что Лиле полезно оказаться в ситуации, которая ее отрезвит хоть немного.

— Хорошо, — покладисто кивнула Настя, — если не согласна — возражай, обсудим твои аргументы. Я не собираюсь тебя уговаривать или агитировать, я просто хочу понять твою позицию. Возможно, права как раз ты, а твой отец не прав. Убеди меня, и я смогу защитить тебя перед ним. Вот смотри, что мы имеем: Антон, отец с двумя малолетними детьми и очень непростой работой, при которой он не может ни распоряжаться своим временем, ни планировать что бы то ни было, в том числе отпуск и выходные дни. Ему нужна няня для детей, сейчас она есть, но в ближайшем будущем ее не будет. Денег на то, чтобы платить другой няне, у Антона нет. Да, он порядочный и разумный человек и не станет жениться на ком попало с единственной целью: заиметь бесплатную няньку для малышей. Он женится только по любви, это понятно. И что будет, если он женится на тебе? Как ты себе представляешь вашу совместную жизнь? Расскажи мне, а я постараюсь убедить твоего отца, что это разумно и реально.

Лиля помолчала некоторое время, потом заговорила:

— Антон эгоист. Да, у него есть проблема, с этим я не спорю, но проблема легко решается. Однако Антон сам ничего не делает для решения этой проблемы, он хочет решить ее за счет других людей.

— Да ну? — искренне удивилась Настя. — И как она решается?

— Очень просто, — Лиля пожала плечами. — Антон хочет работать только там, где ему интересно. Он махровый эгоист, он не хочет ради детей сменить работу и заниматься тем, что ему не так интересно, но за что платят хорошо. Пусть сменит работу, пусть идет туда, где ему будут платить достаточно, чтобы содержать няню. Вот и все решение.

— Как интересно, — протянула Настя с сарказмом. — И куда, по-твоему, он должен пойти работать?

— Ну как — куда? Юристы везде нужны, и платят им очень хорошо.

Понятно. Юная дева, наслушавшаяся невесть каких бредней и начитавшаяся глупостей в интернете.

— Дорогая Лиза, мне очень жаль тебя огорчать, но вы все живете какими-то иллюзиями насчет того, где и как можно заработать деньги. Ты считаешь, что юристы везде нужны? Это миф, моя дорогая. Хорошо платят специалистам в области налогового права, цивилистам, тем, кто имеет дело с Арбитражным судом, с правовым регулированием проблем собственности. Антон ничего этого не знает, он специалист в узкой области: уголовное право, процесс, оперативно-розыскная деятельность, криминалистическая тактика. Он даже в кримтехнике не разбирается. Вот с такой специальностью кому он нужен?

— Да вы что, тетя Настя? А адвокатура? Пусть идет в адвокатуру, занимается уголовными делами, там можно нормально зарабатывать.

Ох ты господи! Настя Каменская тяжело вздохнула. Чему их там учили в институте — непонятно. Вероятно, чистому законодательству, но уж никак не практике его применения. Выходят из вузовских аудиторий такие вот отличницы, поступают в аспирантуры, пишут диссертации, становятся кандидатами наук, начинают сами преподавать и учить студентов. Чему учить? Да понятно чему. Тому же, чему их самих научили. А если учесть, что во время учебы в вузе эти студенты еще и сериалы иногда посматривают по телевизору, то легко предположить, какой коктейль из мифов и глупостей гнездится в их головах. Придется провести с девочкой ликбез.

— Ты уверена? — спросила она горько. — Ты вообще сама работала в этой сфере? Для того чтобы хорошо и честно зарабатывать, будучи адвокатом, надо иметь очень немаленький опыт. Из новичков звезды адвокатуры не получаются, можешь мне поверить. Новичок, к тому же пришедший из полиции, будет использоваться строго определенным образом, потому что больше ничего пока не умеет, зато имеет много полезных знакомств, а кушать хочется каждый день. Вот ты, без пяти минут кандидат наук, знаешь, что нужно делать адвокату, если он намерен подать следователю ходатайство о допросе нового свидетеля, а пройти в здание следственного комитета не может, потому что его не пропускают? И сам следователь на звонок не отвечает. Или отвечает, что он на выезде и сегодня уже не вернется.

— Там внизу ящик есть для ходатайств, — быстро ответила Лиля, — именно на такие случаи.

— Правильно, — кивнула Настя с улыбкой. — Он опускает ходатайство в ящик, а потом выясняется, что в секретариате оно не зарегистрировано и следователь его не получил. Свидетель допрошен не был. И заслушать его показания на суде уже нельзя, коль скоро эти показания не фигурируют в материалах предварительного следствия. Что должен сделать адвокат, чтобы этого не произошло?

Лиля молчала, нахмурившись.

— Вот именно, — констатировала Настя. — Ты не знаешь. И ни один начинающий адвокат не знает. Потому что это приходит только с опытом. А тех, у кого опыта пока нет, используют несколько иначе. Ты что, хочешь, чтобы Антон зарабатывал деньги при помощи «проносов» и «заносов», решая вопросы? Даже если бы он теоретически мог согласиться на это, поступившись своей честностью, он все равно не имеет права на такое пойти, потому что это очень большой риск. Что ему делать, если его возьмут с поличным и посадят? Что будет с детьми? Он ведь обязан и об этом подумать.

Лиля сидела, насупившись и покусывая нижнюю губу.

— Можно работать в охранном агентстве, — наконец выдавила она, — там тоже неплохо платят, во всяком случае, больше, чем в полиции, на няню хватит. Антон в прекрасной физической форме.

Ах, как умно! Детский сад, право слово!

— Если пойти в охрану, используя физические навыки и умение стрелять, то это точно такой же риск, на который Антон как отец-одиночка не имеет права, — терпеливо объяснила Настя.

В общем-то даже странно, почему сам Стасов не сказал всего этого своей дочери... Хотя, наверное, он прибегал к тем же аргументам, которые озвучивал, когда приехал к Насте: карьера, дети, ревность и прочее. Ну да, все верно, Лиля в разговорах с отцом всегда защищала своего возлюбленного, ведь она хочет выйти за него замуж и считает своим долгом доказать, что Антон — хороший, он лучше всех. Потому и не могла заявить отцу, что считает Антона эгоистом. Вот разговор на эту стезю и не выходил.

— Можно подумать, что в работе опера меньше рисков, — ехидно возразила Лиля. — Все то же самое, только денег меньше.

Ну что ж, правильно. Но не точно.

— Ты права, — согласилась Настя. — Риски есть, и немалые. Но при этих рисках Антон занимается тем делом, которое знает и любит, и занимается им с удовольствием. А в работе охранника для него никакой радости не будет. Чуешь разницу?

Лиля снова замолчала, ее точеный профиль казался изваянным из камня. По-видимому, время диалога закончилось, наступила очередь монолога. Жаль, конечно, что девушка не готова к конструктивному обсуждению. Значит, придется давить на больное. Ох, как не хочется!

— Лиза, я сейчас скажу тебе одну вещь, она может показаться тебе обидной и несправедливой. Я не настаиваю на том, что я права. Я только предлагаю тебе на досуге обдумать мои слова. Ладно?

— Ладно, — угрюмо кивнула девушка.

— Ты любишь Антона и хочешь выйти замуж за него. Но Антон не может на тебе жениться, потому что не имеет права разрушить твою жизнь и твою карьеру, а это неизбежно, учитывая его финансовые возможности и отсутствие няни или родственников, которые помогут с детьми. Пока все верно?

— Ну, допустим, — осторожно ответила Лиля, которая слишком давно знала Анастасию Каменскую, тетю Настю, чтобы расслабиться и не ожидать от нее подвоха.

— Ты считаешь, что Антону следует бросить любимую работу и заняться чем-то другим, более доходным. Тогда ты сможешь стать его женой, чего тебе очень хочется, без риска для собственной карьеры. Так вот, дорогая моя Лиза, не кажется ли тебе, что это именно ты, а вовсе не Антон, пытаешься решить собственную проблему за чужой счет?

Лиля молчала, но Настя, краем глаза наблюдая за выражением ее лица, видела, что девушка судорожно ищет контраргументы. Сдаваться она не собиралась. И правоту тети Насти признавать не хотела. Строптивая. Самоуверенная. Но зато боец, воюет до победного, а это хорошее качество.

— Нет, мне так не кажется, — уверенно ответила Лиля.

— Докажи, — весело предложила Настя. — Ты требуешь от Антона определенных уступок. Хорошо. А в чем ты сама собираешься уступить? Он принесет в жертву свою профессию, а ты чем готова пожертвовать?

На этот выпад Лиле найти ответ оказалось непросто.

— Здесь направо, под знак, — сказала она, делая вид, что внимательно рассматривает номера домов. — Мы почти приехали. Еще метров двести... Вон тот дом, с зелеными балконами.

Настя притормозила перед домом.

— Мне жаль, что я тебя расстроила, дорогая Лиза, но на прощание я хочу задать тебе один вопрос. Вероятно, не самый приятный. И ответ мне не нужен. Ответ нужен тебе самой. Так что я спрошу, а ты подумай. Готова?

Лиля, уже взявшаяся за ручку дверцы и собравшаяся выйти, недоуменно посмотрела на нее и настороженно ответила:

— Ну, допустим, готова. Что такого страшного вы собираетесь у меня спросить, что к этому нужно готовиться?

Настя мысленно усмехнулась, но постаралась сохранить внешнюю серьезность.

— Ты уверена, что Антон очень хочет на тебе жениться?

Удар пришелся ниже пояса. Насте даже стыдно стало на какие-то несколько секунд. Лицо Лили исказилось одновременно болью и ненавистью. Ну вот, еще одного врага нажила, да не кого-нибудь, не матерого афериста или подлого негодяя, а молоденькую девушку, наивную и неопытную, не испытавшую еще настоящей боли, которую может принести и всегда рано или поздно приносит личная жизнь. Нет, не годится Анастасия Каменская в наставники молодежи, это уж точно! И с восемнадцатилетним племянником не справляется, и с двадцатишестилетней Лилькой не сладила, не смогла найти правильный тон и нужные слова. Обидела девочку.

Но если жизненного опыта Лиле Стасовой явно не хватало, то силы духа ей было не занимать. Она медленно вышла из машины, выпрямилась в полный рост и, прежде чем захлопнуть дверцу, громко и отчетливо произнесла:

— Да, я в этом уверена. Антон меня любит и хочет на мне жениться. И женится. Я вам обещаю.

Повернулась и пошла в сторону подъезда. Настя смотрела ей вслед и насмешливо думала о том, что задание Стасова бездарно провалила. Ну и ладно, не в первый раз. Настроение, конечно, после всего этого не самое лучшее, но зато можно сегодня уже не возвращаться в контору и вместо этого поехать в тир. И получить удовольствие от тренировки. Настя Каменская всегда любила стрелять, но пока она служила, до систематических занятий руки так и не дошли — времени не хватало. Ежегодные зачеты в служебном тире она сдавала блестяще, но ей всегда хотелось большего. Вот теперь, после выхода в отставку, такая возможность появилась. И тиров стало много, и время освободилось.

* * *

Ольга Виторт ехала в машине к Алле Владимировне Томашкевич, поглядывая на попадающиеся по пути магазины и прикидывая, чем бы еще порадовать актрису. Годилась любая мелочь: пирожное из ее любимой кондитерской, новый выпуск журнала с ее интервью и фотографией на обложке, альбом любимого певца, песнями которого Алла заслушивалась еще в юности. Так хочется доставить Алле хотя бы крошечное удовольствие! Она притормозила возле дорогого сетевого супермаркета, славившегося свежей выпечкой из слоеного теста, быстро купила круассаны с шоколадом, вернулась в машину и положила пакет на пассажирское сиденье, рядом с завернутой в бумагу и перевязанной бечевкой картиной в раме. Ольга сама отдала полотно в багетную мастерскую, сегодня забрала и везет Алле Владимировне. Господи, она так мало может сделать для нее! Она готова сворачивать горы, осушать моря и совершать всевозможные подвиги во имя и в честь этой женщины, этой Великой Актрисы, а вот приходится довольствоваться такими мелочами, как обрамление и транспортировка картин. И дело не в том, что Ольга чего-то не может, а в том, что Алле Томашкевич так мало нужно... Точнее — так мало из того, что Ольге реально по силам. А вот того, что Алле Владимировне действительно нужно, Лара Крофт как раз и не может. И никто не может. Невозможно вернуть актрисе то, что она потеряла.

Алла Томашкевич старше Ольги больше чем на двадцать лет, и это дало рано осиротевшей молодой женщине возможность реализовать нерастраченную дочернюю любовь. Ответной любви, материнской, она никогда не дождется... Но разве в этом дело? Ольга хочет только одного: служить своему кумиру, быть ей нужной и полезной, облегчать ей жизнь хоть в чем-то, пусть даже мелком и незначительном. Вот нравятся Алле эти картины — и Ольга с готовностью их покупает, ездит за ними, сдает в мастерскую, вешает на стены. Скоро в просторной квартире народной артистки на стенах не останется свободного места. Но для Аллы эти, на вкус Ольги достаточно однообразные, произведения живописи значат очень много, и значит, Ольга будет их покупать и привозить. Алла каждый раз пытается отдать ей деньги, но она не берет ни в какую. И каждый раз Ольга удивляется: ну неужели непонятно, что ей в радость оказать услугу или сделать подарок? Это же так просто, так очевидно!

Впрочем, и сама Ольга Виторт, наверное, многого не понимает. Она уверена, что человек должен иметь «внешние» цели, достижение которых объективно оценивается успехом. И с этих позиций художник, автор картин, должен стремиться к тому, чтобы стать известным, выставляться, получить признание и продавать свои произведения. А тут... Ничего ему не надо, ничего не хочет, картины свои продает совсем недорого, просит только об одном: «Никто не должен знать. Это мое условие». Почему так?

* * *

Когда Антон вошел в кабинет, Роман Дзюба, чертыхаясь, вытаскивал из принтера очередной листок.

— Тоха, давай подключайся, а то я уж заковырялся, — жалобно попросил он. — Я на твой стол складываю все, что нахожу, ты хотя бы просмотри, ладно?

Антон понимающе кивнул и взял в руки толстую пачку распечаток. Искать оружие, когда знаешь о нем только то, что из него выстрелили девятимиллиметровым патроном, дело веселое и продуктивное. Указание следователя искать оружие, которое в физическом смысле найти не удалось, означало только одно: тщательно шерстить все доступные базы данных на предмет выявления либо нераскрытых случаев хищения подходящего пистолета, либо таких же нераскрытых преступлений, при совершении которых использовался пистолет указанного типа. Ну и можно себе представить, сколько таких случаев имеется в базах данных при нынешнем-то уровне раскрываемости... Работа тупая, но абсолютно необходимая и, к сожалению, единственно возможная до тех пор, пока эксперты-баллисты не дадут свое заключение. Девятимиллиметровым патроном можно стрелять не только из пистолета Макарова, этот патрон годится для многих видов огнестрельного оружия. И все упоминания о преступлениях с использованием этих разнообразных стволов нужно найти, просмотреть, обдумать и проанализировать, примеряя к имеющимся обстоятельствам убийства тренера Болтенкова.

Антон постарался сосредоточиться на информации, которую уже нашел и распечатал Роман, но получалось у него не очень хорошо: не мог он выкинуть из головы дело с участком на Рублевке. С утра он успел встретиться со следователем, который возбудил и после заключения пожаро-технической экспертизы прекратил уголовное дело за отсутствием состава преступления. Пожар возник по причине неисправной проводки. Никто не виноват. Конечно, Антон спросил следователя, рассматривалась ли версия об умышленном убийстве девушки по фамилии Журихина, сгоревшей в доме.

— Да ты что? — удивился следователь. — Там конкретно проводка, все чисто, мы сто раз перепроверяли. Ты что, в экспертах сомневаешься? Так экспертизу, между прочим, у вас на Петровке делали, сам знаешь. Да и соседи, которых мы опросили, сказали, что Маклыгины постоянно жаловались на свет, то у них пробки выбьет, то еще что-то, а хозяин ничего починить не умел, такой весь в науке, не от мира сего. А девушка эта, Журихина, вообще никому тут не нужна, она иногородняя, только накануне приехала, никого здесь не знала. Какие у нее могут быть враги?

Звучало это убедительно, и никаких оснований сомневаться в добросовестности следствия у Антона не было. Надо выкинуть из головы сгоревший дом на Рублевке и заниматься новым убийством...

Дзюба все время посматривал на часы, и в начале девятого виновато произнес:

— Тоха, я пойду, ладно? Мне очень надо...

Антон рассмеялся, несмотря на усталость.

— Знаю я твое «надо»! Небось к своей ювелирной девочке побежишь?

О романе Дзюбы с девушкой по имени Дуня, работавшей в одном из московских ломбардов, было давно известно. Антону ужасно не хотелось одному ковыряться с многочисленными распечатками, но он вспомнил о Лизе и промолчал. Личная жизнь требует и времени, и уважения, а без нее все равно не обойдешься.

С грустью посмотрев на закрывшуюся за Ромкой дверь, Антон Сташис снова углубился в дебри информации.

* * *

К дому, где жила Надежда Игоревна Рыженко, Дзюба подошел без пяти девять вечера, вполне разумно посчитав, что если следователь сказала «приходи после восьми», значит, она планирует вернуться с работы в восемь, и надо дать хозяйке дома как минимум час, чтобы переодеться и поужинать. Хорошо, что Ленки не будет... Впрочем, какая ему разница? Лены Рыженко для него вот уже полгода как будто не существует. Она все равно его не замечала.

Роман нажал кнопку домофона и вздрогнул от неожиданности, когда из динамика послышался мужской голос, весело произнесший:

— Заходи, друг любезный!

Уже через секунду Дзюба сообразил, что ему ответил Виталий Кирган, адвокат, без пяти минут жених Надежды Игоревны. Эти «пять минут» длились ровно столько же, сколько сам Роман был знаком с Дуней — с ноября прошлого года, когда Кирган сделал Рыженко предложение. Надежда Игоревна в первый момент согласилась, но потом почему-то передумала и попросила еще год подождать, пообещав через год вернуться к обсуждению возможности заключения брака. Отношения следователя и адвоката оставались по-прежнему близкими, но отчего-то Надежда Игоревна не хотела официальной регистрации брака.

Поднимаясь в лифте, Дзюба уже раскаивался в своем поспешном решении попросить совета у Рыженко. Ну чего он припрется к человеку домой, когда у нее любовник, практически гражданский муж? Они хотят побыть вместе, поговорить, да мало ли что еще... А тут он со своими рассказами. С другой стороны, Надежда Игоревна сама предложила приехать к ней вечером. Если бы ей так уж хотелось провести время наедине с Кирганом, она бы назначила другое место встречи или вообще отказала бы оперативнику.

Рыженко открыла ему дверь, и на Романа сразу пахнуло шарлоткой с яблоками. Он судорожно сглотнул слюну и покраснел от смущения.

— Голодный? — участливо спросила Рыженко. — Сейчас чаю налью, у меня шарлотка как раз испеклась. Иди в комнату.

В длинном прямом домашнем платье, с распущенными волосами она очень походила на свою дочь, а в приглушенном свете горевшего в прихожей бра даже незаметно было, что она старше Лены.

Виталий Кирган сидел за накрытым к чаю столом и весело улыбался. В дорогом спортивном костюме и в тапочках, он казался гостеприимным хозяином этого дома.

«И почему Надежда отказывается регистрировать брак? — мелькнуло в голове у Дзюбы. — Все равно ведь Виталий фактически живет здесь, вон и тапочки свои привез, и костюмчик спортивный имеет, чтобы переодеться. Не понять их, женщин...»

— А вот и молодой соперник пожаловал, — громко заявил адвокат, насмешливо глядя на Романа. — Ну, Надежда, ты и шустра! Только с графиком посещений малость промахнулась, пригласила нас обоих на одно время. Но я человек благородный, мешать не стану вашей страстной любви, вы уж оставайтесь, сударь, а я пойду. Чего мне, старому пню, здесь ловить, а, Надежда?

— И правда, — Рыженко вошла в комнату, неся большую плоскую тарелку с только что вынутой из духовки шарлоткой. — Чего тебе тут сидеть? Пойди прогуляйся, а мы с Ромчиком чайку пока попьем да о любви поговорим. Ты ведь о любви пришел поговорить, правда, Ромочка?

Дзюба смешался. Он знал и следователя, и адвоката уже два с половиной года, но до сих пор не мог привыкнуть к своеобразной манере их общения. Молодому оперативнику все время казалось, что они вот-вот поссорятся.

— Ну... — невнятно промычал он, пытаясь сообразить, как лучше ответить, чтобы не напрячь ситуацию еще больше.

— Что — «ну»? — вскинула брови Рыженко. — Ты разве не о своей личной жизни хочешь поговорить? А о чем же? Я-то думала, ты насчет девушек хочешь со мной посоветоваться.

И снова Дзюба не понял, серьезно она говорит или шутит.

— Ты садись, Ромка, садись, — Кирган жестом указал ему на стул, — приличные люди шарлотку стоя не едят.

Пока Надежда Игоревна разливала чай, адвокат быстрыми точными движениями острого шеф-ножа разрезал круглую шарлотку на порции. Дзюба с восхищением наблюдал за тем, как ловко Кирган обращается с огромным ножом.

— Ловко у вас получается, Виталий Николаевич, — с завистью произнес он. — Когда я пытаюсь что-то отрезать ножом, моя мама всегда говорит, что из того, что я делаю руками, а не на компьютере, можно смело создавать музей уродов и без куска хлеба наша семья никогда не останется: очереди на вход будут, как в Музей мадам Тюссо.

Обжигаясь, он быстро сжевал первый кусок и начал рассказывать об обстоятельствах «тренерского» дела, о своих сомнениях в виновности задержанного и о том, что следователь твердо придерживается обвинительного уклона.

— Баглаев? — задумчиво переспросила Надежда Игоревна. — Да, я с ним знакома. Он очень упертый и амбициозный, у него репутация человека, который ни разу за все время работы не допустил необоснованных задержаний или обысков, поэтому понятно, что он страшно боится эту репутацию утратить. Он будет землю носом рыть, чтобы доказать, что он прав. Но вполне возможно, что он действительно прав. Какие еще у тебя основания сомневаться, кроме тех, которые ты изложил?

— Понимаете, я видел этих людей, которые верят в Ламзина, и спортсменов, и их родителей, — неуверенно проговорил Роман.

— И что? — иронично осведомился Кирган. — Ну, видел ты их. Что, есть такая особая порода людей, при взгляде на которых становится очевидно, что они всегда и во всем правы и никогда не ошибаются?

— Да нет... ну я не знаю... — Дзюба окончательно растерялся и перевел полный мольбы взгляд на Надежду Игоревну, которая, как ему показалось, слушала его сочувственно и с пониманием. Не то что Кирган с его постоянным сарказмом и неверием никому и ни во что. — Я почему-то вдруг, в один момент взял и поверил. Ведь бывает же такое?

Рыженко рассмеялась:

— Конечно, бывает. И у меня сто раз бывало. И у Виталия Николаевича тоже. Но для суда это не аргумент.

— А что аргумент?

— Да ты сам все знаешь, Рома. — Она подлила в его чашку еще чаю. — Ищи. Если найдешь — твоя удача, не найдешь — твой косяк.

— Но как же мне искать, когда меня следователь загружает поисками улик, доказывающих виновность Ламзина? И еще кодексом мне в рожу тычет, статьи закона цитирует, дескать, я не имею права заниматься поиском доказательств на стороне защиты, мне государство предписывает заниматься только обвинением. Я ж отчитаться должен, а когда мне... И вообще...

Если Надежда Игоревна была серьезной, то с лица Виталия Киргана не сходила усмешка. Казалось, он слушал оперативника и искренне недоумевал: как можно, работая не первый год в уголовном розыске, оставаться таким наивным и романтичным, верящим в торжество справедливости и человеческую доброту и порядочность.

— Вот пусть адвокат этим и занимается, — заметил он. — Это не твоя задача, Ромчик. Твоя работа — выполнять поручения следователя и искать того, кто убил. А задача адвоката — доказать невиновность того, кто не убивал. Вот и ищи того, кто реально убил, если не веришь, что это твой Ламзин. А уж адвокат позаботится о том, чтобы невиновного не осудили. Кстати, кто адвокат у Ламзина?

— Я не знаю... Ну то есть на момент задержания и первых допросов приглашали кого-то, кто дежурил, наверное... А может, вы возьметесь? — с надеждой спросил Дзюба.

И сам себе удивился: почему эта мысль пришла ему в голову только сейчас, а не час тому назад, когда он увидел адвоката. Ведь как хорошо было бы! Виталий Николаевич уже доказал, что прекрасно умеет справляться с защитой тех, кто подозревается и обвиняется необоснованно!

Но Кирган только плечами пожал, и снова на его лице появилась ироническая улыбка.

— Меня пока никто не приглашал, — ответил он.

— Ну Виталий Николаевич, — взмолился Дзюба, — ну пожалуйста, я же знаю, вы сможете, вы тогда с Наташей Аверкиной так помогли!

Кирган поднял вверх ладонь в предостерегающем жесте. Лицо его моментально стало серьезным.

— Рома, успокойся. Если тебе так хочется — пусть жена задержанного мне позвонит. Я ее проконсультирую, ради тебя — бесплатно и без очереди. А уж она потом пусть сама решает, будет она заключать со мной соглашение или нет. И предупреди ее, что если она захочет, чтобы я представлял интересы ее мужа, то это будет очень недешево, потому что мне придется подключать частный сыск. А это деньги, и немалые. Сможет она заплатить? А то знаешь, как часто получается: люди надеются, что я могу им помочь, а потом узнают, сколько это стоит, и впадают в истерику, они ведь уже мысленно победили, я дал им надежду, а теперь все упирается в деньги. Я-то могу и бесплатно поработать, это мое личное дело, а вот детективам платить придется, тут уж никуда не денешься.

— Спасибо, Виталий Николаевич, — горячо заговорил Дзюба. — Спасибо огромное! Я завтра же встречусь с женой Ламзина и скажу ей... Только она ведь меня спросит, о каких деньгах идет речь, хотя бы приблизительно. Что ей сказать?

Адвокат развел руками.

— Ну, друг любезный, этого я тебе точно не скажу. В среднем работа адвоката по уголовному делу может стоить от тридцати до шестидесяти тысяч рублей в зависимости от сложности и длительности процесса. Но, повторяю, исключительно из уважения к нашей давней дружбе я готов работать по соглашению за чисто символическую плату. А вот сколько нужно будет заплатить частным сыщикам — зависит от объема задания. Объем же задания будет зависеть от того, что уже есть в уголовном деле, и того, что в нем еще может появиться. И пока я не ознакомлюсь с материалами дела, говорить о задании сыщикам преждевременно. Все уяснил?

— Виталий, — с недовольным видом проговорила Надежда Игоревна, собирая со стола посуду, — если ты думаешь, что я могу выйти замуж за человека, пускающего на ветер семейный бюджет, то ты сильно заблуждаешься. Что это еще за работа за чисто символическую плату? Сегодня ты для Ромки пойдешь на уступки, завтра тебе станет жалко доверителя, а послезавтра мы с тобой по миру пойдем, потому что ты работаешь вообще бесплатно. Нет, мой дорогой, с такими благородными порывами мы с тобой семью не создадим.

И снова Роман Дзюба испугался, что из-за его просьбы сейчас начнется ссора. Неужели Надежда Игоревна думает так всерьез? Неужели в ней нет ни капли сочувствия к человеку, который, по твердому убеждению оперативника, к преступлению не причастен? А он-то, дурак, полагал, что следователь Рыженко — человек добрый и справедливый...

— Ах, какая же вы корыстолюбивая особа, Надежда Игоревна, — с пафосом произнес Кирган. — Премного вам благодарен, сударыня, однако такой подлости я от вас никак не ожидал, потому как я совсем напротив того, как вы обо мне думаете.

И только услышав изрядно переиначенную цитату из Островского и последовавший за ней заливистый хохот следователя и адвоката, Дзюба успокоился.

* * *

С самого утра у Натальи Сергеевны Ламзиной все валилось из рук. Вчера ей еще удалось как-то собраться и более или менее пристойно отработать, провести занятия со студентами и даже сделать кое-что по дому. Сегодня у нее был свободный день, занятий нет, и проснулась Наталья Сергеевна с ощущением ваты в голове, трясущимися руками и полной рассредоточенностью. Она долго не могла вспомнить, куда поставила купленную накануне пачку кофе, потом растерянно смотрела на кофемолку, пытаясь сообразить, на какую кнопку нажимать. Когда раздался звонок в дверь, она, вопреки давно сложившейся привычке, даже не посмотрела в глазок и не спросила: «Кто?» Просто повернула ключ в замке и открыла.

На пороге стоял рыжеволосый крепкий качок с пронзительно-голубыми глазами. Ламзина попыталась вспомнить, кто это, но не смогла, и решила, что либо это кто-то из бывших учеников мужа, либо паренек адресом ошибся.

— Наталья Сергеевна? — рыжеволосый парень вопросительно смотрел ей прямо в глаза.

— Да. Что вы хотите? Вы кто?

— Я из полиции. Старший лейтенант Роман Дзюба. Можно мне войти?

Она молча посторонилась, пропуская гостя в квартиру. Теперь ей придется привыкать к постоянному общению с теми, кто арестовал Валеру, считая его убийцей. Если бы только она знала, что нужно сделать, чтобы их переубедить! Она так старалась, она объясняла, приводила аргументы, но те двое, которые допрашивали ее несколько часов подряд, ничего слышать и понимать не хотели. Теперь вот еще один, наверняка такой же упертый и злобный, тоже хочет засадить ее мужа в тюрьму за убийство. Которого он не совершал... Или все-таки это он убил Мишу Болтенкова? Точного ответа на вопрос у Натальи Сергеевны не было. И скрывать это от самой себя смысла тоже не было никакого.

Продолжая молчать, она прошла в комнату, села в кресло и стала ждать новых вопросов. Разумеется, неприятных. Рыжий парень по имени Роман аккуратно уселся на край дивана, и она, бывшая спортсменка, машинально и одобрительно отметила, насколько прямо он держит спину и какие выразительные мышцы вздуваются под его тонким джемпером.

— Наталья Сергеевна, давайте поговорим о вашем муже, — начал он.

Ламзина так же молча кивнула. Конечно, о чем еще можно с ней сейчас говорить? Только о Валере. О том, как он ненавидел Мишу Болтенкова и как хотел его убить.

— У Валерия Петровича есть враги или просто недоброжелатели?

Вопрос застал Наталью Сергеевну врасплох. Она ждала, что сейчас ее опять начнут спрашивать о пистолете, который у Валеры то ли был, то ли не был... Весь ужас в том, что на допросе она не солгала ни в едином слове. В их семье действительно не принято проверять сумки и карманы и залезать в тумбочки и ящики, где другой хранит свои вещи. И был ли у Валеры пистолет, она не знает.

— Видите ли, молодой человек, мир фигурного катания — это большой гадючник, очень большой, — ответила она и добавила: — И очень ядовитый. В этом мире все друг другу враги.

— Но все-таки, может быть, вы можете назвать какие-то конкретные имена? — настаивал Роман.

Наталья Сергеевна резко вскинула голову.

— Зачем вам его враги? Вы хотите пойти к ним и спросить о Валере? Хотите, чтобы они вам наговорили гадостей о нем? Хотите собрать доказательства, что мой муж подонок и мог убить Мишу Болтенкова? Как вы смеете с этим ко мне приходить!

Она словно со стороны услышала свой голос и поняла, что незаметно для себя самой перешла на крик. Сделала несколько глубоких вдохов и постаралась взять себя в руки.

— Если вам нужны враги моего мужа, — проговорила она уже спокойнее, — то поищите их сами и в другом месте. Я не стану помогать вам топить Валеру.

— Простите, Наталья Сергеевна, мне очень жаль, что вы так восприняли мои слова. Вы меня неправильно поняли. Дело в том, что ваш муж открыто грозился убить Болтенкова, это слышали по меньшей мере три человека в спортшколе и еще столько же в Школе олимпийского резерва, где работал убитый, и с этим ничего не поделаешь. Следователь допросит этих свидетелей и сделает свои выводы.

Роман замолчал, хотя Ламзина явственно видела, что он собирается сказать что-то еще. Но то ли не решается, то ли не может подобрать нужные слова. Наталья Сергеевна терпеливо ждала.

— Видите ли... — заговорил наконец рыжеволосый полицейский, — я, конечно, не должен вам всего этого говорить, но... Одним словом, лично я сомневаюсь в виновности Валерия Петровича и думаю, что те, кто узнал об этих его высказываниях, могли воспользоваться ими и свести счеты с Болтенковым, прикрывшись вашим мужем.

Наталье Сергеевне показалось, что она ослышалась. Или снова неправильно что-то поняла.

— Вы верите в то, что Валера не убивал? — переспросила она на всякий случай.

Роман покачал головой.

— Не совсем так.

— А как?

— У меня есть сомнения. Все обстоятельства говорят, с одной стороны, в пользу того, что ваш муж виновен, но, с другой стороны, эти же обстоятельства могут свидетельствовать и о его невиновности. Все зависит от точки зрения.

— И все равно я не поняла. При чем тут враги Валеры?

— Понимаете, когда все знают, что один человек плохо относится к другому и во всеуслышанье заявляет о том, что убил бы его, это очень удобная ситуация для кого-то третьего. Валерий Петрович разозлился на Болтенкова и кричал на весь Дворец спорта, что убьет его, а потом приехал на работу к Болтенкову и снова в присутствии свидетелей говорил то же самое. Все всё видели и слышали, и теперь, если убить Болтенкова, никто не станет сомневаться, что это сделал ваш муж. Все очень удачно получилось. И я хочу понять, кто мог быть заинтересован или в смерти Болтенкова, или в том, чтобы у вашего мужа были проблемы, или в том и в другом одновременно.

Наталья некоторое время обдумывала услышанное. Она не понимала, можно ли верить этому мальчику, который по возрасту годился ей в сыновья. По ее представлениям — почти ребенок. Может ли ребенок быть хитрым и коварным, изображать сочувствие и понимание, чтобы втереться к ней в доверие и заставить о чем-нибудь проговориться? Или рыжий оперативник действительно не такой, как другие, как те, кто приходил сюда, арестовал Валеру, потом проводил обыск и допрашивал ее? Как узнать? Как не совершить ошибку, которую она потом сама себе не простит?

Она решила уклониться от прямого ответа.

— Тогда вам нужно искать врагов Миши Болтенкова, а не врагов моего мужа. Потому что Миша много кому наступал на мозоли.

— А ваш муж — нет?

— И мой муж тоже. Фигурное катание — это такая сфера, что без конфликтов и интриг не обойдешься. Уж поверьте мне. Ангелов в этом спорте нет, потому что ангелы на льду не выживают. Но Валера — не та фигура, чтобы сводить с ним счеты, у него нет спортсменов, претендующих на высокие места ни на юниорских, ни на взрослых соревнованиях, у него юниоры, да и те в основном не первого порядка.

— А почему так? Он недостаточно хороший тренер?

Наталья Сергеевна усмехнулась. Забавный мальчик, такой наивный... Даже странно. Судя по его мускулатуре, давно и систематически занимается спортом, а простых вещей не понимает.

— Какая разница, хороший ты тренер или нет? Значение имеет только одно: есть у тебя завязки в Федерации фигурного катания или их нет. Если есть — тебе дадут и лед, и возможность доводить талантливого спортсмена до пьедестала. Если нет, то мало-мальски способных детей у тебя быстро отберут, потому что все хотят стать тренером чемпиона, и никто не допустит, чтобы чемпиона дали вырастить какому-то Ламзину.

В ярких голубых глазах оперативника мелькнуло абсолютное непонимание.

— Как же можно отобрать? Спортсмен ведь не вещь, если он не захочет — он не уйдет.

— Господи, какой вы... — она собралась было сказать «наивный», но сдержалась. — Да рычагов сотни! Сотни способов сделать так, чтобы тренер отдал спортсмена.

— Ну хоть один назовите, — попросил Роман, и Наталья поняла, что ему действительно интересно.

— Например, позвонят из Федерации и скажут: отдай, если не хочешь, чтобы у тебя лед отобрали. И отдаст, как миленький, потому что лед нужен, чтобы тренировать всех остальных в группе. Или могут припугнуть тем, что на международные соревнования не пустят, или еще чем-нибудь. Способов множество, поверьте мне на слово. Причем переманивают не только перспективных спортсменов, из которых могут получиться победители, но и просто мастеров спорта.

— А зачем?

Бог мой, как трудно объяснять всю эту кухню человеку, далекому от спорта... В конце сезона каждый тренер отчитывается перед Федерацией, и в зависимости от того, сколько мастеров спорта катается в его группе, подтверждает свою квалификацию или повышает ее. А от этого зависит зарплата. Если работаешь с детьми — у них должны быть разряды, если с подростками — то зарплата зависит от того, сколько среди них кандидатов в мастера спорта, если тренер занимается с членами юниорской сборной — требования еще выше. Наталья Сергеевна хорошо помнила те времена, в середине и конце восьмидесятых годов прошлого века, когда Валера начинал тренерскую работу. При советской власти зарплата тренера была примерно 120 рублей плюс 10 рублей за каждого мастера спорта. За чемпиона Европы или мира давали больше, но ненамного. У Федерации фигурного катания был, да и сейчас есть премиальный фонд, и если прибавка к зарплате получалась не особо достойной, то в конце года могли дать большую премию за чемпиона.

Каждый тренер заинтересован в том, чтобы к нему приходили сильные спортсмены. Будут сильные спортсмены — будешь двигаться хорошо и все блага твои.

Как, какими словами объяснить этому голубоглазому мальчику, что система, которая существовала и существует в фигурном катании, порочна: даже очень сильному хорошему тренеру не дают вырастить ученика от и до. В тот момент, когда его ученики достигают определенного уровня, их забирают тренеры следующей возрастной группы. Забирают практически насильственно: или спортсмена начинают очень сильно засуживать на соревнованиях, или тренеру не дают достаточно льда, оправдывая это тем, что другим группам тоже надо, и хоккеистам тоже надо, и кому-то еще надо... Ограничивают льдом и не дают работать в полную силу, давая понять: «Отдай. Ты что, хочешь лед потерять? Ты хочешь не поехать на соревнования? Ты хочешь, чтобы твою чудесную девочку, такую талантливую, незаслуженно опустили на последнее место?» Способных ребят забирают тренеры следующего возрастного уровня. Наталья Сергеевна с горечью вспомнила, как переживал ее муж, когда ему не дали довести двух очень способных мальчиков-одиночников. Он тогда тренировал детей в возрасте от 7 до 9 лет. Девятилетних ребятишек у него отобрали. Возраст с 10 до 15 лет — самый важный для фигуриста, он должен в этом возрасте освоить тройные прыжки и массу технических вещей, и там своя тренерская элита, которая чужаков в свой круг пускать отнюдь не стремится. А Валере, как и любому первому тренеру, тоже хотелось перейти в следующий возрастной уровень и работать со своими учениками, поехать с ними на этапы Гран-при, на чемпионат мира среди юниоров, составлять конкуренцию взрослым спортсменам... Не дают. Приходит в Спорткомитет какой-нибудь Тютькин-Пупкин и начинает петь в нужных кабинетах: «Какая хорошая девочка! Вот если бы она попала в умелые руки — я гарантирую, что она станет чемпионкой страны. А у своего нынешнего тренера она никогда никем не станет». И спустя короткое время из оных кабинетов поступает звоночек тренеру: отдай. Почему он должен отдавать? Это его ученик, он его вырастил, научил всему. «Отдай!»

Но, конечно, действовать через Спорткомитет, Федерацию фигурного катания или Тренерский совет могут далеко не все. Когда речь идет о реальном претенденте на медали — тогда, конечно, можно и связи задействовать. Например, если у тренера хорошие отношения с президентом Федерации, он может прийти и сказать: «Слушай, такой парень классный, давай там как-нибудь порешаем вопрос, я потом тебе из премиальных отстегну. А ты воздействуй своим ресурсом».

В основном же, видя перспективного ребенка, тренеры, которые хотят его забрать в свою группу, действуют через родителей, это наиболее доступный рычаг влияния. Чего проще — позвонить маме с папой или подойти к ним и сказать: «У вас хороший мальчик, но у него есть проблемы в технике. Если сейчас эти проблемы не исправить, то очень скоро он придет к своему потолку и дальше двигаться не сможет. Я — тот человек, который сумеет вам помочь. Вы меня знаете, у меня сильные спортсмены. Я вам предлагаю перейти в мою группу, я буду с вашим ребенком заниматься индивидуально, у него будут лучшие хореографы, и он сделает карьеру. Если вы хотите оставаться в своем болоте или заниматься чисто для здоровья — пожалуйста, оставайтесь там, где вы есть».

Родители, услышав такие речи, начинают сомневаться в тренере и присматриваться к тому, что происходит на тренировках. И находят, как правило, именно то, что позволяет им принять решение в пользу смены тренера и перехода в другую группу. Почему? Да потому, что ни одной «гладкой» группы нет, одному ребенку уделяется больше внимания, другому меньше, и всегда есть почва для родительской ревности. Соответственно, есть место недовольству. И когда родителю капнут на мозг, что твоему ребенку здесь меньше внимания уделяют или тренер недостаточно технически грамотно учит, он начинает задумываться. Потом еще один звоночек, и еще. Кто-то из начальства позвонит, кого тренер попросил позвонить: переходите, вам будет лучше, мы советуем. Идет обработка, и в конце концов спортсмен уходит. В конечном итоге все, что у тренера есть хорошего, у него забирают, и у него нет шанса вырасти как тренеру. Поэтому есть огромное количество перспективных талантливых людей, имен которых никогда не узнают люди за пределами мира фигурного катания, потому что они работают только в своем возрастном коридоре и им не дают вырастить спортсмена и довести его до чемпионского уровня.

Конечно, бывали случаи, и Наталья Ламзина прекрасно о них знала со слов мужа, когда тренеры, у которых пытались переманить учеников, узнавали о происках конкурентов и пробовали дать отпор. Например, сам Валера однажды позвонил такому «захватчику» и сказал: «Я тебе в морду дам, если ты будешь переманивать моих спортсменов!» Конкурент-«захватчик» не отступился и не растерялся, тут же помчался в Федерацию жаловаться на то, что ему угрожал тренер Ламзин.

И вскоре Валерию Петровичу позвонили.

— Ты почему так себя ведешь? — спросили у него строгим голосом. — Почему позволяешь себе высказывать угрозы в адрес уважаемого человека, заслуженного тренера?

— Но у меня ученика отбирают...

— А ты работай лучше, — последовал отеческий совет, — тогда от тебя не будут уходить.

Это было чистым лицемерием. И именно так, насколько знала Наталья Сергеевна, заканчивались все попытки противостоять такому своеобразному рэкету.

Она добросовестно пыталась объяснить все это молодому оперативнику так, чтобы он понял.

— Одним словом: у Валеры нет поддержки в Федерации, — закончила она, — поэтому в тренерском сообществе он сейчас не фигура, значит, и врагов у него куда меньше, чем у Болтенкова.

— Сейчас? — настороженно переспросил Роман. — А раньше было иначе?

— Да, раньше было иначе. Был период, когда Валеру поддержала Федерация, и ему доверили работать со старшими юниорами. Но это было давно. Скажите, я могу чем-нибудь помочь мужу? Мне кажется, я могу вам верить, вы не похожи на следователя и того полицейского, который меня допрашивал. Вы другой. Вы добрый. Дайте мне совет. Подскажите, что мне делать, — попросила Ламзина.

Рыжий оперативник отвел глаза, щеки его покрылись румянцем, и этот румянец почему-то умилил Наталью Сергеевну.

— Может быть, мне нужно дать какие-то показания? — настаивала она. — Ну, вы понимаете... Специальные показания... Может быть, мне следовало сказать, что я видела, как Валера уходил из квартиры в тот вечер, и что у него совершенно точно не было оружия? Следователь так цеплялся к этому моменту...

Роман посмотрел на нее удивленно и неодобрительно.

— Но ведь вы уже дали показания, я их читал. Вы несколько раз повторили, что были на кухне в тот момент, когда Валерий Петрович уходил из дома, и вы его не видели.

— Ну и что? Меня вызовут в суд и заставят давать показания, и я скажу по-другому. Я знаю, многие так делают. Сошлюсь на то, что была в шоке, а следователь этим воспользовался, давил на меня и угрожал. Может быть, даже ударил. Ведь это поможет Валере, правда? Ну не молчите, скажите хоть что-нибудь, дайте мне совет.

Роман встал с дивана и сделал несколько шагов к окну и обратно, в сторону двери.

— Наталья Сергеевна, вы действительно уверены, что у вашего мужа не было оружия? Только честно. Мы с вами здесь одни, протокола нет. Никто не узнает. Просто мне самому нужно понять, какова ситуация на самом деле.

Она судорожно заметалась. Вот он, момент истины. Что делать? Довериться этому пареньку? Или продолжать стоять на своем? Нет, это невозможно, невозможно продолжать жить, никому не доверяя...

— Я не уверена, — сказала она и почувствовала невероятное облегчение. — Я действительно никогда не открывала ни его тумбочку в спальне, ни ящики его письменного стола, ни его сумки и чемоданы. И не проверяла карманы. Поэтому я не могу утверждать со всей ответственностью, что в нашем доме никогда не было пистолета. Я этого просто не знаю. И я действительно не видела Валеру в тот момент, когда он уходил, и не могу поклясться, что пистолета у него с собой не было. Я прожила с Валерой двадцать пять лет, мы в этом году отмечали серебряную свадьбу. Я знаю его, как никто. Я знаю, что он может ударить. Может накричать. Может нагрубить и оскорбить. Но убить человека он не может. Вот вам вся правда.

Наталья Сергеевна выдохнула и замерла. Потом заплакала.

Сквозь слезы она слышала, как Роман объяснял ей, что ложные показания в данном случае принесут только вред, потому что ее будут спрашивать раз за разом, упирая на всевозможные детали, до тех пор, пока она не ошибется и не станет понятно, что свидетель Ламзина лжет.

— Вас все равно поймают на противоречиях и добавят, а потом еще и заставят сказать то, чего вы говорить не хотите. Наталья Сергеевна, это не тот путь, который вам нужен.

— А какой? — всхлипнула она, отирая глаза рукавом трикотажной спортивной куртки, в которой ходила дома. — Какой путь мне нужен? Что я могу сделать для Валеры?

— Вам нужен адвокат. Врагов и убитого Болтенкова, и вашего мужа нужно искать. Следствие этим заниматься не будет, потому что все обстоятельства указывают на виновность Валерия Петровича и он уже находится в СИЗО. Проверка других версий следствию неинтересна.

— А что сможет адвокат? Он будет искать тех, кто хотел Валеру подставить?

— Ну, это вряд ли, — улыбнулся Роман. — Он обратится к частным детективам. И если есть хоть малейшая возможность доказать невиновность вашего мужа, адвокат сможет это сделать. Если вы готовы, я посоветую вам, к кому обратиться.

— Сколько это будет стоить?

— Вероятно, немало, — вздохнул оперативник. — Частные сыщики стоят дорого. Но без них адвокат не сумеет найти всю нужную информацию и всех нужных людей.

Ламзина подняла голову и посмотрела на него высохшими от слез глазами, в которых стояла отчаянная решимость.

— Я найду деньги.

* * *

Его не покидала тревога. Казалось, что он, Ромчик Дзюба, страшно лопухнулся и совершил непоправимую ошибку. Ох, получит он за это от старших товарищей, а если сильно не повезет — то и от начальства тоже! Он — оперативник, офицер полиции, он обязан, как напомнил ему следователь Баглаев, работать только на стороне обвинения и ни на какой другой. А он... Пошел к жене задержанного и посоветовал обратиться к хорошему адвокату. Так этого мало, он еще и поперся вместе с ней на встречу с родителями спортсменов, которые катались в группе у этого задержанного, Валерия Ламзина. Хотя, если сделать «покер фейс», а проще говоря — морду ящиком, то перед кем угодно можно оправдаться тем, что оперативнику обязательно нужно было послушать, что будут говорить родители и как отзываться об арестованном тренере. Из разговоров и с Натальей Сергеевной Ламзиной, и с работниками Дворца спорта, и с сотрудниками спортшколы Роман уже знал, какова общая практика: родителям разрешают присутствовать на тренировках примерно раз в неделю, обычно — по субботам, чтобы они своими глазами увидели, как тренируются их детки, чему научились, какие элементы осваивают, какие успехи делают. Но тренировки-то проходят не только по субботам, и о том, что происходит на льду во все остальные дни недели, кроме одного законного выходного, мамы и папы узнают только со слов ребенка. А ребенок может много чего порассказать... К тому же многих фигуристов приводят или привозят на тренировки бабушки или неработающие мамочки, которые, ожидая своих чад, собираются вместе и устраивают своеобразный клуб, в котором разговоры ведутся только на одну тему: как проходят тренировки, что кому сказал тренер, а кому не сказал вообще ничего, кому сколько внимания он уделил... Так что родители в данном случае — весьма ценный источник информации. Ситуация острая, а в острой ситуации люди могут проговориться о том, о чем раньше молчали, в частности, и о том, что им дома рассказывали дети и просили больше никому не говорить.

— Я не хочу устраивать встречу в кафетерии Дворца спорта, — сказала ему Наталья Сергеевна Ламзина, обзванивая родителей. — Сегодня две тренировки, утренняя уже заканчивается, а вот после обеда будет вторая, с пятнадцати часов. Они привезут ребят и на два часа свободны. Я попрошу их прийти в кафе неподалеку от Дворца, на соседней улице. Не хочу встречаться ни с кем, кто работал с Валерой.

Роману было все равно, где именно устраивать встречу с родителями. Главное — результат. Прийти на встречу согласились все, кому смогла дозвониться Наталья Сергеевна.

— А остальные? — спросил Дзюба.

— Остальные тоже придут, они же встретятся во Дворце с теми, кому я позвонила, и им скажут.

Они приехали минут за пятнадцать до назначенного времени. Кафе было совсем небольшим и, судя по царившим в нем запахам, дешевым, с не очень хорошей кухней, но зато хозяин оказался человеком приятным и любезным и легко разрешил сдвинуть вместе несколько столов в углу зала и согласился с тем, что гости еду заказывать, скорее всего, не будут, просто посидят и поговорят. Ну, в крайнем случае, водички попросят, соку или чашечку кофе.

— Да ради бога, — он весело махнул рукой, — все равно у меня в это время пусто, вот с двенадцати до половины третьего — обычно лом, все на обед прибегают, и потом, после шести вечера, уже молодежь приходит пива попить. А с трех до шести простаиваем.

Роман помог двум хилым на вид, малокровным девочкам-официанткам сдвинуть столы и занял место в самом углу, спрятавшись в тень, которую давали широкие навесные полки, уставленные чем-то декоративным, на взгляд Дзюбы — совершенно безвкусным. Ему не хотелось бросаться в глаза тем, кто придет на это собрание.

Ламзина казалась спокойной и собранной, но Роман понимал, что это результат колоссального усилия воли. Он видел ее сегодня утром в домашней обстановке и очень хорошо представлял себе, что на самом деле происходит в душе этой женщины. Мало того что муж арестован, так еще и явившийся неизвестно откуда и непонятно зачем полицейский делает ей более чем странное и, уж во всяком случае, совершенно точно неожиданное предложение, дает советы, как помочь мужу. Можно ли ему верить? Не ловушка ли это? Не очередная ли хитрость продажной полиции, которой нужно только одно: посадить хоть кого-нибудь, кого угодно, только бы скорее закрыть дело и отчитаться?

«Знала бы она, как я сам боюсь...» — с усмешкой подумал Роман.

— Думаете, родители дадут деньги на адвоката? — с сомнением спросил он Ламзину.

Наталья Сергеевна удивленно взглянула на него.

— Да что вы! Родители ради того, чтобы сделать из ребенка чемпиона, готовы на все.

— Так уж и на все? — усомнился Роман.

— Ну, во всяком случае, на многое. Вот, например, реальная история: одна мамочка привезла дочку в Москву, а это же много денег надо — жить, есть, одеваться, платить за тренировки, костюмы, коньки. Деньги закончились, так мамочка почку свою продала, а чемпионки из девочки все равно не получилось, и им пришлось вернуться домой. Только уже без почки.

Она оказалась права. Из всех пришедших на собрание родителей спортсменов только двое отказались участвовать в складчине для оплаты услуг адвоката.

— Из моей дочки великая фигуристка все равно не получится, девочка катается только потому, что ей нравится выходить на лед в красивом платье и быть в центре внимания, а я считаю, что ей надо образование получать, а не кататься. Так что мы из группы вообще уходим, — заявил крупный высокий мужчина в очках.

Наталья наклонила голову и прошептала едва слышно прямо в ухо Дзюбе:

— Девочка в папу пошла, стала быстро расти и полнеть, генетика, никуда не денешься. Поэтому у нее и перестало получаться на льду то, что получалось еще полгода назад. Так что этот папаша совершенно прав, перспектив у нее никаких нет.

Еще одна дама, худенькая и вертлявая, уверенно и агрессивно провозгласила:

— Ваш Ламзин — убийца, и его место на нарах, и нечего нашим детям у него тренироваться.

— Да как вы смеете... — попытался ее осечь кто-то из присутствовавших.

— Я говорю правду, и вы мне рот не затыкайте! — ответствовала дама. — Ламзин орет на детей, обзывает их грубыми словами, моя девочка после каждой тренировки домой в слезах возвращается. Не удивлюсь, если окажется, что он и рукоприкладством не брезгует. Посадили — и пусть сидит, ему не место рядом с детьми!

— А это что? — одними губами спросил Дзюба.

— Она хочет перевести дочку к другому тренеру, — по-прежнему едва слышно пояснила Ламзина. — А благовидного предлога нет. Девочка-то хочет остаться в этой группе, а мама считает, что у Валеры ее дочка ничего не добьется и ее надо срочно пристраивать к тому, кто выращивает чемпионов.

За пять минут до окончания отведенного на тренировку времени родители поднялись и толпой вышли из кафе. Некоторые с энтузиазмом согласились оказать материальную помощь тренеру своих детей, другие пообещали дать денег с хмурыми и недовольными лицами, но в целом задумка Ламзиной удалась, и теперь можно было идти к адвокату.

* * *

На 30 адвокатов, работающих в адвокатской конторе, приходилось всего 8 кабинетов — вполне достаточно, чтобы обеспечить каждому адвокату в свои приемные дни и часы возможность конфиденциально пообщаться с клиентами. Двери в кабинеты располагались вдоль длинного коридора, в торце которого, за окошком, находилось место секретаря. Когда-то, при советской власти, адвокатских контор не было, а были юридические консультации, которые считались «коллективным мозгом»: каждый гражданин, обратившийся за юридической помощью, мог рассчитывать на то, что на решение его правовой проблемы будет кинута вся мощь личного состава учреждения. Поэтому помещение было просторным и общим, никаких отдельных кабинетов, все друг друга видят и слышат. Потом, когда консультации отменили и на смену им пришли адвокатские конторы, во главу угла встали понятия «адвокатская тайна» и «приватность», поэтому огромные ранее помещения переделали, поставив перегородки. Адвокатская этика не одобряет встреч на дому у клиента, а в собственных квартирах далеко не у каждого адвоката есть подходящая комната.

Чаще всего эти маленькие кабинетики окон не имели, что позволяло создать атмосферу доверительности и интимности, а если и имели, то зарешеченные. Ведь адвокатские конторы находятся, как правило, на первых этажах зданий. Конечно, красть там особо нечего, все досье адвокаты хранят у себя дома, ни в коем случае не в конторе, но безопасность первого этажа — это святое. В самой конторе хранятся только соглашения по уже завершенным делам и учетные листы, зато хранятся они целых 80 лет. И сегодня за содержащуюся в этих, на первый взгляд, совершенно безобидных документах информацию многие высокопоставленные чиновники готовы были много чего отдать. Прошлые некрасивые поступки можно, конечно, легко вычеркнуть из памяти, а из документа не вычеркнешь. Сегодня ты — лицо политической партии, и как же не хочется, чтобы все узнали, что тебя привлекали к уголовной ответственности за крупное хищение или что на тебя подала в суд твоя же престарелая мать, чтобы заставить тебя оказывать ей материальную помощь. Или еще что-нибудь, столь же «украшающее».

Когда вчера вечером Виталию Киргану позвонила Наталья Ламзина и сослалась на Ромчика, адвокат, назначая ей встречу утром в конторе, ожидал увидеть раздавленную горем женщину, которая будет плакать, комкать дрожащими пальцами мокрый платок и говорить отрывисто и несвязно. Он совершенно не ожидал увидеть не одну Ламзину, а сразу двух, причем одна из них оказалась не только не растерянной, но даже и агрессивной.

— Вы сможете освободить папу? — прямо с порога, не поздоровавшись, начала девушка лет двадцати. — Вы сможете сделать так, чтобы его отпустили домой?

Виталий Николаевич подавил в себе соблазн сделать ей замечание по поводу вежливости и хороших манер. Люди приходят к адвокатам за помощью в разных жизненных ситуациях, порой — в чрезвычайно тяжелых, и вряд ли имеет смысл от каждого из них ждать следования нормам этикета. Тем более что Ламзина-старшая владела собой куда лучше дочери и кинула на нее строгий взгляд.

— Здравствуйте, я Ламзина Наталья Сергеевна, — произнесла она, протягивая руку. — Это моя дочь Алиса.

— Присаживайтесь, — пригласил Кирган, указывая на стулья, придвинутые вплотную к и без того не широкому столу.

Расстояние между адвокатом и доверителем не должно быть слишком большим.

Алиса уселась с независимым видом и снова повторила свой вопрос.

— Я пока не знаком с делом, — уклончиво ответил Кирган, — но на вашем месте не стал бы на это надеяться.

— Почему? — требовательно спросила девушка. — Нам говорили, что адвокаты могут это устроить. Почему вы не можете? Вы должны!

Ну вот, началось. Кто-то кому-то однажды сказал... Кажется, была такая песня, не то английская, не то американская, во времена, когда Виталий был еще ребенком. Не должны адвокаты давать необоснованных обещаний. Не имеют права. Но, к сожалению, как и в любой профессии, находятся среди адвокатов те, кто это правило нарушает.

— Нет, — твердо повторил он. — Я не могу. И даже обещать попробовать не буду. Если судья дал санкцию на применение меры пресечения, то изменить эту меру могут только обстоятельства, свидетельствующие о том, что человеку необходимо находиться дома. Никакие соображения доказанности или недоказанности здесь не принимаются. В этих случаях судья не оценивает доказательства, он только рассматривает личность задержанного и наличие новых фактических обстоятельств, например тяжелое заболевание самого задержанного или кого-то из членов семьи, если некому больше ухаживать. Как я вижу, ни вы сами, ни ваша матушка внезапной тяжелой болезнью не поражены, слава богу.

Но Алису Ламзину не так-то просто было сбить с толку, и громоздкие юридические формулировки ее не впечатлили и не испугали.

— Но все кругом говорят, что этот вопрос можно решить, — упрямилась она, — и по телевизору я сколько раз слышала, что и того отпустили под подписку, и этого. Почему другие могут, а вы не можете?

— Другие тоже не очень-то могут, — усмехнулся Кирган. — И давайте раз и навсегда договоримся: что вы имеете в виду под словами «решить вопрос»?

Алиса отважно посмотрела ему в глаза без малейшего смущения.

— Вы сами знаете. В конце концов, адвокатов нанимают для решения таких вопросов и платят им именно за это.

Охохонюшки... И откуда в головах у людей это все берется?

— Адвокатов не нанимают, уважаемая Алиса Валерьевна, адвокатов приглашают. Это принципиальная разница. И не платят им деньги, как вы изволили выразиться, а выплачивают вознаграждение за исполняемую работу. Если бы за вас не попросил человек, к которому я отношусь с огромной симпатией, я бы уже сейчас прекратил нашу встречу.

Вздохнув, он снял с полки сборник нормативных актов и открыл на нужной странице.

— Вот посмотрите, это Кодекс профессиональной этики адвоката. И за нарушение любого правила этого кодекса мне грозит дисциплинарное наказание вплоть до лишения адвокатской лицензии. А теперь читайте вот это: статья 10, пункт 1: «Закон и нравственность в профессии адвоката выше воли доверителя». Вы понимаете? Выше воли доверителя! Вы мой доверитель, я обязан действовать в ваших интересах, это правда, но если ваши интересы состоят в том, чтобы я нарушил закон, то извините... Закон и нравственность для меня важнее ваших желаний. Вот тут и дальше написано: «Никакие пожелания, просьбы или указания доверителя, направленные к несоблюдению закона или нарушению правил, предусмотренных настоящим Кодексом, не могут быть исполнены адвокатом». Вот так и только так. Если ваши интересы состоят в том, чтобы найти доказательства, оправдывающие или хотя бы ставящие под сомнение виновность вашего отца и мужа, то я готов взяться за оказание вам помощи. Если вы пришли ко мне для того, чтобы я носил конверты с деньгами и решал вопросы, то вы напрасно потратили время. Валерий Петрович не будет освобожден из-под стражи, если не будет найден другой подозреваемый, улики в отношении которого окажутся куда более весомыми. Я не даю пустых обещаний.

Наталья Сергеевна, до этого момента сидевшая с безучастным лицом и безвольно сгорбленной спиной, внезапно выпрямилась и жестким сухим голосом произнесла:

— Алиса, выйди.

Алиса попыталась сопротивляться, но ее мать проявила неуступчивость.

— Выйди, подожди меня на улице.

Девушка с явной неохотой покинула кабинет, через несколько секунд Кирган услышал, как громко хлопнула дверь, ведущая на улицу.

— Простите ее, Виталий Николаевич, — голос Ламзиной стал чуть мягче, — Алиса очень любит отца, она совершенно потеряла голову от ужаса. Приношу вам за нее свои извинения.

Наконец разговор вошел в обычное деловое русло, и Наталья Ламзина начала рассказывать. Говорила она недолго, и было видно, что свой рассказ она продумала тщательно, чтобы не тратить лишнего времени. Закончив, спросила:

— Если мы с вами заключим соглашение, вы сможете добиться, чтобы мне дали свидание с Валерой?

— Это крайне маловероятно, но точно я смогу вам ответить только после того, как ознакомлюсь с материалами дела у следователя. Пока я не увижу материалов, я не могу давать вам никаких обещаний.

— Но я же вам все рассказала!

— Этого недостаточно. Вы рассказали только о том, что сами знаете или сами видели и слышали. А следователь знает, видел и слышал совсем другое. И в своих решениях он руководствуется не тем, что знаете вы, а тем, что знает он. Это нормально и правильно.

Наталья какое-то время обдумывала услышанное, потом кивнула каким-то собственным мыслям:

— Ну, хорошо, а вы сами? Вы сможете получить свидание?

— Обязательно, — улыбнулся Кирган. — Как только мы с вами подписываем соглашение, я оформляю ордер, иду с ним к следователю и прошу две вещи: ознакомить меня с материалами дела и дать разрешение на свидание. Если разрешение я получу сегодня, то завтра прямо с утра поеду в тюрьму. Кстати, вас я попрошу завтра с самого утра, пораньше, поехать туда и занять для меня очередь на комнату свиданий, в противном случае я могу там до вечера прождать, комнат не хватает. Вот адрес.

— А... — она с опаской и некоторой тревогой посмотрела на адвоката. — А записку от меня передать сможете?

— Нет. И давайте закроем эту тему.

— Извините... Я вот еще хотела спросить... Роман сказал, что вам придется нанимать частных детективов... простите, про них, наверное, тоже нужно говорить «приглашать»?

Кирган негромко рассмеялся.

— Можно и нанимать. Но я предпочитаю говорить «воспользоваться услугами», это более правильно и более уважительно. Вполне возможно, что да, придется.

— От чего это зависит?

— От ваших возможностей. Следователь для поиска доказательств на стороне обвинения использует оперативников, поиск доказательств на стороне защиты ничем не отличается, это тоже поиск информации, и для этого тоже нужны люди. Вообще адвокаты редко прибегают к услугам частного сыска, обычно всю информацию ищут члены семьи подзащитного, поэтому хорошо, когда семья большая.

— Но у нас никого нет... только мы с дочерью... — растерянно пробормотала Ламзина. — У Валеры есть младшая сестра, она в Тюмени, вышла замуж за нефтяника и уехала с ним, давно уже, она ничем помочь не сможет, а я вообще одна у родителей, у меня ни братьев, ни сестер, соответственно и племянников нет. Алиса... Она девочка сильная, энергичная, но вы сами видите — может дров наломать, не выдержанная, резкая, ей рискованно доверять такую работу.

— Жаль... Это дополнительные расходы для вас. Поэтому я обязан поставить вас в известность заранее и получить ваше согласие.

Наталья Сергеевна не раздумывала ни секунды.

— Я согласна. Делайте все, что считаете нужным. Мне нужно спасти Валеру.

— Хорошо, — кивнул Виталий Николаевич. — Тогда я готовлю соглашение.

Он принес от секретаря два экземпляра соглашения и начал заполнять их от руки, вписывая данные доверителя, то есть Натальи Ламзиной, свои данные, вид и объем юридической помощи, данные лица, которому эта помощь должна оказываться, финансовые условия, адреса и реквизиты сторон...

Наталья Сергеевна о чем-то сосредоточенно думала.

Когда Кирган попросил ее поставить подпись на соглашении, она задала совершенно неожиданный для него вопрос:

— А вас что, и в самом деле могут наказать? Я думала, адвокаты сами по себе, частные лица, никому не подчиняются, никто им не указ, ну, кроме закона, конечно. Кто вас может наказать? Начальник вашей конторы?

Виталий Кирган давно уже свыкся с мыслью о том, что люди, как правило, имеют самое приблизительное и почти всегда неверное представление о том, как устроена работа в других профессиях. Трудно их в этом винить, ведь главный источник информации о любой другой профессии, кроме собственной, это художественная литература, пресса и телевидение. Иногда, конечно, сведения получаешь из первых рук — от друзей или членов семьи, но во всех других случаях картинка получается заведомо искаженной, а то и вовсе не имеющей ничего общего с действительностью. Каждый раз, слыша с экрана телевизора сакраментальное «следователь уголовного розыска», Кирган боролся с искушением позвонить на телеканал и попросить предъявить вживую сие таинственное существо, которого в природе не было и нет.

— Вот как раз начальник нашей конторы никого наказать не может, потому что в адвокатской конторе нет начальника. Ведь что такое адвокатская контора? Собрались сколько-то адвокатов, вместе нашли помещение, в котором оборудовано место для секретаря и делопроизводства, место для бухгалтера плюс несколько переговорных. Мы вместе оплачиваем аренду, коммуналку, электроэнергию, работу секретаря и бухгалтера и всякую канцелярию, вот и все. Мы все тут на равном положении. Правда, один из нас занимает должность директора, но он такой же адвокат, как и все остальные, и тоже ведет дела и принимает клиентов. У каждого адвоката есть часы, когда он находится в конторе, чтобы принимать тех, кому нужна юридическая помощь, или оказывать помощь по запросу следственных органов. А вот Адвокатская палата может и наказать, причем довольно круто, вплоть до лишения статуса адвоката.

— Правда? — Глаза Ламзиной расширились от удивления. По-видимому, она вообще впервые слышала о том, что у адвокатов есть какой-то там статус, которого еще и лишить можно. — А за что можно лишить человека статуса адвоката? За уголовное преступление?

Кирган рассмеялся.

— Ну что вы, за уголовное преступление предусмотрены совсем другие меры наказания. А вот за недобросовестное исполнение своих обязанностей — запросто.

— Недобросовестное исполнение? — с недоумением повторила Наталья Сергеевна. — Это как?

— Как бы вам объяснить?.. Адвокат обязан честно, разумно и добросовестно отстаивать права и законные интересы доверителя всеми незапрещенными законом средствами. Так записано в Законе об адвокатской деятельности и адвокатуре и в Кодексе профессиональной этики адвоката. В этой формулировке каждое слово на вес золота, и если действия адвоката не соответствуют хотя бы одному из них, можно лишиться статуса. Вот вам самый простой пример: адвокат находится в следственном комитете, его пригласили для участия в каком-то следственном действии с участием его подзащитного, мероприятие закончилось, он бежит к выходу, в этот момент его ловят за рукав и говорят: нам доставили задержанного, его надо немедленно допросить, нужен адвокат, давай помоги, иди скорее сюда и участвуй. У этого адвоката нет времени, у него масса других забот, но он не хочет портить отношения со следователем и идет. Задержанный явно избит оперативниками и малоадекватен, и адвокат должен был на это отреагировать и настоять на проведении и судебно-психиатрической экспертизы, и судебно-медицинской. Но он этого не сделал, быстро переговорил с задержанным, посоветовал ему во всем признаться, досидел до конца допроса и убежал. А потом в дело вступил другой адвокат, который сделал все по уму, и выяснилось, что парень вообще ничего не совершал, а признался во всем, чтобы опера его больше не били. У него челюсть была сломана, оказывается, в момент допроса, вот как постарались. И он был психически больным, поэтому и дал себя уговорить написать признание. Не вступил бы в дело другой адвокат — посадили бы невиновного. Вот за такую халатность неминуемо следует лишение статуса.

— А еще за что? — с живым любопытством спросила она.

— Ну, чтобы немножко развеять ваши грустные мысли, расскажу. Могут лишить статуса даже за неосторожные высказывания и несоблюдение деловой лексики. Да-да, представьте себе. Вот в Кодексе профессиональной этики записано: «при осуществлении профессиональной деятельности адвокат... уважает права, честь и достоинство лиц, обратившихся к нему за оказанием юридической помощи, доверителей, коллег и других лиц, придерживается манеры поведения и стиля одежды, соответствующих деловому общению». А теперь переведу на русский: коллеги и другие лица — это и судьи, и гособвинители, и следователи, и другие адвокаты, и свидетели, и потерпевшие. В общем, кто угодно, если они имеют отношение к делу, которое ведет данный адвокат. И не дай бог в адрес кого-то из них сказать что-нибудь неуважительное или просто сомнительное, такое, что может иметь двоякое толкование.

— Что, например? Грязно обозвать? Матом, что ли?

Виталий не выдержал и расхохотался.

— Ну что вы, зачем же такие крайности? Вот, помнится, лет девять-десять назад одного адвоката лишили адвокатского статуса за такие высказывания: «Судебными инстанциями Москвы откровенно и нагло попираются права человека», «кассационная инстанция сделала вид, что не читала жалобу», «пишешь про бузину в огороде, отвечают про дядьку в Киеве», «в кассационном определении содержится та же ахинея, которая написана в решении». Вот и все. Этого оказалось достаточно для возбуждения дисциплинарного производства.

— Ничего себе! — Наталья Сергеевна покачала головой. — Это что же, и слова не скажи? Или вы преувеличиваете все-таки?

— Ничуть. Вот, если не верите, — я вам зачитаю выдержку из Обзора дисциплинарной практики, — он достал из ящика стола книжечку в бумажной обложке и быстро пролистал, — относительно свежего, трехлетней давности всего. «Квалификационная комиссия отмечает, что в своей речи, как письменной, так и устной, адвокаты обязаны придерживаться норм деловой (юридической) лекси-ки, осуществляя тщательный отбор слов в соответствии с их значением (семантикой), и уходить от оборотов, употребляемых на бытовом уровне, особенно если это касается личностных характеристик участников судебного разбирательства». Вот так, уважаемая Наталья Сергеевна. Спрос с нас, адвокатов, весьма и весьма строгий.

Ламзина подписала соглашение и вытащила из сумки конверт с деньгами.

— Это не ко мне, — тут же остановил ее Кирган. — Я вас сейчас провожу, вы все оформите, потом принесете мне ордер.

Он вместе с Ламзиной дошел до окошка секретаря и собрался было уже вернуться в кабинет, как его перехватил коллега, бывший однокурсник, жутко энергичный и активный по части «собраться и посидеть». В конце июня, через полтора месяца, будет очередная годовщина выпуска, и коллега, как и каждый год, уже развил бурную деятельность в направлении сбора курса. Обсуждая, кто куда ушел-перешел-уволился, кто заболел, кто развелся и женился, Виталий то и дело посматривал на Наталью Сергеевну, которая уныло топталась перед окошком секретаря.

Ну да, оформление документов — дело долгое. Сначала секретарь достанет из стола бланк учетного листа, а из сейфа — квитанционную книжку. Потом закроет окошко и сбегает к директору, чтобы тот подписал соглашение. Когда вернется — возьмет со стола журнал регистрации соглашений, зарегистрирует его и присвоит номер, поставит печать.

Потом скажет доверителю:

— Давайте деньги.

Получив и пересчитав деньги, секретарь заполнит учетный лист и квитанцию в квитанционной книжке. Первый экземпляр квитанции вырвет, поставит на нем печать и отдаст клиенту.

Кирган заметил, что Наталья, получив квитанцию, сделала шаг назад, явно намереваясь направиться в кабинет к адвокату, но голос секретаря ее остановил:

— Куда вы? Подождите, это еще не все!

Конечно, квитанция о получении денег — это далеко не все. Главное — ордер, без которого адвокат в глазах следствия абсолютно бесправен. Вот сейчас секретарь уберет деньги и квитанционную книжку в сейф и достанет оттуда ордерную книжку, заполнит ордер, внося в него сведения из соглашения, поставит круглую печать...

— Вот теперь все, — послышалось из окошка. — Возьмите ордер, отдайте Виталию Николаевичу.

— И квитанцию тоже? — робко спросила Ламзина.

— Нет, квитанция — это для вас, у нас второй экземпляр остался.

— А соглашение? Тоже ему отдать?

— Нет, это ваш экземпляр, а свой Виталий Николаевич потом у меня заберет.

Кирган извинился перед коллегой, оборвав разговор на середине, и вместе с Натальей Сергеевной вернулся в кабинет. Формальности закончены, встреча с клиентом — тоже. Ламзина уже взялась за дверную ручку, собираясь уйти, но внезапно повернулась и снова подошла к столу адвоката.

— Скажите, Виталий Николаевич, вы сможете спасти моего мужа?

Кирган вздохнул.

— Я сделаю все возможное для того, чтобы найти доказательства невиновности Валерия Петровича. Это задача максимум. Но гарантировать результат вам не может никто. Вполне возможно, что найти такие доказательства мне не удастся, несмотря на все приложенные усилия. И доказательства его виновности окажутся намного более весомыми. В этом случае моя задача будет состоять в том, чтобы посеять в голове судьи разумные сомнения и добиваться снижения меры наказания. Понимаете ли, Наталья Сергеевна, судьи тоже люди. Вот судья выслушал прения сторон, обдумал все наши аргументы и ушел писать приговор по делу. Пишет и думает: «Конечно, не все там гладко, но ведь оправдательный приговор в четыре раза длиннее обвинительного, потому что требует более тщательной обоснованности, а когда мне писать эти обоснования? У меня куча дел, я и так ничего не успеваю, домой прихожу за полночь. Напишу обвинительный приговор, это проще и быстрее, просто переписать обвинительное заключение из уголовного дела, и думать не надо над формулировками. Тем более следователь и флешку с обвиниловкой принес на всякий случай, так что даже и не переписывать можно, а просто взять текст большими кусками. В конце концов, люди на предварительном следствии работали, старались, собрали доказательства виновности, почему я должен им не доверять? Да, но сомнения все-таки есть... А вдруг и вправду подсудимый не виноват? Ладно, дам на всякий случай срок поменьше». Такова правда жизни, Наталья Сергеевна. И я не имею права от вас ее скрывать.

— Значит, Валеру все равно посадят? Он же не убивал Мишу Болтенкова! Я точно знаю, что не убивал! Вы мне верите?

Увы, люди постоянно задают адвокатам этот неправильный вопрос. Адвокату не нужно верить или не верить подзащитному. У каждого человека есть закрепленные в законе права независимо от того, лжет этот человек или говорит правду, убийца он или кристально честен и порядочен. В любом случае каждый, даже самый отпетый рецидивист, имеет право на то, чтобы его не обвиняли в том, чего он не совершал, и не сажали за это. И каждый справедливо осужденный имеет право на то, чтобы назначенное наказание было адекватно совершенному им преступлению. Именно адвокат должен тщательно следить за тем, чтобы соблюдались все процессуальные нормы, чтобы не появлялись подложные улики, чтобы не выбивались показания и признания, чтобы не было лжесвидетелей и всего прочего, что так соблазнительно использовать, дабы побыстрее закончить предварительное следствие и передать дело в суд, в отчетности оперативникам поставить галочку о раскрытии, а следователям — о завершении производства по делу. И вопросы «верю—не верю подзащитному» ко всей этой работе ни малейшего отношения не имеют.

Когда Виталий Кирган был еще подростком, ему все это весьма доходчиво объяснил его отец, известный адвокат, поэтому все крики на тему «как тебе не стыдно защищать убийц и насильников, как ты можешь в глаза людям смотреть!» довольно быстро перестали отзываться в его душе болезненными уколами, вызывая лишь грустные сожаления по поводу правовой ментальности людей. Нет, что греха таить, раза три-четыре он жестоко подрался, еще будучи школьником, когда слышал подобные высказывания в адрес своего отца, но потом поостыл и действовал в зависимости от ситуации: либо объяснял все так, как ему говорил отец, если казалось, что аргументы помогут, либо просто молчал. Но в ярость уже не впадал и в драку не лез.

А на вопрос Натальи Сергеевны Ламзиной ответил уклончиво:

— Я буду честно и добросовестно выполнять свою работу, чтобы сделать все возможное. Это я могу вам твердо обещать. А большего ни один порядочный адвокат вам пообещать не сможет.

* * *

После того сильного ливня, во время которого обнаружили труп тренера Болтенкова, несколько дней погода стояла вполне обычная для московского мая: прохладная и пасмурная. Тимур Ахмедович Баглаев любил такую погоду. А вот яркого солнца он не любил и даже не мог бы объяснить почему. Вроде все хорошо, и небо голубое, и ветерок такой приятный, уже по-летнему теплый, а настроение у следователя портилось моментально, стоило ему утром открыть глаза и увидеть залитый солнцем паркет: окна спальни в его квартире выходили на восток.

Вот и сегодня, едва поняв, что погода переменилась и приятная, столь милая его сердцу серенькая пасмурность ушла, Тимур Ахмедович расстроился. С женой и детьми во время завтрака был немногословен, с руководством на утреннем совещании — дерзок, с подследственными вел себя жестко и недоброжелательно. После обеда посвятил два часа составлению процессуальных документов, посмотрел на часы и уже с удовольствием подумал о том, что до назначенного на 16.30 следственного действия по делу об изнасиловании осталось целых 40 минут, за которые можно успеть...

Но выяснилось, что успеть никак не получится. Потому что позвонил дежурный и сообщил, что к следователю Баглаеву пришел адвокат Кирган. Велик был соблазн не пустить, сославшись на занятость, или вообще попросить дежурного сказать, что его, Баглаева, нет на месте, на выезде он, и когда вернется — неизвестно. Велик... Но Тимур Ахмедович такие фокусы проделывать очень не любил и если и прибегал к ним, то только в самых крайних случаях. А сегодня случай был явно не крайний.

С этим адвокатом Баглаеву сталкиваться раньше не приходилось, хотя фамилия показалась ему знакомой. И еще до того, как открылась дверь, Тимур Ахмедович вспомнил седовласого немолодого адвоката, которого приглашали к ним на юрфак университета читать лекции для тех, кто специализировался по кафедре уголовного процесса.

«Неужели он до сих пор практикует?» — с удивлением и невольным уважением подумал Баглаев, ожидая увидеть в своем кабинете весьма пожилого господина.

Вошедший же в кабинет господин был отнюдь не седовлас и выглядел примерно ровесником самого Баглаева. Однако сходство с тем, кто читал лекции, было налицо. Ну конечно, это его сын!

— Добрый день, я адвокат Кирган, Виталий Николаевич, — вошедший стремительным шагом пересек кабинет и протянул Баглаеву руку. — У меня соглашение о защите Ламзина.

— Баглаев Тимур Ахмедович, — представился в ответ следователь.

Адвокат положил перед ним на стол ордер и удостоверение адвоката. Тимур Ахмедович с непроницаемым лицом сделал ксерокопию удостоверения и вернул документ владельцу, открыл сейф, достал дело и положил в папку копию вместе с ордером.

— Итак, Виталий Николаевич, я вас внимательно слушаю. — Баглаев сделал серьезное лицо и вопросительно уставился на адвоката, будто не понимая, зачем вообще тот пришел и что собирается здесь делать.

Кирган обаятельно улыбнулся.

— Документы покажете?

Документы... Конечно, покажет следователь документы адвокату, не имеет права не показать. Но не так же сразу!

Тимур Ахмедович выразительно посмотрел на часы.

— К сожалению, у меня через двадцать минут свидетель придет на допрос.

— Ничего, я успею, — дружелюбно откликнулся адвокат.

— Да у меня тут и места нет, куда вас посадить, видите, весь стол завален бумагами, а убрать их я не могу, мне нужно с ними поработать до допроса.

— Да ничего, я в уголке на коленке.

Внезапно плохое настроение Баглаева исчезло, ему стало весело. Адвокат смотрел ему прямо в глаза и тепло улыбался, и Тимур Ахмедович невольно улыбнулся ему в ответ. Они оба понимают, что это часть игры, дежурный обмен репликами. Следователь не должен как-то особенно не любить адвоката, если, конечно, этот адвокат играет честно и по правилам. Наоборот, любой здравомыслящий следователь к адвокату относится хорошо, потому что соблюдение всех правил, касающихся участия защитника, это гарантия того, что приговор суда не будет впоследствии отменен из-за процессуальных нарушений, допущенных во время предварительного следствия. Да и на суде позицию обвинения труднее будет оспорить, если все следственные действия выполнены в соответствии с законом и участие защитника при их проведении было должным образом обеспечено.

Конечно, не со всяким адвокатом у Тимура Ахмедовича отношения складываются дружелюбные. Адвокаты ведь тоже разные бывают: те, кто пришел в адвокатуру сразу, и те, кто решил заняться адвокатской практикой после того, как отработал в следствии или полиции. Вот этих последних Баглаев страсть как не любил. Почему-то большинство из них, если не все начинали знакомство с информации о том, что они «из своих», тоже оттрубили на ниве обвинения преступников, но «ты же понимаешь, семью кормить надо, а в полиции какие зарплаты? Да и на следствии не лучше. А так-то я все понимаю, и мы с тобой всегда договоримся». Этого следователь Баглаев совершенно не выносил и ничего, кроме презрения, к таким защитникам не испытывал. Ну принял ты решение перейти на более доходную работу — и ради бога, твое право, чего ты оправдываешься? Такие оправдания вызывали у Тимура Ахмедовича вполне определенные подозрения в том, что данный адвокат не столько реально осуществляет функцию защиты, сколько пытается «решать вопросы», используя многочисленные старые связи в следствии или розыске. Противно.

Но этот Кирган был явно не из таких. Почему-то бывших следователей и полицейских Тимур Баглаев вычислял с первого взгляда: то ли глаза у них другие, то ли манера говорить, держать себя. Он ни разу не ошибся. И слова о том, что у него совершенно нет времени и в кабинете нет места, были не чем иным, как обыкновенным прощупыванием: будет заискивать, начнет угрожать и давить или проявит чувство юмора. Судя по чертикам, прыгавшим в глазах у адвоката, с чувством юмора у него было все в порядке.

— Ну зачем же на коленках? — возразил Баглаев. — Вы приходите после семи вечера, где-то в половине восьмого, я вам и время уделю, сколько понадобится, и стол освобожу, чтобы вы нормально сидели.

— И копировать разрешите? — недоверчиво осведомился Кирган.

Вот хитрец! По закону обвиняемый и его защитник имеют право копировать материалы уголовного дела, в том числе и при помощи технических средств, только после окончания предварительного следствия, в процессе ознакомления с материалами уголовного дела. А следователь обязан им это право обеспечить, как того требует статья 217 Уголовно-процессуального кодекса. До этого священного момента адвокат имеет право только делать выписки. В принципе, он может хоть весь документ целиком переписать, на это никаких ограничений нет, но копировать, например при помощи фотоаппарата, мобильного телефона или ксерокса... Может. Если следователь разрешит. Но может и не разрешить. Потому что до окончания следствия он не обязан давать такое разрешение. На его усмотрение.

Так разрешать или не разрешать адвокату Киргану копировать те документы, на ознакомление с которыми у него есть закрепленное в законе право? Баглаев быстро попытался восстановить в памяти имеющиеся в деле документы, которые имеет право посмотреть адвокат. Протокол задержания, постановление о возбуждении уголовного дела, письменное объяснение задержанного, протокол допроса, постановление о применении меры пресечения, протокол обыска... Ну, еще рапорты сотрудников полиции о получении информации и обнаружении трупа. Да, протокол обыска...

Будь он неладен! Ведь по статистике, два убийства в один и тот же вечер на одной и той же территории — вещь достаточно маловероятная, если, конечно, эти убийства между собой никак не связаны. И черт же дернул двух преступников совершить свои злодейства именно на этой территории и с таким маленьким разрывом во времени!

Конечно, начальство тоже можно понять: убийство высокого чиновника из окружной префектуры для него важнее, чем убийство какого-то тренера по фигурному катанию. Поэтому Баглаеву велели все бросить и мчаться на соседнюю улицу на взрыв автомобиля, в котором зампрефекта округа собрался ехать домой, выйдя из гостей. Как чувствовал Тимур Ахмедович, что добром это не кончится! Не в его правилах было бросать начатое дело на полдороге и переключаться на другую работу, особенно если не доведенное до конца дело грозит обернуться неприятностями. Вот оно и обернулось.

Обыск он провести не успел. Провел уже утром и, разумеется, ничего не нашел. Было бы смешно... Подозреваемого-то задержали и увезли в отдел, но остались жена, бывшая спортсменка, и активно занимающаяся спортом взрослая дочь, то есть две сильные, волевые и физически подготовленные женщины. Понятно, что они с момента ухода следственно-оперативной группы до момента возвращения следователя с обыском успели все, что нужно, выбросить или уничтожить. Так что протокол обыска, не принесшего никакого результата, не мог бы стать венцом следственного успеха Баглаева. Но, в конце концов, это еще только самое начало расследования, ничего страшного, если успеха на этом этапе нет. Вернее, он есть, потому что подозреваемый установлен и задержан. Но какой-то неполный.

Методичному и неторопливому Тимуру Ахмедовичу все это очень не нравилось. Но, с другой стороны, стыдиться этого протокола нечего. В нем все правильно, никаких нарушений. А то, что результата нет, так это дело житейское. Поправимое дело.

— Копировать разрешу, — помедлив, кивнул он Киргану. — Про последующие материалы поговорим потом, там видно будет. А те, что на сегодняшний день имеются, можете копировать, если хотите.

— Спасибо, — широко улыбнулся адвокат и положил на стол перед Баглаевым скромную простую визитку. — Надеюсь, до вечера ничего срочного не произойдет и вам не придется меня вызывать, но на всякий случай оставляю вам свои координаты уже сейчас. Да, и разрешение на свидание в СИЗО мне нужно.

Баглаев решил, что идти навстречу этому, в общем-то симпатичному, адвокату, конечно, можно, но не стоит делать это столь рьяно. Копировать материалы разрешил? Уже хорошо, пусть скажет спасибо. Да, по закону адвокат имеет право на свидания с обвиняемым или подозреваемым с того момента, как он вступает в дело, это факт. И следователь не имеет права ему этого не разрешить. Но в следственном изоляторе у защитника попросят документик, бумажку, подписанную следователем и украшенную печатью следственного подразделения. И вот эту самую бумажку можно организовать сразу, а можно и потянуть кота за хвост. Чтобы адвокату жизнь совсем уж медом не казалась.

— Разрешение получите вечером, — Баглаев с сожалением развел руками, — у меня печати в кабинете нет, она в канцелярии.

Чертики в глазах Киргана запрыгали еще веселее. Судя по всему, он был действительно опытным адвокатом.

— Тимур Ахмедович, — произнес он, — я чрезвычайно высоко ценю вашу готовность к конструктивному сотрудничеству. До вечера.

Они пожали друг другу руки. Глядя вслед выходящему из кабинета адвокату, следователь Баглаев с усмешкой подумал о том, что Кирган, пожалуй, обыграл его в первом раунде. Он явно не планировал ехать в тюрьму прямо сегодня, поэтому получение разрешения на свидание с подзащитным вполне могло подождать до вечера. Сперва он хотел ознакомиться с документами, чтобы составить предварительный план и понять, какие сведения ему нужны от тренера Ламзина и о чем его нужно спросить в первую очередь. Что ж, грамотно. Будь на его месте сам Баглаев, он бы действовал точно так же со своей любовью к методичности, последовательности и подготовленности всего и вся. Поэтому Кирган и согласился так легко принять дурацкое объяснение об отсутствии круглой печати, которое могло обмануть разве что совсем уж неопытного защитника.

И фраза, которую он сказал на прощание, Баглаеву понравилась. Надо будет запомнить и в соответствующих случаях применить. Хорошая фраза, в первый момент и не поймешь, всерьез сказана или с издевкой, а придраться не к чему.

* * *

Посматривая на дисплей навигатора и выбирая маршруты объезда, Настя Каменская в который уже раз мысленно поблагодарила изобретателей этого замечательного устройства, позволяющего хотя бы частично избегать длительного застревания в пробках. Хорошо бы и встречу с Натальей Ламзиной сократить до минимума, чтобы сэкономить время. Работать по заданию адвоката по уголовным делам — удовольствие, которое выпадало нечасто, и Настя считала большой удачей, если такую работу Стасов поручал именно ей. Адвоката Киргана она не знала, этот человек был для их агентства клиентом новым, никогда прежде работать с ним не приходилось. Стасову позвонил его приятель, тоже глава частного агентства, и сказал, что к нему обратился его знакомый адвокат, с которым они раньше несколько раз уже сотрудничали, но у него довольно объемное задание, а в агентстве, как назло, сейчас все заняты, потому что их наняли проверять добросовестность партнеров по крупной сделке.

— Может, возьмешься помочь хорошему человеку?

Стасов взялся. Уж о чем они говорили с заказчиком — Насте неведомо, а только сегодня с самого утра Владислав озадачил ее новым заданием. Нужно найти врагов двух тренеров по фигурному катанию: Михаила Болтенкова и Валерия Ламзина. Один из них убит, второй арестован по подозрению в убийстве, но есть основания полагать, что Ламзина подставили. Хорошо бы, как напутствовал ее Стасов, найти такого фигуранта, который имел бы большой острый зуб одновременно на обоих, тогда все становится прозрачным: одного убили, второго подставили.

Ну что ж, для поиска врагов при таких раскладах у Анастасии Каменской был давно отработанный метод, чрезвычайно простой, но позволяющий получить быстрый результат. Двадцать пять лет службы в уголовном розыске научили ее, что получать информацию у членов семьи как потерпевших, так и подозреваемых-обвиняемых дело с точки зрения времени весьма затратное. Люди в стрессе, в переживаниях, им трудно сосредоточиться и рассказывать именно то, что нужно оперативникам. Им хочется говорить то, что, как им кажется, выставит их близкого в как можно более выгодном свете. Одним словом, они стараются рассказать совсем о другом и ответить на совсем другие вопросы.

Наталья Ламзина уже ждала ее на улице перед подъездом: сразу после встречи ей нужно было ехать на работу. Ну что ж, у нее тоже нет времени, и это обнадеживает.

Первое, о чем спросила Настя, — о здоровье Валерия Петровича Ламзина. Ответ на этот вопрос обычно сразу прояснял расстановку сил в семье. Если по ответу Настя поняла бы, что Ламзин с женой свои проблемы не обсуждает, то и о врагах спрашивать бессмысленно, Наталья Сергеевна их наверняка не знает. Если же Наталья Сергеевна начнет подробно рассказывать о том, как ее муж себя чувствует и чем болеет, то здесь будет хороший шанс узнать имена его недоброжелателей сразу.

Ламзина вопросу удивилась, но ответила, что у Валерия Петровича со здоровьем все в порядке, больничного сто лет не брал, ни на что не жаловался.

— Жаловаться не в его характере, — сказала она, — и даже когда болели травмированные во время спортивной юности суставы, потихоньку глотал таблетки, но ни слова не говорил. Я узнавала о том, что у него что-то болит, только иногда, когда вдруг случайно видела в мусорном ведре пустую упаковку из-под лекарства.

Ответ Настю удовлетворил. Она по опыту знала, что ответить на вопрос «кто враги?» очень трудно, особенно людям незлобивым и порядочным. Всегда страшно оболгать человека, бросить на него тень, если он ни в чем не виноват. Поэтому лучше спросить: кто друзья? А уж о врагах поспрашивать именно у этих друзей. И еще одно Настя знала твердо: человек, не имеющий параноидальных наклонностей, никогда не будет своей жене рассказывать о том, что кто-то желает ему зла. Друзьям — да, расскажет, поделится, но не жене. Почему это так — она не знала, но подозревала, что дело в нежелании казаться уязвимым в глазах любимой женщины. Вот огромное количество мужчин ни за что не пожалуются дома на плохое самочувствие или проблемы на работе, хотя именно дома находятся их самые близкие люди, те, кому не безразлично. Но почему-то значительная часть мужчин считает, что перед своими близкими они не имеют права быть слабыми и беспомощными. Похоже, Валерий Петрович Ламзин был из их числа. Поэтому спрашивать у Натальи Сергеевны о врагах вряд ли имеет смысл. А вот о друзьях — самое оно. Особенно о тех друзьях, которые по тем или иным причинам отдалились в последнее время.

Через полчаса Настя рассталась с Натальей Ламзиной, имея в руках имя и номер телефона тренера по фамилии Гулин. По утверждению Натальи Сергеевны, ее муж и Гулин очень дружили, дружили много лет, но в последние два—три года общаться перестали совсем. По словам Валерия Петровича, Гулин как-то раз без предупреждения пришел к нему на тренировку под предлогом какого-то срочного личного вопроса, а сам подсмотрел новые хореографические находки, которые придумали Ламзин вместе с хореографом, и вставил их в программу своей ученицы.

— Конечно, Валера не думал, что Гулин вот так сподличал обдуманно, — рассказывала Наталья Сергеевна. — У него действительно был срочный вопрос, не терпящий ожидания, но когда он увидел то новое, что делала Валерина спортсменка, то не смог удержаться и украл.

— И что потом? — с интересом спросила Настя, которая в фигурном катании не понимала ровным счетом ничего и совершенно не представляла себе, что такое «украсть хореографическую находку» и какова цена такого поступка. — Разве плохо, когда разные спортсмены выполняют один и тот же элемент?

— Понимаете, у Гулина спортсмены более взрослые, и у его девушки эти движения, шаги и повороты смотрелись более выигрышно, более элегантно, чем у Валериной девочки. И потом, Валерины ребята на международные соревнования не ездят, уровень не тот, а Гулин своих юниоров в тот год повез на этапы Гран-при и показал программу с этой хореографией международному судейскому корпусу. Валерина ученица выглядела не так эффектно и показывалась только на нашем льду, в России, и все сразу заговорили о том, что это не Гулин украл идеи Ламзина, а, наоборот, Ламзин обокрал Гулина, но поскольку его спортсменка слабее, то и выглядела она намного хуже.

— Ваш муж был расстроен?

— Расстроен — не то слово! Он был в ярости! Валера страшно орал и ругался, и с тех пор имя Гулина в нашей семье под запретом.

За тридцать минут разговора они успели несколько раз дойти до ближайшего перекрестка и вернуться назад. Настя, конечно, предпочла бы сидеть, но в нынешних условиях, когда она уже не офицер, за спиной которого стоит государство, а просто частный сыщик, приходится уступать и делать так, как удобнее заказчику. А заказчиком в данном случае выступала именно она, жена задержанного, хоть и при посредничестве адвоката. Наталья Ламзина в движении чувствовала себя явно более уверенно.

Они распрощались, Ламзина быстрым шагом направилась к автобусной остановке, чтобы добраться до ближайшего метро, а Настя Каменская вернулась к машине и позвонила тому самому Гулину, чтобы попробовать договориться о встрече. Услышав, что речь идет об аресте Ламзина, Гулин долго держал паузу, потом со вздохом неохотно согласился и продиктовал адрес.

* * *

Владислав Стасов в очередной раз встал с неудобного стула и прошелся взад-вперед по коридору. В конце коридора — окно, выходящее на боковую улицу. День выдался теплым, на террасе ресторанчика на противоположной стороне улочки уже накрыты столики под белыми с красными полосками зонтами. Для обеда время еще раннее — всего одиннадцать утра, но пара столиков уже занята, за одним воркует парочка лет семнадцати-восемнадцати, оба в джинсах и футболках, легкие курточки небрежно брошены на свободные стулья, за другим — толстый дядька пьет из высокого стакана кофе макиато и читает что-то на планшетнике. Стасову мучительно захотелось выйти и тоже сесть за столик под зонтиком, заказать целый чайник какого-нибудь ароматного черного чаю и здоровенный кусок торта, вроде того, который официант только что принес парочке. Торт был пышным и украшен изрядной порцией взбитых сливок...

Но нельзя. То есть можно, конечно, однако не нужно. Стасов здесь, в этом коридоре, терпеливо ждет следователя Баглаева, которого он обязан поставить в известность о том, что у него, Владислава Стасова, директора частного детективного агентства «Власта», заключен договор на поиск информации по делу, находящемуся в производстве Тимура Ахмедовича. По закону «О частной детективной и охранной деятельности» сделать это следует письменно и в течение суток после заключения договора. Стасов законы уважал и соблюдать их умел так, чтобы это никоим образом не мешало работе. И договоры он научился составлять так, чтобы даже в случае, если придется их предъявлять, никто ни к чему не смог придраться. Хотя предъявлять договор он не обязан, но бывают ситуации, когда это лучше сделать, чем отказываться, чтобы не портить отношения с людьми, расположение которых впоследствии еще может пригодиться.

А следователя на месте нет. И когда будет — неизвестно. Уйдешь вот так чаю выпить, а неуловимый Баглаев именно в это время и появится, а потом снова исчезнет, и опять придется ждать его и вылавливать. Так и отведенные законом сутки пройдут, и поди потом доказывай, что ты неумышленно, не по злой воле просрочил время. Отношения следователей с частными детективами еще не сложились и традиций своих не имели, посему «закладываться» на то, что поймут и простят, посмотрят сквозь пальцы, вряд ли стоит. Надо всегда быть готовым к худшему. Таков девиз Владислава Стасова.

Собственно, именно такой подход к делу и к жизни вообще и привел к тому, что роман его дочери с оперативником не дает теперь покоя Владиславу Николаевичу. Картины его воображение рисует самые мрачные, и последствия ему видятся в черном свете. Чем бы ни занимался Стасов, какая-то часть мозга постоянно думала о Лиле, и он порой с неудовольствием замечал, что о младшем сыне, Грише, он думает куда меньше. Гришка парень беспроблемный, школу заканчивает, учится хорошо, готовится в институт. Да и Таня, Гришкина мать, любимая жена Стасова, всегда рядом с ребенком и мягко, но настойчиво контролирует сына. А Лилька живет одна, ее мама, первая жена Стасова, уже год как находится в Латинской Америке и вернется еще не скоро. Конечно, Лиля взрослая совсем, двадцать шесть лет, и присматривать за ней как-то глупо, но все-таки материнский глаз и вовремя данный умный совет в этом возрасте лишними не будут. Хотя какой у Маргариты глаз? Какой умный совет она может дать? Сама за свою жизнь столько наколбасила с личной жизнью... Который по счету у нее нынешний муж? То ли третий, то ли четвертый, Стасов уж со счета сбился. И это только официальные мужья. А гражданские? А любовники бесконечные? Так что черт его знает, может, и лучше, что Риты сейчас нет в Москве. Стасов сам справится, уж он плохого своей ненаглядной принцессе не посоветует.

Когда к двери, украшенной табличкой «Ст. следователь Баглаев Т.А., следователь Игнатов К.В.», подошел среднего роста русоволосый мужчина с приятным лицом и подтянутой фигурой, Владислав Николаевич быстро прикинул: кто из них? Если это Игнатов, то для «просто следователя» он староват, в этом возрасте при нормально складывающейся карьере давно пора быть «старшим». Глаза у него умные, живые, у такого карьера должна складываться хорошо. Значит, вот какой ты, старший следователь Баглаев...

— Тимур Ахмедович? — Стасов поднялся и сделал шаг в сторону мужчины.

Тот вытащил ключ из замка, сунул всю связку в карман, но дверь не открыл. Только голову повернул в сторону посетителя.

— Слушаю вас.

И голос у него приятный. Может, повезет на этот раз, следователь окажется вменяемым и никаких проблем не будет.

— Стасов Владислав Николаевич, — представился он и протянул Баглаеву визитку с указанием названия агентства и всеми реквизитами. — Привез вам письменное уведомление.

— Уведомление? — брови Баглаева удивленно шевельнулись.

«Все ясно, — подумал Стасов. — Ему с частным сыском дела иметь вообще пока не приходилось. Закон он, может, и читал когда-то давно, когда его только приняли, лет сто назад, но изменений и дополнений к нему не видел и как его применять, закон этот, понятия не имеет. Да, легко не будет».

— Ну, проходите. — Тимур Ахмедович с явной неохотой пригласил посетителя в кабинет. — И о чем вы собрались меня уведомить?

Стасов достал из папки листок с отпечатанным на компьютере текстом и собственной подписью, которую он для верности еще и печатью фирмы подкрепил. Интересно, будет следователь придираться к бумаге? А что он, собственно, может сказать? Какие претензии к документу предъявить? Нигде в законе не сказано, по какой форме должно быть составлено такое уведомление, посему и оснований придраться у следователя быть не должно. Как составлено — так и составлено, главное — информация подана в письменном виде и в надлежащий срок.

А Баглаев-то, похоже, действительно видит такую бумагу впервые в жизни. Владиславу Николаевичу даже любопытно стало, как опытный следователь будет выходить из ситуации. Сколько ж лет должно пройти, чтобы процесс информационного обеспечения уголовного судопроизводства стал нормальным? Вот ведь придумал же какой-то умный крендель, что в России тоже должна быть состязательность процесса, как в передовых демократических странах! И записали в Уголовно-процессуальном кодексе эту, в общем-то, правильную, но процедурно не обеспеченную идею.

Состязательность означает, что суд выслушивает как сторону обвинения, так и сторону защиты и взвешивает, чьи аргументы сильнее и убедительнее. Если раньше, при прежнем законодательстве, собирать доказательства как виновности, так и невиновности человека входило в обязанность одного и того же лица — следователя, то теперь функции разделили. Может, это и правильно, конечно. Только вот сторону обвинения государство обеспечило мощным аппаратом по сбору доказательств, а сторону защиты оставило, как говорится, с голой задницей. Пусть, дескать, выкручивается сама, как может.

Вот защита и выкручивается. Только получается у нее пока не очень... Сам адвокат, конечно, может собрать какие-то доказательства, но разве успеет он в одиночку сделать все необходимое, чтобы противостоять государственной машине? Не успеет. Чтобы успевать, нужны помощники. Те самые частные детективы. А им надо платить. И платить должен доверитель из своего кармана. Но у многих ли, нуждающихся в защите по уголовным делам, карман достаточно толст и глубок? Вот то-то и оно. Услугами частных детективов чаще всего пользуются в интересах гражданско-правовых, трудовых или семейных отношений: неверные супруги, проблемные дети, надежность и кредито-способность деловых партнеров, изучение рынка, установление обстоятельств, свидетельствующих о недобросовестной конкуренции, поиск утра-ченного имущества, розыск пропавших, сбор све-дений о кандидатах на должность при решении вопроса о приеме на работу.

В уголовном процессе частные детективы — гости крайне редкие в нашей стране. А если их и привлекают для работы на стороне защиты, то стараются делать это как-нибудь неофициально, без договора и без кассового приходного ордера. Платить налоги никто не любит, это понятно. Но, кроме того, по закону частный детектив обязан по-ставить в известность следователя о том, что с ним заключили соглашение и он теперь будет искать свидетелей и всяческую информацию, идущую вразрез с целями самого следователя. И кому та-кое может понравиться? Поэтому без договора оно как-то... Спокойнее, что ли. И надежнее. Вот и по-лучается, что сыщики-то частные, может, и рабо-тают против официального следствия, а следствие понятия не имеет, что с этими сыщиками делать, ежели они выходят из подполья на белый свет.

Стасов, честно говоря, тоже не особо рвался за-ключать соглашение, о котором он теперь просто обязан проинформировать следствие. Но адвокат Кирган предупредил его: работать придется в уз-ком профессиональном кругу, где все друг друга знают и, скорее всего, не особо любят, а кто-то наверху пытается контролировать ситуацию, поэтому лучше не нарываться на неприятности. Информация о том, что кто-то, помимо оперативников, ходит и задает разные вопросы, непременно просочится и очень быстро дойдет до следователя. И тогда Варфоломеевской ночи не миновать. Вплоть до лишения лицензии на право заниматься частной детективной деятельностью.

Баглаев несколько раз внимательно перечитал поданный Стасовым документ, хмыкнул и двинулся к двери. Владислав Николаевич молча последовал за ним. Следователь запер кабинет, оставив визитера ждать в коридоре, и куда-то ушел, унося с собой бумагу. Понятно. К руководству побежал советоваться и указаний спрашивать. Снова пришлось ждать. Наконец, Тимур Ахмедович появился и кивком головы пригласил Стасова войти.

— Работайте, — с плохо скрываемым неудовольствием проговорил он. — Надеюсь, мне не нужно напоминать, что при обнаружении признаков преступления...

— Я все помню, Тимур Ахмедович, — заверил его Стасов. — Немедленно сообщить вам. Или любому другому уполномоченному лицу.

— Надеюсь, — буркнул следователь, не глядя на Стасова. — Всего доброго.

Владислав вышел на улицу и, чувствуя себя школьником, прогуливающим уроки, завернул-таки за угол и уселся за столик под полосатым зонтом. Пятьдесят пять лет — это не возраст, это еще самый расцвет сил, особенно у тех, кто любит сладкое.

А сладкое Владислав Стасов обожал.

* * *

К вечеру стало прохладно, даже зябко, и Ольге пришлось накинуть на плечи поверх нарядного брючного костюма куртку. Куртка, конечно, портила весь вид, но не мерзнуть же! Еще простудится, не дай бог, заболеет, сляжет, а ей и работать надо, и вообще быть всегда здоровой и сильной, чтобы в любой момент примчаться на помощь Алле, если вдруг понадобится.

Корпоративные тусовки она не любила, но отказываться в данном случае было нельзя: компания «Файтер-трейд», один из главных поставщиков «Оксиджена», устраивала праздник по случаю пятнадцатилетия со дня основания, и глава «Файтера» Вадим Константинович Орехов пригласил множество гостей — всех своих партнеров, в том числе и руководство «Окси», представленное гендиректором как первым лицом и Ольгой Виторт как начальником отдела закупок.

Для проведения мероприятия арендован хороший пансионат в ближнем Подмосковье, с большой ухоженной территорией и симпатичными свежеотремонтированными коттеджиками, в которых гости смогут переночевать со всеми удобствами. Программа праздника рассчитана на два дня, а точнее — с вечера пятницы до середины воскресенья.

Гендиректор «Окси», с которым приехала Ольга, активно общался с гостями, заводил новые знакомства, поддерживал старые контакты и при этом много пил. Скоро слиняет по-тихому в предоставленный ему коттедж и заснет, пьяно похрапывая, в обществе какой-нибудь девицы, которую подцепит здесь же. А может, уже подцепил. В задачу начальника отдела закупок по непродовольственной группе товаров на данном празднике входили три пункта: познакомиться и произвести приятное впечатление на двух сурового вида дам из таможенной службы; снять один затяжной конфликт между «Оксидженом» и поставщиком биодобавок (хотя БАДы проходили по другой группе товаров, ими занимался другой отдел, но приглашение на корпоратив «Файтера» было только на два лица, и гендиректор остановил свой выбор на Ольге Виторт); присматривать за собственным гендиректором, который, перебрав, мог наговорить глупостей и испортить отношения с нужными людьми.

Справедливости ради надо сказать, что директор меру свою знал и обычно старался соблюдать, удаляясь «в номера» с какой-нибудь спутницей еще до того, как хмель непоправимо ударял в мозги. Но бывали случаи, бывали... И Ольга, которая, несмотря на хрупкую внешность, обладала недюжинной силой и железными мышцами, должна была в таких случаях буквально оттаскивать своего шефа и насильно уводить туда, где разговаривать ему и, соответственно, испортить отношения будет не с кем.

Первые два пункта Ольга добросовестно и успешно выполнила, дамам из таможни пообещала бесплатные билеты на творческий вечер народной артистки Томашкевич, уболтала поставщика БАДов, добившись от него согласия в ближайшее же время сесть за стол переговоров и подписать взаимоприемлемое соглашение. Оставался третий пункт.

Она нашла гендиректора в обществе парочки финансовых деятелей, постояла у него за спиной, послушала голос, вникла в суть сказанного и пришла к выводу, что шеф еще вполне-вполне, до критической дозы достаточно далеко, так что минут тридцать-сорок как минимум можно не беспокоиться.

Со стороны реки налетел порыв холодного ветра, она поежилась и плотнее запахнула куртку.

— Мерзнете? — раздался знакомый голос у нее за спиной. — Неудачно оделись?

Ольга повернулась и нос к носу столкнулась с Химиным, старшим менеджером «Файтера», с которым совсем недавно решала вопрос со штрафами.

— Да, дневное тепло обмануло, как-то не подумала, что вечера за городом холоднее, чем в Москве, — призналась она.

— А вы возьмите что-нибудь согревающее, — посоветовал Химин. — Глоточек виски или коньячку. Коньяк хороший, я пробовал.

Сам он был в светлых брюках, модной сорочке и небрежно накинутом на плечи кашемировом джемпере. И тепло, и стильно.

«Не то что я, — разозлилась на себя Ольга. — Никогда не могу правильно одеться. Хожу вот теперь в шелковом костюме и спортивной куртке, как дура».

— Я не пью, — сердито ответила она.

— Что, совсем?

— Совсем.

— Ладно, тогда давайте я вам помогу выбрать еду, которая вас согреет. — Он вытянул голову и начал последовательно ощупывать глазами все, что стояло на огромном накрытом столе. — Главное, чтобы было много перца. Остренькое, чесночное... Вы ведь не против? Или у вас в планах на вечер страстные поцелуи?

— Нет. — Она смотрела на Химина без улыбки. — Никаких поцелуев.

Он легко оттеснил какого-то толстяка, перекрывшего своей тушей подход к столу, взял чистую плоскую тарелку и через минуту вручил Ольге аппетитно выглядящее ассорти из тарталеток с разнообразными наполнителями. Судя по запаху, выбрал он действительно все острое и перченое.

— Поверьте мне, Ольга, для тех, кто не употребляет горячительные напитки, острая еда — самый лучший способ согреться.

— Спасибо. — Она взяла тарелку и стала осматриваться в поисках места, где можно было бы присесть или хотя бы удобно встать, желательно, в одиночестве.

— Пойдемте, я вам покажу одно совершенно замечательное местечко.

Химин осторожно коснулся ее локтя, словно придавая нужное направление.

— Сам случайно узнал буквально несколько минут назад. Увидел, как официанты несли туда газовые обогреватели, пошел за ними и обнаружил три стоящие вплотную друг к другу беседки. Все увиты зеленью, уютные, и в каждой стоит газовый «гриб». Вот там вы точно согреетесь.

В голове у Ольги зародилось неприятное подозрение, что Химин сейчас начнет навязывать ей свою компанию в этих уединенных беседках, и она уже собралась было выставить иголки, но, к ее облегчению, старший менеджер «Файтера» провел ее по тропинке между кустами ровно до того места, откуда были видны три мерцающих красноватым огнем обогревателя, и ушел.

Все три беседки были пусты, каждая обставлена садовой мебелью — круглый стол и несколько стульев с подушечками. Ольга выбрала ту, что находилась дальше всего от тропинки, уселась за стол поближе к обогревателю и принялась за еду. Химин не обманул, уже после третьей тарталетки ей стало теплее. Или это все-таки обогреватель? Она посмотрела на часы: после «контрольного замера» прошло двенадцать минут, еще полчаса можно посидеть вдали от толпы и громкой музыки, потом нужно будет снова найти шефа и оценить его состояние.

Она прикрыла глаза и даже, кажется, задремала. Проснулась от мужских голосов, доносившихся из соседней беседки. Листва была настолько густой, что разглядеть мужчин Ольга не смогла, однако почти сразу узнала по голосам, один из которых принадлежал владельцу «Файтер-трейда» Вадиму Константиновичу Орехову, а второй — его придурковатому, по мнению Ольги, сыночку Филиппу.

— Филипп, завтра я тебя попрошу сделать...

Орехов-старший говорил твердо и напористо, явно даже не предполагая возможность возражений.

— Ой, нет, пап, никаких завтра, я сегодня побуду, сколько надо, и уеду. У меня обширные планы на выходные.

А вот Филипп говорил легко и весело, судя по всему, желания и намерения отца, на деньги которого он жил, молодого человека ничуть не интересовали.

— Филипп, — Вадим Константинович повысил голос, — я серьезно с тобой разговариваю. Какие планы? Куда ты собрался ехать? Ты должен быть здесь. Ты сотрудник компании, это и твой праздник тоже, тебе следует знакомиться с людьми, чтобы тебя знали уже сейчас...

— Да перестань, пап, что ты заладил, Химин мне уже всю плешь продолбал тем же самым. Не хочу я! Мне стыдно, что я — твой сын, а сижу на такой должности, как клерк какой-то, даже представляться совестно. Вот сделаешь меня начальником отдела — тогда пожалуйста, напечатаю себе визиток с фотками и буду со всеми гордо знакомиться.

— И куда ты собрался, позволь спросить? Что за развлечение ты себе придумал, что оно важнее корпоративного праздника?

— О, пап, у меня такой приятель появился, что с ним вообще никаких праздников не надо, он сам — как праздник, который всегда с тобой.

Филипп довольно хохотнул, Ольга услышала глухой стук толстого бутылочного стекла о пластиковую поверхность стола. Похоже, Филипп пьет пиво прямо из бутылки. Да, с этикетом у парня не очень... Мог бы уж на таком празднике-то вести себя не как в подворотне. «Праздник, который всегда с тобой»... Интересно, он хотя бы имя Эрнеста Хемингуэя слышал когда-нибудь? Книгу-то уж наверняка не читал, название романа употребляет как обычное бытовое словосочетание. А вот Ольга в Париже была и мнения писателя не разделяет. Не показался ей этот город праздником.

— И где ты его выкопал, этого приятеля? Что он собой представляет? Где работает? — Орехов-старший задавал вопросы требовательно и строго.

— Работает? — изумленно переспросил Филипп. — Да ты что, пап, какая работа! Ему никакой работы не надо, у него и так все есть. Денег куча.

— Откуда, интересно?

— А ему все сами дают. А он умеет сделать так, что можно не отдавать.

— То есть?

— Он такой, что ему никто ни в чем отказать не может. Знаешь такое слово «харизма»? Так вот он весь состоит из одной сплошной харизмы, с ног до головы. Его во всех клубах знают, ему всюду рады, его все любят. И с ним прикольно. А девки какие к нему сами клеятся!!! Короче, пап, веселый парень, и мне нравится проводить с ним время. Ему даже дилеры бесплатно дозу отваливают.

Нет, решительно у Филиппа Орехова не все в порядке с головой! Это ж надо додуматься: отцу — и такое рассказывать!

— Дилеры? Он что, наркоман? — теперь в голосе Вадима Константиновича слышалась угроза.

Которая, впрочем, Филиппа не насторожила и не испугала. Он, громко прихлебывая пиво из горлышка, легкомысленно продолжал вываливать на голову отца правду-матку.

— Ну, так, балуется по чуть-чуть. Нормальный парень, сейчас все такие: чуть-чуть дури, много виски, много телок, — Филипп издал скабрезный смешок, — и много уколов от триппера. Зато как он карточные фокусы показывает — это что-то с чем-то! Пальцы мелькают так, что их вообще не видно. Часами можно смотреть — и ни фига не высмотришь.

Ну, все понятно, ловкие пальцы и неизвестно откуда деньги при отсутствии работы — это явные признаки того, что мальчик не вылезает из подпольных казино. Неужели Филипп настолько туп, что не понимает этого? Веселье ему подавай! Да, не повезло Орехову-старшему с сыном, не выйдет из Филиппа достойного преемника и продолжателя, спасибо, если не сопьется раньше времени.

Отец и сын еще какое-то время пререкались, Орехов-старший настаивал на том, чтобы Филипп остался, Филипп же вяло, но при этом весело отбрехивался, но от планов на выходные отказываться и не думал. В конце концов рассерженный Вадим Константинович ушел к гостям, а Филипп еще несколько минут провел в беседке, названивая кому-то по телефону и договариваясь о встрече в каком-то ночном клубе.

«Наверное, со своим новым другом разговаривает», — равнодушно подумала Ольга, с отвращением глядя на тарелку с недоеденными тарталетками: еда согрела, но осталось отвратительное послевкусие.

Сколько живет она на свете — все никак не перестанет удивляться многообразию человеческих характеров и вариантов взаимоотношений между людьми. Ей бы даже в голову не пришло рассказывать родителям такие вещи о своих друзьях. Наверное, все дело в том, как складываются отношения с родителями. Вот у Вадима Константиновича с сыном, судя по всему, отношения очень близкие и доверительные. Наверное, так с самого детства сложилось.

А она, Ольга Виторт, твердо убеждена, что рассказывать родителям о прегрешениях своих друзей неправильно. Во-первых, это как-то некрасиво, даже если и правда, а во-вторых, родители могут запретить дружить, так было несколько раз, когда Ольга была еще совсем малышкой и ходила в детский садик, а потом в школу. Угораздило же ее рассказать маме, что Алька Васнецова научила ее, шестилетнюю Олю, таким смешным словам, которые обозначают неприличное...

Так мама не только запретила дружить с Васнецовой, она еще по попе дочке надавала, а на следующий день пошла к заведующей детским садом и попросила перевести Олю в другую группу. Садик был ведомственным, от папиной работы, одним на всю Москву, детишек в нем было множество, и старших и средних групп набралось по три, а младших групп — целых четыре. Потом еще раз Ольга допустила такой же промах, учась во втором классе. И с тех пор крепко-накрепко усвоила: родителей надо сильно любить, но делиться с ними нельзя ничем.

Если бы ее родители были сейчас живы, они бы наверняка не поняли и не одобрили ее отношений с актрисой Томашкевич. Родители вообще редко понимают, почему их дети сближаются с теми, кто самим родителям не нравится.

А Филипп, видно, совсем не боится отца. И нельзя сказать, что не уважает, репутация Вадима Константиновича всем известна, мямлей и тряпкой его не назовешь. Значит, между отцом и сыном настоящая дружба или хотя бы взаимное уважение, и Филипп, каким бы остолопом в работе он ни был, все-таки парень честный, открытый. Без второго дна.

Пора было «проверить» шефа. Ольга с сожалением покинула место под обогревателем и быстрым шагом направилась туда, где гремела музыка и взрывались петарды.

* * *

Тренер по фамилии Гулин оказался хмурым и настороженным мужчиной невысокого росточка, жилистым и подвижным. Супруга Гулина была полной его противоположностью, соответствуя мужу только ростом: пышненькая и веселая, она прямо с порога стала приглашать Настю к столу, предлагая пирожки и домашнего изготовления «хворост». В глубине квартиры слышались голоса, не то детские, не то юношеские: звонкие высокие ноты перемежались ломающимся баском.

«Наверное, внуки», — подумала Настя в первый момент и тут же сама себя высмеяла: Гулину и его жене около пятидесяти, ну, может, чуть больше.

Если у них и есть внуки, то они должны быть совсем маленькими. Жена Гулина перехватила ее взгляд, брошенный в ту сторону, откуда доносились голоса.

— Это наши ребятки, у них сегодня нет тренировки.

— Они у вас живут? — уточнила Настя.

— Ну... почти, — улыбнулась Гулина. — Они в нашей группе самые младшие, в основном-то у нас ребята постарше, а этих недавно отобрали, они иногородние, в Москве им родители в складчину снимают квартиру, но вы же сами понимаете, как подростки сами по себе с бытом управляются. За ними глаз да глаз нужен. Готовить не умеют, продукты покупают бог знает какие, да и времени у них на это нет, устают они, а ведь еще в школе учиться надо. Так что все свободное время они у нас проводят. Мы с мужем по крайней мере за их питание можем не беспокоиться. Да и постираю я им, и поглажу, мне не трудно. Ну что же вы встали? Проходите, проходите в комнату.

От угощения Настя отказалась, и супруга тренера, понимающе кивнув, закрыла ведущую в коридор дверь, оставив мужа и гостью наедине.

— Тот старый конфликт Валеры с Мишей Болтенковым в юности был не единственным, — задумчиво проговорил Гулин, когда Настя задала первый вопрос. — Судьба еще раз их столкнула, причем жестоко. И в принципе, я бы не удивился, если бы Миша Болтенков сам убил Валеру, а не наоборот. Врагами они были злейшими.

И тут же осекся, недовольно поморщившись. Непонятно было, что именно вызвало его неудовольствие.

— В чем суть этого конфликта? — спросила Настя.

Внезапно Гулин как будто даже рассердился. Брови его строго сдвинулись, в глазах блеснула решимость.

— Я ничего не буду вам рассказывать, — резко ответил он и отвернулся, направив взгляд на темный экран невключенного телевизора.

— Почему? — Каменская постаралась, чтобы ее голос звучал как можно более мирно.

— Потому что потом меня заставят все это повторить под протокол, будут вызывать к следователю, потом суд, мне придется давать показания, и все узнают, что я вам рассказал. А мне еще работать в этой сфере, мне пока на пенсию рано. И я совершенно не желаю, чтобы из-за вашего праздного любопытства у меня испортились отношения с коллегами и руководством в Спорткомитете и в Федерации фигурного катания.

Теперь Гулин даже не пытался скрыть, что сердится и боится. Значит, вот в чем дело... Да, пожалуй, идея собирать информацию у тренеров изначально обречена на провал. Разговаривать можно только с теми, кто отошел от дел и перестал зависеть от могущественных руководителей и коварных коллег. Но те, кто уже не занимается тренерской работой, могут оказаться не в курсе недавних конфликтов Ламзина или Болтенкова. Хотя... Имеет смысл поискать спортивных журналистов с большим стажем. Они обычно знают много интересного, но рассказывать об этом, в отличие от действующих тренеров, как правило, не боятся.

Да, можно, пожалуй, оставить этого Гулина в покое, а то вон он как разнервничался, весь сжался, окаменел. Закрылся. Но жаль потраченного на дорогу времени. Надо все-таки попробовать выжать из него хоть какую-то информацию.

— Я вас очень хорошо понимаю, — негромко и размеренно начала она, — и если вы отказываетесь со мной разговаривать — я уйду. Но сначала хочу вам объяснить, что в суде и у следователя требуются показания о том, кто сегодня убил Болтенкова, а не о том, почему Ламзин и Болтенков поссорились много лет назад. Факт их неприязненных отношений очень важен, это правда, но если бы тот конфликт, о котором вы не хотите рассказывать, мог стать причиной убийства, то давно бы уже стал. Поэтому вы мне просто расскажите все, как было, чтобы я могла составить представление о степени их взаимной неприязни и об их характерах, о поступках. Если я буду знать, как, в принципе, мог поступать Болтенков, мне легче будет найти тех, с кем он мог поступить подобным же образом совсем недавно. Вот среди них мы и будем искать преступника.

Лицо Гулина исказилось в недоверчивой ухмылке.

— Вы же арестовали Валеру Ламзина! Значит, вы и так уверены, что он преступник.

— Не мы его арестовали, а следователь, — мягко поправила его Настя. — А я работаю по поручению адвоката, который сомневается в виновности Валерия Петровича. Поэтому мне нужно понимать, каков был характер убитого, на какие поступки он был способен или, наоборот, не способен, чтобы искать других обиженных им людей. Я вам обещаю, что в материалы следствия ни одно сказанное вами слово не попадет. И диктофон выключаю.

— Но подписывать я ничего не стану!

— И не надо. — Настя улыбнулась еще обаятельнее. — У меня вообще нет прав требовать от вас какие-то подписи, я же лицо неофициальное. Если вам так спокойнее, я даже в блокнот записывать не буду ваши слова, просто послушаю.

«Слава богу, память пока еще не подводит, — подумала она. — Дословно, конечно, не запомню, но ничего важного не забуду».

Гулин начал колебаться, и через несколько минут Насте Каменской все-таки удалось сломить его сопротивление.

...После обоюдной драки и прекращения уголовных дел Валера Ламзин и Миша Болтенков еще несколько лет провели в активном спорте, закончили институт физкультуры и стали тренерами. Шло время, Болтенков работал более успешно, его ученики порой становились победителями крупных юниорских соревнований и даже завоевывали медали на международных турнирах. Валерию Ламзину везло меньше, впрочем, как и многим другим тренерам, у которых довольно быстро отбирали по-настоящему талантливых ребят. Но и на его улице наступил праздник: Ламзин приглянулся крупному деятелю из Федерации и ему дали возможность тренировать старших юниоров, занимающихся парным катанием. Ламзин давно хотел тренировать пары, но из-за того, что ему никак не удавалось выйти за рамки младших возрастных групп, приходилось ограничивать себя работой только с одиночниками: в пары мальчиков ставят не раньше 15—16 лет, когда они крепнут и формирование физических данных позволяет соответствующие нагрузки. Девочки при этом обычно бывают намного младше — пока они маленькие и худенькие, с ними легче выполнять элементы.

И вот в группе тренера Ламзина образовалась очень хорошая пара, способная, трудолюбивая, очень честолюбивая. Как ее просмотрели и упустили более маститые тренеры — непонятно. Но факт остается фактом: Ламзин сделал из них чемпионов России среди юниоров. Ему прибавили зарплату, стали относиться с уважением, даже лед добавили. В группу к Ламзину начали проситься другие спортсмены.

И тут Михаил Валентинович Болтенков решил заграбастать чужое сокровище. Он договорился с очень известной дамой-тренером, весьма именитой, которая в то время тренировала в Америке, а в России бывала наездами. Как раз один из ее приездов на родину совпал со временем проведения каких-то кубковых соревнований во Дворце спорта в подмосковном Одинцове, в которых должна была принимать участие талантливая пара Ламзина. Михаил Валентинович подарил даме-тренеру дорогое кольцо, и они обо всем договорились.

Болтенков привез почетную гостью на соревнования и показал ей родителей юных спортсменов. Дальше все происходило просто и по давно отработанной схеме.

Тренер подошла к родителям, представилась (исключительно для виду, потому что представляться ей не нужно было, ее и без того знала в лицо вся общественность, интересующаяся фигурным катанием) и сказала:

— У вас замечательные детки, очень талантливые, но у этого тренера они уже достигли своего потолка, а им нужно расти дальше. Жаль, они для меня слишком молодые, были бы они года на три постарше — я б их взяла к себе в группу. Вот подрастут — обязательно возьму, будут у меня в США тренироваться. А пока хорошо бы им у Болтенкова покататься, он — как раз то, что им сейчас нужно. Болтенков за три года доведет их до того уровня, с которым я их приму и сделаю олимпийскими чемпионами. Я Мише доверяю, после него спортсмены катаются очень хорошо и делают потрясающие успехи. Так что подумайте.

Родители юниоров думать не стали, а сразу воодушевились и начали подговаривать детей уйти от Ламзина к Болтенкову...

Гулин умолк и снова бросил на Настю настороженный взгляд. Будто ждал чего-то.

— Вы, наверное, хотите спросить, кто была эта дама-тренер? — наконец произнес он не то с опасением, не то с вызовом. — Так вот имейте в виду: никаких имен я называть не стану!

— Ну что вы, ни в коем случае, — успокоила его Анастасия. — Никаких имен не нужно. Имя в данном случае не имеет значения, ведь это было давно и к нынешнему убийству отношения иметь не может. Мне просто важно разобраться в механизме. Я в вашей сфере ничего не понимаю, поэтому мне все нужно объяснять подробно.

— Но я вам и имен спортсменов тоже не скажу, — продолжал упираться тренер.

— И не нужно. Продолжайте, пожалуйста, мне очень интересно, — улыбнулась Настя.

В это время из прихожей послышались голоса жены Гулина и ребят.

— А уроки кто делать будет? Вы и так сегодня школу прогуляли, балбесы, но уроки-то сделать надо все равно!

— Да успеем мы, — ответил ломающийся басок. — Чего теперь, даже в кино не сходить?

— Так обед же через час! Какое тебе кино? А ну марш в комнату математику делать, я проверю. И ты, Катерина, не смотри на меня так, у тебя по русскому языку «тройки» уже второй год, стыдно! Темка у вас заводила, а вы ему в рот смотрите. Ну-ка снимай кроссовки, надевай снова тапочки и иди правила учи. Давайте-давайте!

— Да ладно, мы в городе чего-нибудь съедим, не вопрос, — ответил звонкий девичий голосок.

Настя невольно отметила это выражение — «в городе», такое нехарактерное для жителя Москвы.

— Знаю я, что вы там в вашем городе слопаете, — не сдавалась Гулина. — И думать забудьте. Быстро все за уроки, через час съедите то, что вам положено. А потом можете в кино идти.

Из-за двери послышались звуки, свидетельствующие о том, что юные спортсмены переобулись и нехотя, но послушно потопали туда, где им велено было делать уроки. Как же ловко супруга тренера управляется с подростками! Вот ей бы так научиться с племянником управляться... Хотя он, конечно, постарше, этим-то, судя по голосам, от двенадцати до четырнадцати, и пока еще они чувствуют себя зависимыми от тренера. А Санек от тетки своей ни в чем не зависит. Он вообще, похоже, зависит только от своего дружка Петруччо, вернее, не от него самого, а от его мнения и желаний. Эх, кабы Санек был таким послушным, как эти юниоры, она бы, по крайней мере, была спокойна за его язву: парень ел бы то, что она ему готовит, и диету не нарушал.

— У вас строго с питанием? — спросила она у тренера.

— Очень, — кивнул он. — Особенно для девочек-парниц. Партнерам нужно их в поддержку поднимать, выбросы делать. Тут каждый грамм веса на учете. У меня-то одиночники, но и девочке-одиночнице нужно следить за весом. Да и мальчишкам не нужно есть все подряд. Хотя с ними, конечно, попроще.

— Так чем закончилась та история с переманиванием пары у Ламзина?

— Закончилась? — Гулин как-то недобро усмехнулся. — Да эта история в тот момент только началась...

Пара победителей юниорского чемпионата ушла к Болтенкову, и Валерия Петровича Ламзина сразу стали и льдом ущемлять, и зарплату понизили. Уход из группы к другому тренеру — очень плохой пример, потому что другие спортсмены смотрят и думают: раз эта пара ушла — значит, наш тренер не годится, он слабый, с ним карьеру не сделаешь, нам тоже надо уходить. Уход талантливых ребят был страшным ударом для Ламзина, потому что это была его первая чемпионская пара. Ненависть Ламзина к Михаилу Валентиновичу Болтенкову зашкаливала, изливаясь наружу многократными и совершенно недвусмысленными высказываниями, которые Валерий Петрович допускал не только в узком семейном кругу.

И дело было не только в личной обиде. Пока у тренера есть так называемый топовый спортсмен, тренера не трогают. Как только спортсмен уходит (например, к другому тренеру или вообще из спорта) и другого топового пока нет, тренера начинают гнобить, отбирать у него лед, спортсменов, не пускать за границу... О том, что он воспитал этого спортсмена и вывел на пьедестал, все сразу забывают. Именно тренер делает из ребенка чемпиона, а никак не наоборот, однако спортсмен добивается результата и начинает смотреть на тренера свысока.

Поэтому тренер очень зависит от топового спортсмена и боится его потерять. Уходит такой спортсмен — зарплаты падают в два-три раза. В результате тренер вынужден держаться за чемпиона зубами, ведь если он уйдет, то за один год воспитать нового чемпиона невозможно, нужно время, чтобы довести младших до кондиции, а зарплата-то упала, к тому же за ушедшим чемпионом потянулись и другие. Надо на что-то жить... И уже тот тренер, от которого ушел спортсмен, начинает переманивать фигуристов из других групп. А тут и чиновник из Федерации, покровительствовавший Ламзину, перешел на другую работу и влияние свое на ситуацию полностью утратил.

Валерий Петрович Ламзин очень переживал и прощать давнего своего недруга не собирался. Поэтому, как только представился подходящий случай, обиженный тренер своего не упустил. Михаил Валентинович Болтенков серьезно взялся за новую пару и готовил ребят к участию в международных соревнованиях. Когда до старта осталось чуть больше недели, Болтенкова по «Скорой» госпитализировали с серьезным заболеванием. В таких случаях выводить оставшихся без тренера спортсменов на лед поручают другому тренеру, ученики которого в данной дисциплине не участвуют.

Ребят отдали под опеку Светланы Ващенко, которая ехала на эти соревнования с девочкой-одиночницей. Узнав об этом, Валерий Петрович возликовал: Светочка Ващенко когда-то была его ученицей и до сих пор очень тепло относилась к своему наставнику, часто просила у него совета и всячески демонстрировала уважение и преданность. Ламзин был уверен: Света сделает все, как надо. Даже не ради своего бывшего тренера, а просто ради себя самой и собственной карьеры. Ведь она тоже заинтересована в том, чтобы ее ученица получила место повыше.

Но тут нужна была многоходовая комбинация. Перебрав мысленно всех членов российской делегации, выезжающей на грядущие соревнования, Валерий Петрович остановился на кандидатуре тренера сильной юниорской пары, которая вполне реально составляла конкуренцию его бывшим ученикам, а ныне — ученикам Михаила Болтенкова. Если пара Болтенкова выступит плохо, то у пары этого тренера, избранного Ламзиным на роль посредника в своей комбинации, появлялся отличный шанс занять более высокое место.

— А что я могу? — развел руками невольный посредник. — У меня в бригаде, которая судит пары, никаких завязок нет.

— Но у тебя есть свои люди в бригаде, которая будет судить одиночниц, — заметил коварно Ламзин. — И техспец твой приятель, и техконтролер, насколько я знаю, тоже из твоих рук уже кормился. Ты вполне можешь сделать так, чтобы Светкину девочку оценили получше и дали ей место повыше.

— И что? С какого перепугу... — начал было посредник и осекся. — Ты думаешь, Света на это пойдет?

— А ты попробуй, — тонко улыбнулся Ламзин. — Света свою выгоду всегда очень хорошо понимает. И девочка, которая впервые показывается на международном уровне и попадает в пятерку сильнейших, это тебе не кот начхал.

Задача тренера, выводящего спортсмена на лед, — дать ему установку на прокат, подбодрить, успокоить, внушить уверенность. Но и выбить спортсмена из колеи перед выступлением тренер тоже может...

— Только имейте в виду: я вам об этом не рассказывал, — снова напомнил Гулин. — Если что — я буду все отрицать.

— Конечно-конечно, — с готовностью покивала Настя, отметив про себя, что Гулин не назвал не только имен спортсменов, но и имени тренера, выбранного Ламзиным для своей комбинации.

А вот тренера Светлану Ващенко назвал совершенно спокойно. И нельзя считать это случайной оговоркой, ведь фамилию ученицы Ламзина он упомянул уже несколько раз. Странно это все...

Итак, Светлана Ващенко со своей ученицей-одиночницей и с парой Болтенкова выехала на соревнования. Михаил Болтенков готовил свою пару очень серьезно, метил на европейский, а то и на мировой пьедестал, поэтому включил в их программу выброс в четыре оборота. Это очень сложный и опасный элемент, который даже взрослым спортсменам не всегда под силу выполнить, но юниоры вообще лучше технически оснащены, чем взрослые, им легче выполнять элементы высшей категории сложности. Следуя указаниям Болтенкова, Светлана Ващенко готовила пару к выполнению этого элемента на соревнованиях, что и было отражено в заявочном протоколе.

— Честно говоря, никто из нас не верил, что Миша пойдет на такой риск, — задумчиво предавался воспоминаниям Гулин, — но когда увидели протокол, то поняли, что все серьезно. Если ребята выполнят выброс чисто или хотя бы без существенных погрешностей, то обойти их по баллам будет очень трудно. Конечно, они могут потом навалять все остальное и получить минусы за падения, но практика показывает, что если выступление начинается с удачно выполненного сложного элемента, то у спортсмена появляется кураж, крылья вырастают, и он делает намного меньше ошибок, чем в тех случаях, когда первый же элемент срывается. И — что важно — их попытку выполнить сложнейший элемент увидят и заметят судьи, те самые, которые потом будут судить чемпионаты высшего уровня. Короткую программу ребята Болтенкова откатали очень хорошо, и вот перед произвольной, уже перед самым началом выступления

Света велела им не рисковать и не выполнять четверной выброс, сделать только тройной. Но это мы, конечно, только потом узнали, а в тот момент просто видели, как она что-то говорит ребятам очень строго, напористо так, и мальчик слушает и кивает, а девочка прямо как струна натянутая. В общем, понятно было, что сильно нервничает.

— Подождите, — перебила его Настя, — а в чем проблема-то? Если тройной выброс выполнить легче, чем четверной, то почему девочка нервничала? Она же, по идее, радоваться должна была.

— Вот и видно, что вы спортом никогда не занимались и в соревнованиях не участвовали, — вздохнул Гулин. — Профан вы полный. Придется объяснять вам на пальцах. Самые трудные, требующие наибольших энергозатрат элементы обычно ставятся в самом начале программы, пока у спортсменов еще есть силы. И четверной выброс тоже был запланирован на первые тридцать секунд. За тридцать секунд перестроиться на выполнение другого элемента, пусть даже менее сложного, очень трудно. Это возможно, но, повторяю, трудно, и не каждый спортсмен сумеет это сделать, а тем более такой юный, неопытный. Партнер не рассчитал силу и сделал все так, как делал раньше на тренировках, то есть придал партнерше такую мощь вращения, что она вполне могла выкрутить четыре оборота. А указание-то было: делать тройной. И она постаралась, не стала выкручивать четыре оборота, а после третьего раскрылась для приземления. Но инерция вращения оказалась слишком сильной, и погасить ее девочка не сумела. Нет, она не упала, удержалась на ногах, но ее заметно повело, и она мгновенно потеряла уверенность. Это сразу же передалось партнеру, они стали совершать мелкие ошибки, а на втором выбросе девочка все-таки упала. Причем упала крайне неудачно, получила серьезную травму плеча. Терпела невероятную боль, но программу докатала. Хотя, конечно, все получалось уже через пень-колоду. Ну и оценки судей, соответственно, были кошмарными. Вот так и вышло, что пара Болтенкова получила более низкое место, чем пара тренера-посредника. Посредник свое слово сдержал, воспользовался связями, и спортсменка Светланы Ващенко получила хороший результат.

— И опять я не понимаю: как это возможно? — настойчиво спросила Настя. — Механизм не понимаю. Можете объяснить?

Гулин снова отвел глаза, и стало понятно, что распространяться на скользкую тему ему не хочется.

— Повторяю, мне не нужны имена, — уговаривала его Настя. — Я хочу только понять технологию.

И опять пришлось потратить некоторое время на то, чтобы успокоить тренера и убедить его в том, что никаких последствий его откровения иметь не будут.

— Судьи ставят только вторую оценку, а первую ставят технический специалист, технический контролер и два помощника, — медленно говорил Гулин, как будто подбирая слова, чтобы не сказать лишнего. — Технический специалист фиксирует только факт исполнения конкретных элементов в программе. Или, наоборот, неисполнения. Он не оценивает качество. Он констатирует, что элемент был исполнен. Или не был. Например, тройной прыжок с недокрутом в четверть оборота уже не считается тройным, его оценивают как двойной. А если докрутил, но упал на приземлении, то оценивается как «тройной минус один балл». Каждый элемент имеет свой уровень сложности. Вот, к примеру, вращение в зависимости от числа оборотов будет считаться элементом, ну, допустим, второго, третьего и четвертого уровня. Докрутил положенное количество оборотов во вращении в каждой позиции — получи свой третий уровень, не докрутил — засчитают только второй или даже первый, если уж совсем плохо элемент выполнен. Техспец должен констатировать: вот этот элемент четвертого уровня выполнен, этот элемент третьего уровня не выполнен и так далее по всей программе. Технический контролер перепроверяет за ним. Он должен иметь такую же высокую квалификацию или даже выше. Все же люди, все живые, каждый человек может ошибиться и чего-то не увидеть, ведь на льду все происходит очень быстро. Кто-то заметит недокрученные четверть оборота, а кто-то нет. И с техконтролером или техспецом даже проще договориться, чем с судьями, потому что судей-то много. Он захочет — увидит недокрут, к примеру, а не захочет — так и не увидит.

Настя помотала головой, пытаясь не утонуть в обрушившейся на нее информации.

— Погодите, погодите, вы же сами сказали, что и контролер там, и специалист, то есть их двое, а теперь получается, что нужно договариваться только с одним.

— С одним — вполне достаточно, — авторитетно заявил Гулин. — Обычно они оба в связке и потом сами между собой договорятся.

— А если нет? Если они не могут договориться?

— Бывает, — согласился Гулин. — Это называется «конфликтная связка». Тогда, конечно, всем плохо. Но даже если они договорятся, все равно надо соблюсти видимость приличий, то есть показать демократическую процедуру. Они будут смотреть видеоповторы и делать вид, что о чем-то спорят, что-то рассматривают, допустим, чистым ли был выезд, не было ли касания коньком льда, сколько недокручено... В общем, там все отработано, можете не сомневаться.

— Поняла. А дальше как?

— А дальше — при техспеце и техконтролере сидят два помощника, которые быстро выводят всю информацию на компьютеры всем судьям. Судьи должны смириться с тем, что сказал специалист, даже если они сами увидели что-то другое. Слово техспеца — закон. Даже если судья увидел, что был недокрут и прыжок должен считаться двойным, а не тройным, он ничего с этим сделать не может. Судьи получают на компьютеры перечень элементов, которые техспец и техконтролер считают выполненными и не выполненными в данной программе. Каждый элемент имеет свою стоимость в баллах. Судья к этой фиксированной стоимости может прибавить баллы или, наоборот, убавить в зависимости от качества исполнения. Например, аксель докрученный, но низкий и выполнен на маленькой скорости — могут снять сколько-то баллов от базовой стоимости прыжка. За хорошее качество можно добавить прилично, и этим сильно увеличить окончательную стоимость элемента. Но это еще не все. Есть еще вторая оценка: судьи оценивают качество скольжения, выражение музыки, интерпретацию музыки, артистизм, одним словом — презентацию программы. Вот здесь судьи реально могут повлиять на итоговый результат, это их епархия. Это та часть судейства, от которой в большой степени зависит, какое место получит спортсмен. Все это называется «компоненты программы», и компонентами можно вытащить даже сильно «попадавшего» фигуриста.

— Даже так?

— Именно так.

— Когда я была ребенком, мама смотрела фигурное катание по телевизору и говорила мне, что если спортсмен упал — это катастрофа, — заметила она недоверчиво.

Гулин окинул ее критическим взглядом и покачал головой.

— Судя по тому, сколько вам лет, это было очень-очень давно, — довольно неделикатно заявил он. — Теперь все иначе. Ну и что, что он упал? Зато у него такая шикарная дорожка шагов! И за эту дорожку добавят столько, что перекроется «минус один балл» за падение.

Ну и ну! Насте Каменской, весьма далекой от внутреннего мира спорта, верилось в такое с трудом. Хотя, впрочем, почему бы нет? Что, тренеры и судьи — не люди? Точно такие же, как и все остальные, с точно такими же желаниями и потребностями. Почему полицейского или чиновника какого-нибудь можно купить, а спортивного судью нельзя? Все продается, все продаются. К сожалению...

А теперь можно вернуться к той самой Светлане Ващенко, имя которой Гулин почему-то не побоялся назвать. Надо же, ни одного имени не упомянул, только ее!

Но ответ тренера на вопрос, где сейчас Ващенко и чем занимается, расставил все по своим местам. Светлана умерла в прошлом году от тяжелой быстротечной болезни.

— А та пара, которой она помешала хорошо выступить? Что с ними стало?

— Они сразу после тех соревнований ушли из фигурного катания, девочка долго залечивала травму, но они были еще совсем молодыми, вовремя переориентировались, занялись учебой, закончили институты. Они такие, знаете ли, были упертые и очень трудолюбивые оба, перфекционисты, если за что-то брались, то обязательно доводили до блистательного конца. Говорили, что они в каком-то бизнесе процветают и собираются пожениться. Во всяком случае, ребенок у них уже есть. Не удивлюсь, если через какое-то время мы про них в «Форбсе» прочитаем как про самых богатых людей в российском бизнесе.

— Не знаете, почему они до сих пор не женаты, если есть общий ребенок?

Впервые с начала беседы Гулин позволил себе расслабиться и даже рассмеяться.

— Ну, это у фигуристов вообще такая особенность. Не берусь объяснять почему, но факт. Мальчики, прошедшие парное катание или танцы, вступают в законный брак с большим трудом, предпочитают жить в гражданском браке. Годами живут, детей заводят, а в ЗАГС не идут. У одиночников, кстати, такой особенности нет.

Надо же, как интересно! Как много нового Настя Каменская успела узнать всего за полдня работы. И сколько еще сюрпризов преподнесет ей мир фигурного катания? Она действительно ничего не понимала в этом виде спорта, кроме одного: когда смотришь по телевизору — безумно красиво. И вот теперь оказывается, что за этой парадной красотой прячется непролазная грязь.

Спортсмены, ушедшие к Болтенкову и проигравшие соревнования, конечно, могли бы затаить злобу на Ламзина и попытаться отомстить, но для этого нужен целый ряд условий. Ведь на лед их выводила Светлана Ващенко, и установку на прокат давала тоже она, поэтому если кого и винить в неудачном прокате, так только ее. Ващенко умерла.

Для того чтобы винить Ламзина, надо по меньшей мере узнать о той интриге, которую он сплел. Могли они узнать об этом только сейчас? Могли. И у них появился мотив для мести Ламзину. А Болтенков-то тут при чем? Зачем убивать тренера, который уделял им много внимания, занимался с ними усиленно, готовил к пьедесталу? Ничего плохого Михаил Валентинович им не сделал. Нет, не срастается... Да и интересы у них теперь совсем другие, они вполне преуспели на новом поприще и должны быть довольны жизнью.

А то, что Гулин так и не назвал их имен — так это дело поправимое, выяснить имена несложно, потому что есть имя тренера Ващенко, которой поручили опекать спортсменов на тех соревнованиях. Значит, и всю остальную информацию вытащить несложно. Можно, конечно, надавить на Гулина, но зачем? Он и без того нервничает, хотя уверен, что ничего лишнего не сказал. Она сама отлично может все узнать и не трепать нервы человеку, который так боится потерять свое место под солнцем фигурного катания.

* * *

Поднимаясь в лифте на десятый этаж, где находилась новая, купленная на деньги, вырученные от продажи участка на Рублевке, квартира Маклыгиных, Антон Сташис так и не ответил себе до конца на вопрос: зачем он вообще сюда приехал? Что он хочет узнать? В чем убедиться? В том, что Инна Викторовна Ефимова, убитая два месяца назад, устроила пожар, чтобы заставить их продать участок? Ну, допустим, что это так. И что? Это было два года назад. Антон, прежде чем ехать к Маклыгиным, собрал о них кое-какую информацию и уже знал, что Павел Анатольевич Маклыгин — историк, доктор наук, профессор, а жена его Валентина Яковлевна Маклыгина — заведующая научной библиотекой в том же институте, где профессорствует муж. Оба спокойные, погруженные в свою работу люди, пользующиеся огромным уважением коллег, необыкновенно добрые, готовые снять с себя последнюю рубашку для блага не только ближнего, но и малознакомого человека. Немного не от мира сего. Можно ли предположить, что такие вот люди будут в течение двух лет вынашивать планы страшной мести, а потом и осуществят их? Наверное, можно... Все бывает в этой жизни.

— Вы нас ради бога извините, — сокрушенно повторяла Валентина Яковлевна Маклыгина, неловко лавируя между расставленными всюду коробками и узлами.

Антону пришлось внимательно смотреть под ноги и одновременно по сторонам, чтобы не наткнуться на неразобранные вещи.

— Вот переехали уже несколько месяцев назад, а порядок все никак не наведем. Я уж и отпуск взяла специально, чтобы разборку этих завалов закончить, а все равно руки не доходят.

Павла Анатольевича Антон обнаружил сидящим возле подоконника, на котором стопками возвышались книги и стоял ноутбук. Шнур, проделывая извилистый и сложный путь, тянулся от удлинителя почти через всю комнату к розетке, скрытой от глаз огромной открытой коробкой с книгами. Посреди комнаты находился импровизированный стол — снятая с петель дверь, лежащая на еще одной большой коробке.

— Мы и едим здесь, — смущенно пояснила Валентина Яковлевна, указывая на сооружение. — Кухня вся забита барахлом. Вид, конечно... Еще раз прошу прощения.

Антон заверил ее, что извиняться перед ним не нужно, а сам с усмешкой подумал: «Ну и чем таким она может заниматься целыми днями, чтобы руки не дошли вещи разобрать?»

Маклыгина словно прочитала его мысли.

— Знаете, у меня болезнь девятнадцатого века, это я ее так называю. Как только вижу книгу — обязательно должна ее открыть, а уж если открыла — начинаю читать и про все забываю. Вот все эти коробки, — она сделала широкое движение рукой, словно пытаясь охватить все, что находилось в комнате, — с книгами. Каждый день я даю себе слово, что не открою ни одну, пока не разберу все, но ничего не получается. Так и сидим с Павлом целыми днями, оба с книгами в руках.

Профессор Маклыгин оторвался от работы, добрался, перешагивая длинными ногами через коробки, до Антона и протянул ему руку. Ладонь его была жесткой и сухой.

— Очень приятно, проходите, — низкий голос звучал приветливо, но взгляд казался рассеянным.

«Точно, не от мира сего», — мелькнуло в голове у Антона.

— Вы, наверное, насчет Ефимовой пришли? — спросил профессор. — Мы в интернете видели информацию о ее смерти. Но, по-моему, это было давно...

— Паша, ну дай же человеку сесть куда-нибудь! — всплеснула руками Валентина Яковлевна. — Вот, выбирайте любую коробку, или, может, я вам табуретку из другой комнаты принесу? Вы не думайте, у нас стулья есть, но они все завалены одеждой. Знаете, достаем, надеваем, носим, потом бросаем на стул, достаем что-то другое и снова туда же бросаем... А нас ведь четверо, еще дочка и ее муж с нами живут, и все мы работаем, так что никак у нас не получается... Плохая я хозяйка, это верно, вы уж не обессудьте.

От табуретки Антон отказался и присел на крепкую с виду нераспакованную, заклеенную скотчем коробку, доверху набитую чем-то твердым. Наверное, книгами.

На вопрос о пожаре Маклыгины ответили дружно и без видимых колебаний. Проводка уже давно была никуда не годной, постоянно выбивало пробки, несколько раз что-то искрило. До починки руки, опять же, не доходили. Свет горит, плитка работает, чайник греется — и ладно! Они люди неприхотливые.

Погибшую во время пожара девушку ни Павел Анатольевич, ни Валентина Яковлевна никогда не знали и в глаза не видели. Их дочь вышла замуж за хорошего парня из маленького провинциального города.

И вот как-то в начале лета 2011 года зятю позвонил его друг детства и спросил совета насчет младшей сестры: та закончила школу с медалью и хочет поступать в институт в Москве, нельзя ли выяснить, дадут ли место в общаге, а то у них в Москве никого нет. Зять пообещал узнать, рассказал о звонке тестю с тещей, и те сами предложили: пусть девочка живет у них на даче, в Раздорах, ничего страшного, если они не поездят туда в течение месяца, они бы и в квартиру ее взяли, хотя она была совсем маленькая, но дело не в том, что им тесно, а в том, что девочке нужно заниматься, а место ей могли бы выделить только на кухне. Какие уж тут занятия? И спать, высыпаться нужно, а как выспишься на кухне на раскладушке?

Зять обрадовался, благодарил горячо, отзвонился товарищу, сказал, что никакой общаги не нужно, там все равно условий для занятий нет, один бардак и разврат, а также живущие за наличные гастарбайтеры, девушка будет жить у них на даче. Когда подошло время — съездил на вокзал, встретил ее, отвез в Раздоры. В первую же ночь она и погибла. Маклыгины ее даже не видели.

Вот, значит, как... А Борис Ильич, бывший сосед Маклыгиных по даче, уверял, что девушка была какой-то их дальней родственницей. Вряд ли он лгал умышленно, скорее всего, просто не знал подробностей.

Значит, зять встретил, отвез приехавшую гостью в Раздоры... Интересно. Может быть, этот самый зять не такой уж хороший парень, как о нем думают родители его жены? Изнасиловал девушку и убил. Потом, чтобы скрыть преступление, устроил пожар, знал, что проводка плохая, и сделал что-то вполне невинное, но гарантированно ведущее к возгоранию, и потом никакая экспертиза ничего не найдет.

— Добрый парень ваш зять, — заметил Антон. — Сегодня редко кто станет колотиться, чтобы помочь землячке.

— Что вы, что вы, — замахала руками Валентина Яковлевна, — наш Юрка чудесный человек, добрейший, Катюшу нашу любит, к нам с уважением относится. И правда редкий человек.

— Чем он занимается?

— Шофер-дальнобойщик, — ответил Павел Анатольевич.

— Часто в отъезде бывает?

— Ну конечно, — рассеянно кивнул профессор. — Работа такая.

Как ни вслушивался Антон в голоса мужа и жены Маклыгиных — не удалось ему заметить ни малейших признаков неудовольствия или хотя бы пренебрежения к профессии зятя. Доктор исторических наук и заведующая научной библиотекой, оба коренные москвичи, не видели ничего особенного в том, что их единственная дочь, будучи студенткой престижного вуза, вышла замуж за шофера-дальнобойщика из маленького городка. Почему-то у Маклыгиных, в отличие от отца Лизы, не появилось опасений, что этот брак разрушит жизнь девушки. Наверное, они тоже хотели бы, чтобы Екатерина вышла замуж за мальчика из хорошей семьи, с высшим образованием и приличной работой. Или не хотели бы? Антон в очередной раз обругал себя за то, что мысли его даже во время работы невольно съезжают на собственную личную жизнь.

— А хотите чаю? — внезапно предложила Валентина Яковлевна. — Давайте чайку выпьем с бутербродами, я как раз утром колбаски свеженькой купила.

Не дожидаясь согласия гостя, она вышла из комнаты. Павел Анатольевич, казалось, углубился в размышления и вообще забыл, что рядом с ним сидит посторонний человек. Повисло неловкое молчание.

— У вас, наверное, большая квартира, — осторожно спросил Антон. — Валентина Яковлевна на кухне, двери нет, а сюда ни один звук не доходит.

— Большая, да, — по-прежнему рассеянно кивнул Маклыгин. — Раньше мы жили весьма стесненно, две крошечные комнаты, одна — проходная, вторая так называемая «запроходная», из нее выйти можно было только в другую комнату. Так молодые и ходили через нас с Валей. Стеснялись ужасно, особенно по вечерам. Ну, вы понимаете... И нам тоже неловко было. Но жили дружно, хотя и трудно. Зато теперь у нас настоящие хоромы. У каждого есть свой угол, никто никому не мешает.

Вдруг взгляд его утратил туманность, глаза стали яркими и острыми, длинное худое лицо преобразилось лукавой улыбкой.

— Точнее — никто никому не будет мешать, когда мы наконец наведем здесь порядок. Вам, наверное, страшно смотреть на все это торжество хаоса, да? — Маклыгин весело рассмеялся. — Четверо взрослых здоровых людей, Катюшкина беременность не в счет, ей в декрет только через месяц идти, — и ни у кого не хватает силы воли отложить свои дела и разобрать вещи. Нет, к Юрке-то у меня претензий нет, он как раз готов, возвращается из рейса и каждый раз говорит: «Ну, мама Валя, командуйте, что куда». Валюша пять минут с ним поразбирает коробки и утыкается или в книгу, или в папку с документами и рукописями. Юрка постоит у нее над душой минут двадцать, рукой махнет и уйдет.

Хороший, видать, парень этот Юрка... Но про многих насильников родственники именно так и говорят потом. Уж такие они были чудесные, уж такие добрые, уж такие незлобивые — прямо мухи не обидят.

— А та девушка, которая погибла, была красивой? — спросил Антон.

Павел Анатольевич пожал плечами и собрался было ответить, но не успел: вернулась его супруга, неся в руках простой пластмассовый поднос с чашками, чайником, хлебом и изрядным куском вареной колбасы. Там же, на подносе, обнаружилась деревянная дощечка и нож, привлекший внимание Антона: он был совершенно белым, и рукоятка, и лезвие, и выглядел пластмассовым, каким-то детским, ненастоящим.

Валентина Яковлевна принялась нарезать этим с виду игрушечным ножом хлеб и колбасу.

— Эх, жалко, газетки у нас нет, — посетовал, пряча усмешку, профессор. — А то вполне можно было бы изобразить натюрморт из прошлого века. Вы, молодой человек, вероятно, не застали уже такого? На газетке бутерброды с вареной колбасой, типичная картина семидесятых. Еще бутылку кефира с зеленой крышечкой добавить и пару пива.

— И помидорку, — весело подхватила Валентина Яковлевна. — Помидорку забыл.

Антон не сводил глаз с ножа, недоумевая, как этим кусочком пластмассы можно так ловко и тонко отрезать ломти.

— Занятный у вас ножик, — сказал он.

— Это нам подарили, — откликнулась Маклыгина. — Давно еще. Очень удобный.

— Из чего он сделан? Из пластмассы?

Валентина Яковлевна удивленно взглянула на него.

— Ну что вы, это керамика. Я, честно сказать, сама страшно удивилась, когда увидела этот нож. Смотришь — и не верится, что им вообще можно что-то отрезать. А вот пользуюсь уже третий год, или даже четвертый.

Нет, все равно нож этот какой-то ненастоящий. И сами Маклыгины ненастоящие. Вернее, настоящие, конечно, но такие, каких уже давно не бывает. Если только в кино...

— Валюша, молодой человек спрашивает, красивой ли была девушка, которая погибла, — произнес профессор, прожевав первый кусок. — Помнишь, брат ее приезжал, он нам ее фотографии показывал.

— Помню, помню, — согласно закивала Валентина Яковлевна. — Так жалко его было! Почернел весь от горя, сам не свой был, просил Юрку отвезти его на то место, где все случилось. Ну, в Раздоры, к нам на дачу. Он с собой целый альбом с фотографиями сестры привез и все смотрел, смотрел. И плакал.

— Так красивая она была? — повторил Антон свой вопрос.

— Я бы не сказала... — Валентина Яковлевна перевела глаза на мужа, словно переадресовывая вопрос ему.

Муж вопрос услышал и дал ответ:

— Самая обыкновенная. Даже, пожалуй, некрасивая. Нет, молодой человек, я не так выразился. Есть женщины с неправильными чертами лица и непропорциональными фигурами, но в них столько изюминок, что можно на компот насобирать. А есть женщины без таких изюминок, и тогда уже неважно, какое у нее лицо и какая фигура. Она все равно не будет привлекательной. Вот та девушка, Юрина землячка, была именно такой, без изюминки.

— Но вы же не видели ее, — возразил Антон. — По фотографии нельзя судить. Может, она была очень обаятельной...

— По фотографии судить отлично можно, — категорично отрезал Маклыгин. — Уж поверьте мне, молодой человек.

И снова Антон непроизвольно вернулся мыслями к Лизе. Красивая? Да, конечно. Обаятельная? Безусловно. Умная? Весьма. Так почему же он не хочет на ней жениться? Причина совершенно точно не в ее карьере и не в том, как к этому относится ее отец, Владислав Николаевич. Причина в чемто другом. Но в чем? И что теперь с этим делать? Как быть? Как поступить?

Он тряхнул головой, заставляя себя вернуться к работе. Спросил, что было потом, после пожара. Рассказ Павла Анатольевича и его жены ничем не отличался от того, что поведал Антону Борис Ильич, сосед из Раздоров. Денег на восстановление дома не было, и Маклыгины пошли к Ефимовой поговорить насчет продажи участка. Сумма, предложенная Инной Викторовной, была достаточной для существенного расширения жилплощади. И они решились.

Антон ехал на Петровку, переполненный досадой и раздражением на самого себя. Несколько часов выброшены псу под хвост. Зачем он ездил к этим Маклыгиным? Что он собирался узнать? В чем удостовериться? Могли ли эти люди быть убийцами? Бред какой-то, глупость несусветная! Конечно, версия о причастности их зятя Юрия Шокина к смерти девушки и к поджогу дома вполне имеет право на существование, но к убийству Ефимовой уж точно никакого отношения иметь не может. Опять потратил время не пойми на что, а Ромчик Дзюба там зашивается с убийством тренера.

«Я совершенно утратил чувство реальности, — сердито сказал себе Антон Сташис. — Надо как-то развязать ситуацию с Лизой, принять какое-то решение, иначе я таких глупостей наделаю...»

* * *

Накопившиеся с утра раздражение и злость выплеснулись мощной волной на несчастного Ромчика Дзюбу, когда Антон узнал, что адвокатом по делу об убийстве тренера Болтенкова пригласили Киргана. И пригласили не случайно, а с подачи Дзюбы.

— Ты что, с ума сошел? — выговаривал он младшему коллеге. — Ты не понимаешь, что если нам в этом деле будет противостоять Кирган, то мы сядем в лужу? Ты не понимаешь, с кем связался? Виталия хорошо иметь только в качестве партнера и единомышленника, как у нас с тобой было в деле Наташи Аверкиной, а в качестве противной стороны он нас с дерьмом съест.

Ромка оправдывался, рассказывал, как все произошло и почему Виталий Кирган оказался «в теме»...

— Я просто пришел к Надежде Игоревне посоветоваться насчет Баглаева, а там Виталий сидит... Он сам и предложил воспользоваться услугами адвоката. И вообще, Тоха, пусть лучше мы облажаемся с раскрытием, но зато невиновный не будет сидеть.

— Да невиновный и так сидеть не будет! — закричал Антон. — Уж будь спокоен, дураков нет! А вот отношения ты испортишь со всеми, с кем только можно. Иди и молись, чтобы следак не узнал про твои мирные инициативы.

— Кстати, он о тебе спрашивал, — вставил Дзюба. — Ему же сказали, что с Петровки два человека работают, а он только меня видит. Сегодня спросил, где второй. То есть ты.

— А я по Ефимовой из Госдумы концы подбираю, — зло отрезал Антон. — В любой момент могут дернуть и отчет потребовать, два месяца это убийство на хребте висит. Можно подумать, ты не знаешь! Еще и ты мне дополнительную головную боль обеспечиваешь.

Когда Антон Сташис просил подполковника Зарубина замолвить словечко за Дзюбу, чтобы перевести парня к ним в отдел, то в качестве основных достоинств молодого опера называл необыкновенную упертость и хорошую подготовку, а также нежелание старшего лейтенанта безоговорочно опираться на чужое мнение. В тот момент вышеперечисленные достоинства Антона привлекали и казались полезными для работы. Сейчас же он готов был убить собственными руками рыжего Ромку, который эту самую упертость и проявлял.

— Тоха, ты сам знаешь, сколько невиновных сидит.

— И что за манера ходить советоваться к следователю, который не ведет дело? — продолжал кипятиться Антон. — Это где тебя такому научили?

— Не кричи на меня, — Роман глянул исподлобья, но, судя по всему, не растерялся и не испугался. — Меня учили, что чужое квалифицированное мнение никогда не бывает лишним. Я тайну следствия не нарушал, я просто рассказал Надежде Игоревне, что вот такие факты и вот такие у меня сомнения.

— Ну да, рассказывал Надежде, а в результате рассказал Киргану.

— Но я же тебе объясняю, как все получилось! Я же не виноват, что Виталий там тоже был. И потом, его мнение — это мнение квалифицированного специалиста...

— И оно лишним не бывает, — сухо договорил Антон. — Я это уже слышал. Значит, так, Ромка: чтобы вот эти вот твои выступления самодеятельного кружка были в последний раз. Ты меня понял?

— Понял, — угрюмо ответил Дзюба и повторил: — Я тебя понял.

Антон усмехнулся и крутанулся на вертящемся стуле.

— Ты понял, но ты не согласен, так?

Дзюба молча кивнул. Открыл сейф, достал оттуда тоненькую папку, быстро просмотрел находящиеся в ней документы и снова сунул на полку. Противно клацнула закрывшаяся металлическая дверца.

— Да, я с тобой не согласен, — наконец проговорил он. — Ты старший по званию и по должности, и я буду делать так, как ты скажешь. Но я не собираюсь от тебя скрывать: я считаю, что ты не прав.

О как! Воспитал подрастающее поколение на свою голову... Может, не стоило его с земли забирать?

— А уголовно-процессуальный закон тоже не прав? — не скрывая ехидства, спросил Сташис.

Роман нисколько не смутился.

— Да, и он тоже не прав. Я обязан его соблюдать, и я буду его соблюдать, но никто и никогда не заставит меня считать этот закон справедливым.

Ох-ты-боже-ты-мой... И откуда только такие берутся? В наше-то время... Везет сегодня Антону Сташису на ненастоящих людей, таких, какие только в сказках встречаются. Причем в детских. Потому что в сказках для взрослых куда больше цинизма, и вообще они как-то поближе к реальности.

— Ромка, ты помнишь уроки литературы в школе? — с тяжким вздохом спросил он. — Помнишь, нам говорили про такое понятие, как «преждевременный человек»? Ну, про всяких там персонажей литературных. Они по своему мышлению опережали время, в котором жили.

— Ну, помню, — буркнул Дзюба. — И что?

— А то. Ты у нас получаешься «задержавшийся человек». Новый УПК уж много лет как приняли, а ты все по старому закону тоскуешь. Тебя ведь учили-то уже по новому, откуда в тебе такая любовь к советскому законодательству?

Голубые глаза Романа загорелись недобрым светом, веснушки на побледневшем лице стали заметнее.

— А ты не преждевременный и не задержавшийся, Тоха, — в его голосе слышалось неприкрытое разочарование и даже какая-то горечь. — Ты такой же, как все. Для тебя «советское» автоматом означает «плохое». Потому что ты тупо заучил то, чему тебя учили, ни во что не вникая и не вдумываясь. Тебе сказали: при советской власти не было демократии, а сейчас есть, советские законы были неправильные, а новые — правильные, а ты и рад стараться. Тебе даже в голову, наверное, не пришло самому почитать литературу и разобраться, действительно ли там все было неправильно.

Вот. Дожили. Молокососы сопливые начинают учить своих наставников. Антон вспыхнул и собрался было ответить Ромчику жесткой отповедью, но вдруг вспомнил про учебник криминологии 1976 года, который когда-то срочно понадобился Лизе. Учебник тридцатипятилетней давности не был выложен в интернете, в вузовской библиотеке его тоже не обнаружилось, зато он нашелся в домашней библиотеке Дзюбы.

Антону отчего-то стало неприятно. Этот рыжий парень ставит ему в упрек недостаток профессиональных знаний. Да, Дзюба знает больше, с этим трудно не согласиться, он менее опытен как опер, но совершенно точно знает больше как юрист. С другой стороны, Ромка — свободная птица, живет при папе с мамой, семьей не обременен, о хлебе насущном думать никогда не приходилось, и у него хватило времени на то, чтобы учиться с искренним интересом, а Антону было не до этого. Сначала он боролся за собственное выживание после потери всех близких, потом быстро женился, родилась Васька, потом появился Степка, потом погибла жена... Не было у него ни сил, ни желания, ни времени вдумываться во что-то такое, выходящее за рамки непосредственной работы. Работу свою он любил, это правда, и если можно было что-то предпринять для улучшения профессиональных навыков, то делал это с удовольствием и желанием. Но дальше этого — увольте. Он лучше с детьми лишние полчаса побудет.

* * *

Сегодня его слух уловил сказанные кем-то слова «вырвать свой кусок», и послушная память мгновенно зацепилась за них, вытащив на поверхность сознания весь монолог вместе с акустическими деталями: тембр, громкость, интонации, фоновые шумы.

«Ты свою жизнь просрал и думаешь, что все должны тебя жалеть и жить так же, как ты? Ты пропиваешь свою жизнь — вот и пропивай дальше, а мне не мешай, я зубами вцеплюсь, но вырву свой кусок! И не смей меня попрекать и учить, как и что мне делать! Как умею — так и делаю, но своего добьюсь. Главное — результат!»

Масляная пастель — черная и желтовато-зеленая, сверху — красный акрил. Цвета злобы, гноя и крови. Эти звучащие в голове слова кажутся ему огромным гнойным чирьем, который вот-вот разорвется и зальет отвратительным содержимым весь мозг.

Художник ощутил, как в нем поднимается неконтролируемая ярость, руки деревенеют, божественно гармоничные линии становятся неточными. Пришлось снова нанести на испорченное место красную акриловую краску и ждать, пока она подсохнет, чтобы попытаться нанести рисунок еще раз.

Он знает способ, как утихомирить эту всепоглощающую ярость, заставляющую руки трястись. Способ проверенный, много раз выручавший. Нужно снять с полки и открыть старый ежедневник, достать оттуда распечатанный с компьютера листок, на котором написаны такие чудесные слова: «трагически погиб». Он читал и перечитывал эти два слова, потом несколько раз прочел весь информационный текст целиком и почувствовал, как его отпускает, руки становятся снова теплыми и гибкими, пальцы уверенно держат отвертку. Линия рисунка получается точной и безупречной.

Именно с этих слов когда-то все и началось...

* * *

Роман Дзюба давно уже забыл, что бывают такие чудесные теплые майские дни. Почему-то пятый месяц года прочно отложился в его памяти как дождливый и промозглый, с непременными заморозками именно тогда, когда, кажется, период непогоды уже закончился и впереди сплошное лето... От электрички до нужного ему дома по улице Дубравной дорога занимала около пятнадцати минут, во всяком случае, так ему сказали, когда объясняли маршрут. В общем-то, Роман — парень отнюдь не робкого десятка, но сейчас у него не то чтобы поджилки тряслись, нет, конечно, однако некоторая неуверенность наблюдалась.

Ему позвонил Виталий Кирган и сказал, что с ним, с Ромкой, хочет встретиться частный детектив, работающий по заданию адвоката. Это сразу смутило оперативника: он слишком хорошо помнил, как отреагировал Антон, узнав, что к делу подключился Виталий Николаевич и что произошло это с подачи Дзюбы. А теперь еще и встречаться с частным детективом... Он ведь вопросы станет задавать, и Ромке нужно будет ответить на них как-то так, чтобы, с одной стороны, не нарушить тайну следствия, а с другой — помочь человеку достичь той самой цели, к которой сам Дзюба, собственно говоря, и стремился. Но это еще полбеды. Не успел Роман как-то сориентироваться после первых слов адвоката, как тот назвал имя того, с кем придется встречаться. Вот тут оперативнику стало совсем нехорошо.

Анастасия Павловна Каменская. Человек, о котором он столько слышал и от Сергея Кузьмича Зарубина, и от Антона Сташиса, а еще раньше — от своего самого любимого преподавателя, доцента кафедры оперативно-розыскной деятельности Назара Захаровича Бычкова. Он даже видел однажды эту Каменскую, когда она приходила на кафедру к Бычкову. Ромка тогда был еще неоперившимся слушаком, и стоящая у окна рядом с доцентом женщина в брюках и мешковатой куртке, с длинными, стянутыми в хвост светлыми волосами не произвела на него никакого впечатления. И даже потом, когда Бычков сказал ему, что это его ученица, из которой получился замечательный сыщик, Дзюба не проникся ни малейшим пиететом. Как-то не вязался визуальный образ с высокой оценкой профессионала. Но потом, спустя годы, Ромка познакомился с Антоном Сташисом, и вот тогда имя Анастасии Каменской всплывало то и дело в разговорах, а уж когда он перевелся на Петровку, то дня не проходило, чтобы Кузьмич по тому или иному поводу не помянул «Насть-Палну».

И вот теперь Дзюбе предстоит лично познакомиться с ней. Конечно, она не укусит, но все равно как-то стремно ему. Кирган продиктовал номер ее мобильного и велел позвонить, что Роман и сделал, получив приглашение приехать к Каменской домой, вот в этот поселок, на улицу Дубравную.

Пока дорога от платформы шла прямо, Роман следовал по ней, не задумываясь. Но на развилке остановился и принялся крутить головой. Ведь Каменская сказала ему про эту развилку, но хоть убей — он не мог припомнить, что именно. Направо или налево? Описание маршрута показалось ему таким простым, что записывать поленился, подумал — и так запомнит, чего там. И не запомнил...

Он решил действовать на авось и повернул налево. Впереди маячила громоздкая, неторопливо двигающаяся фигура. Роман прибавил шагу, чтобы догнать, как ему подумалось, немолодую полную женщину и спросить у нее дорогу до Дубравной улицы. Однако поравнявшись с пешеходом, он с удивлением понял, что это молодой парень. На плече у толстяка висела сумка для ноутбука, в руке болтался объемистый пакет с логотипом сети фастфуда.

— Извини, братишка, — обратился к нему Роман. — Мне на Дубравную нужно. Я правильно иду? Или мне в другую сторону надо было сворачивать?

Парень посмотрел на него очень серьезно, но как-то странно, Дзюбе даже почудилось, что он не понял вопрос.

— Я на Дубравную правильно иду? — на всякий случай повторил он.

— Ага, — задумчиво ответил толстяк. — Я тоже туда гребу. Значит, ты костыляешь правильно. Потому что я совершенно точно хиляю правильно.

«Логично», — усмехнулся про себя Дзюба.

— Живешь там? — уточнил он.

— Не, там у меня кореш, соратник и брат по духу.

— Да ну?

— Ну да, — по-прежнему серьезно кивнул толстяк. — Редкий чувак, который реально сечет фишку в программинге и хороших железках. Настоящий визард. Я у него сутками зависаю.

— У вас там клуб повернутых на компах фанатов, что ли? — догадался Дзюба.

Ему пришлось притормозить и убавить шаг, чтобы идти вровень с неожиданным собеседником. Парень двигался неторопливо, тяжело, вразвалочку, и когда говорил, слышалась одышка.

— Ага, — снова кивнул толстяк. — Клуб. Только маленький, на две персоны.

— И чего твой визард, один живет?

— Ну, практически. Антиквариат отвалил за границу на время.

— Лафа вам, наверное, — вздохнул Роман. — Никто не прикапывается, на ушах не висит.

— Была бы лафа, если бы не бабка одна притыкнутая, пэренты ее с моим корешем поселили, чтобы пасла его. Пенсионерка, заняться нечем, вот и доколупалась до Санька. Спасибо еще, хоть меня не трогает.

— А он чего, малолетка, этот твой кореш? Зачем его пасти?

— Так а я о чем?! — В голосе толстяка впервые с начала диалога появились хоть какие-то живые эмоции. — Нормальный чувак, в инстике учится, а грымза эта старая заколебала своими кашами, супчиками, лекарствами. И еще грузит без конца, что вредно подолгу за компом сидеть.

— А сендануть ее никак нельзя?

«Сендануть» на жаргоне компьютерщиков означало «послать».

— Да ее фиг сенданешь. Скорей бы уж его ботинки возвращались!

Количество синонимов, которыми владел толстяк, поражало! И на глагол «идти», и на существительное «родители» у него находились разные сленговые выражения, которые не повторялись.

— А предки что, не пасут, что ли? — удивился Роман. — По-моему, предки всегда хуже, чем бабки, они наезжают больше. Когда я маленьким был, меня тоже с бабкой оставляли, так она мне все разрешала. И дед особо не пылил, на все сквозь пальцы смотрел.

— Не, у Санька олды деловые, работают, их целыми днями дома не бывает. И потом к ним по вечерам и по выходным часто гости приезжают, тусня всякая, так что нас они не парят. Ну все, я пришел, мне сюда.

Толстяк остановился перед воротами, на которых висела табличка «ул. Дубравная, д. 12». Именно этот адрес и назвала Дзюбе Анастасия Павловна

Каменская. Странно как-то все получается: вроде бы здесь она и живет, но в то же время в этом доме проживает какой-то студент Санек, родители которого в отъезде, то есть Каменская никак не может быть его мамой. И еще какая-то старая бабка.

«Большая семья, наверное, — подумал Дзюба. — Анастасия Павловна, вероятно, сестра кого-то из родителей этого Санька, а бабка — ее мать. Ну конечно, если Каменская в пятьдесят лет вышла в отставку, как говорил Кузьмич, и было это года два или три назад, то ее матери как раз от семидесяти пяти и выше должно быть. Бабка и есть».

— А ты чего стоишь-то? — с подозрением спросил толстяк, уже нажавший кнопку домофона и ожидающий ответа.

Дзюба собрался было объяснить, что ему тоже нужно в этот дом, когда из динамика послышался веселый голос:

— Заходи, Петруччо! Я наверху, двигай ко мне. Там открыто.

Загудел электронный замок, и парень со странным именем толкнул плечом калитку. Дзюба вошел следом за ним.

— Мне тоже сюда, — быстро проговорил он, поймав недоуменный взгляд компьютерного фаната.

— К Саньку, что ли?

И снова Роман не успел ответить. Он отвлекся на стройную девушку в бейсболке и огромных темных очках, которая сидела на качелях, держа в одной руке книгу, в другой — сигарету. Да, действительно, большая семья. Наверное, это сестричка того самого Санька.

— А это кто? — шепотом поинтересовался Дзюба у Петруччо. — Сестра, что ли?

— Где?

— Ну вот же, на качелях.

— А-а-а, — презрительно протянул толстяк. — Это... Так это бабка и есть. Вреднючая, как я не знаю кто. Ладно, ты давай определяйся: если ты к Саньку, то пошли со мной.

— Я не к Саньку, — ответил Дзюба. — Я к бабке как раз. Извини, так получилось. Спасибо, что проводил.

На этот раз ему удалось вызвать настоящую бурю эмоций у Петруччо. То есть для обычного человека это был всего лишь полный изумления и недоверия взгляд, но для погруженного в свои мысли спеца по программингу такой взгляд по силе равен был землетрясению.

Неодобрительно покачав головой, Петруччо побрел к крыльцу, поднялся по ступенькам и скрылся в доме, а Роман тихонько подошел к качелям. Под бейсболкой и очками скрыты и лицо, и волосы, но он ни секунды не сомневался в том, что это Каменская.

— Ну чего вы крадетесь, как будто воровать пришли, — услышал он насмешливый голос. — Я вас вижу с того самого момента, как вы вошли на участок вместе с Петей.

— Простите, я думал, вы не видели меня, боялся напугать. Мне показалось, вы так углубились в книгу... Даже головой не шевельнули.

Каменская отложила книгу и оттолкнулась ногой от земли. Голубая скамеечка с тонким матрасиком закачалась сильнее.

— Меня напугать, юноша, это еще надо уметь. Идите сюда, садитесь. Вы ведь Роман? Не заметили, у Пети в руках пакет был?

Вопрос ошарашил Дзюбу и неожиданностью смены темы, и самим смыслом.

— Был, — растерянно ответил он. — Сумка с компьютером на плече и пакет в руках.

— Плохо, — почему-то вздохнула Каменская.

Она сняла очки и вмиг из худенькой юной девушки превратилась в женщину средних лет с морщинками вокруг глаз. Правда, глаза были веселыми, даже какими-то озорными.

И Роман Дзюба сразу перестал ее бояться. А через час даже и вспомнить не мог, отчего так нервничал.

— Я уверен, что Ламзина подставили, — горячо уверял он. — И нужно искать в первую очередь именно его врагов, а не врагов Болтенкова.

— Не знаю, — Каменская задумчиво покачала головой, — не знаю. По-моему, это слишком сложно: убить Болтенкова только для того, чтобы подставить Ламзина... Я не вижу в этом смысла. Ламзина уже и так уволили, на другую аналогичную работу для него путь заказан, так какой смысл с ним расправляться? Ему и так хреново. Скорее всего, умысел был направлен на устранение конкретно Болтенкова, а его давнего недруга Ламзина просто использовали как подходящую фигуру с учетом недавнего увольнения. Если бы его не уволили, нашли бы другого, кого подставить. Так что нужно искать врагов не Ламзина, а именно Болтенкова.

Но Романа Дзюбу не так-то просто было сбить с толку, он твердо верил в свою версию. Валерия

Ламзина подставили, и нужно искать того, кто хотел бы навредить ему. Отомстить жестоко.

— Если бы вы только знали, какой там террариум! Там не только красиво катаются, там еще и интриги плетут такие, что не дай бог! Я пока еще мало в чем разобрался, но того, что уже наслушался, вполне достаточно, чтобы понимать: среди этих людей главное — амбиции, на втором месте — деньги, а спортсмены вообще никого не интересуют, они просто набор мышц, мясо, как пешки в играх.

Он видел, что Каменская сомневается, но почему-то открыто не спорит.

— Сколько человек работает по этому делу? — спросила она.

— Кроме меня, еще один опер с территории и мой коллега.

— А кто старший? У кого дело оперучета?

— У опера с земли.

— Ну, понятно, — вздохнула она. — А твой коллега — он для тебя кто? Старший?

— Ну, в общем... — промямлил Роман. — В общем, да. Наставник. Мы с ним знакомы еще с тех пор, когда я в округе работал. Это он меня на Петровку перетащил. Сергея Кузьмича долго уговаривал.

— Могу себе представить, — рассмеялась Анастасия Павловна. — Кузьмича на что-то уговорить — это все кишки надорвать придется. Наверное, твой наставник очень старался. Кстати, он в курсе, что ты со мной встречаешься?

— Нет, — признался Роман. — Если честно, он сильно ругался, когда узнал, что я посоветовал Наталье Ламзиной пригласить защитника. Особенно ругался, что я Виталия Николаевича ей посоветовал. В общем, я не сказал ему. А что, надо было?

Вопрос остался без ответа. Вместо этого Каменская задала следующий вопрос:

— У тебя с Сергеем Кузьмичом какие отношения?

— Нормальные, а что?

— Ничего. У вас в отделе еще Антон Сташис работает, мы с ним как-то, помнится, пересекались по одному делу. Убийство в театре. Вот где террариум был! А ты говоришь: фигурное катание... Антон тебе не рассказывал?

— А он как раз... — начал было Дзюба и осекся.

В принципе, не было бы ничего страшного, если бы он назвал Анастасии Павловне Каменской фамилии оперативников, работающих по убийству тренера Болтенкова. Мир не рухнул бы. Это с одной стороны. А с другой — нельзя. Не положено. Она — частное лицо, и разглашать ей служебную информацию запрещено.

— А он как раз и работает с тобой по этому делу, — с улыбкой договорила за него Каменская. — И как раз ему ты и не сказал, что встречаешься со мной. Не красней, все нормально, я ему сама позвоню. Значит, так, давай делиться, чтобы не распыляться и не наступать друг другу на пятки. Поскольку у тебя со следователем взаимопонимание не достигнуто, тебе придется делать вид, что ты работаешь на стороне обвинения. Поэтому твоя задача — враги Болтенкова. Ты не ищешь доказательства невиновности Ламзина, ты просто пытаешься проверить все возможные версии. Может быть, их было несколько — тех, кто задумал убить Болтенкова, и Ламзин только один из них, а ты хочешь выявить всю группу. Понял? На этом стой и ни с места. А я займусь Ламзиным. Дай мне список тех, кто работает во Дворце спорта, где тренировал Ламзин, и с кем ты уже поговорил. Я займусь остальными, потом пойду дальше по цепочке. Договорились?

— Договорились, — с облегчением ответил Роман. — Только вы, когда в Ледовый дворец пойдете, возьмите что-нибудь теплое с собой, куртку и обувь, а то там холод собачий. То есть в помещениях-то нормально, как везде, а там, где лед, вообще околеть можно.

Он вытащил из сумки блокнот, вырвал страницу и переписал имена тех свидетелей, с которыми успел поговорить. Уходил Роман из дома номер 12 по улице Дубравная совершенно успокоенным, хотя ничего такого особенного Каменская ему не сказала и никакой новой важной информации он от нее не получил. И все равно: когда на тебя смотрят такими веселыми глазами, волноваться как-то глупо.

* * *

Жанна Травина, тренер по спортивным танцам на льду, худенькая изящная женщина с необыкновенно мягкими, пластичными движениями, согласилась побеседовать с Настей Каменской во время тренировки младшей группы.

— У меня своя школа, с подростками, которые уже стоят в парах, я занимаюсь сама вместе с хореографом, а малыши пока еще в парах не стоят, и с ними в основном занимается второй тренер, мой помощник и бывший ученик, так что я смогу уделить вам время, — объяснила Травина. — Но все равно я должна быть на льду. Другого времени у меня не будет, сразу после младших начнут тренировку юниоры, и тогда все мое внимание будет устремлено только на них.

Оказавшись на катке, Настя с благодарностью вспомнила Дзюбу, посоветовавшего взять с собой теплую одежду. Хороша бы она была на таком холоде без куртки и зимних кроссовок на толстой подошве!

Жанна Травина была далеко не первой, с кем разговаривала Каменская, однако ничего существенного выяснить Насте пока не удалось. Враги? Конечно, они были у Валерия Петровича Ламзина, а у кого в фигурном катании их нет? Но такое, за что можно так подставить, отправить в тюрьму... Только один из тех, кто согласился поговорить с Настей, сказал кое-что любопытное, что следовало бы тщательно проверить. Валерий Ламзин вел себя со своими учениками крайне грубо и несдержанно. Даже ударить мог, оказывается. Об этом ведь и Дзюба рассказывал, описывая собрание родителей, организованное Натальей Ламзиной.

С вопроса о грубости тренера она и решила начать. Губы Травиной немедленно сложились в кривую ухмылку, до неузнаваемости исказившую ее в общем-то милое лицо.

— Это вам кто сказал? — с презрением в голосе спросила Жанна. — Небось Шнитов из Федерации? Да вы его слушайте больше! Просто Шнитов Валерия Петровича не любит, он Болтенкова больше привечал, у них там какие-то денежные отношения давно уже. Михаила Валентиновича Шнитов всегда поддерживал и всячески помогал, это всем известно. И друзьям Болтенкова, за которых он ходатайствовал, тоже помогал. А враги Болтенкова автоматически становились врагами Шнитова, он их буквально в землю зарывал. Знаете, есть такие люди, которые за «своих» глотку порвать готовы, а об «не своих» ноги вытирать, причем с наслаждением. Так что, Шнитов вам сказал?

Это имя Настя слышала впервые и мысленно отметила его. Надо будет спросить, но не сейчас.

— Ну, какая разница, — уклончиво ответила она, — сказали. Мне ведь важно, правда это или нет.

Травина помолчала, задумчиво разглядывая Настю.

— Знаете, если бы я тренировала парников или одиночников, я бы вам наглядно продемонстрировала то, о чем сейчас скажу. Но я тренирую танцоров, у нас тут все иначе. Так что вам придется поверить мне на слово. Каждая тренировка — это невероятный стресс.

— Почему? — не поняла Настя.

— Потому что очень страшно. И очень больно. Когда спортсмены разучивают тройные прыжки, выбросы и поддержки, им приходится преодолевать огромный страх и сильную боль от постоянных падений. Научиться делать эти элементы крайне сложно, и пока ребята нарабатывают, они переживают столько болевых ощущений, что выдержать их можно, только имея притупленную нервную систему. Именно поэтому в парах на тренировках столько конфликтов. Они же понимают, что зависят друг от друга: упадет или нет, ударит коньком или нет. От того, как каждый в паре выполнит свою работу, зависит, сломает партнерша ногу, например, или нет. Упадет она вниз головой или нет. Если она технически неправильно сделает элемент, она может ударить партнера коньком по колену или между ног. Поэтому на каждую тренировку они выходят как на бой. И поэтому очень обостряются все отношения. Например, задела девочка партнера коньком во время подкрутки или случайно попала локтем в нос, пошла кровь, он ей кричит: «Дура!!! Идиотка!!! Что ты делаешь?!?!» И еще похлеще слова употребляются. И у нее то же самое. Возьмем, например, выброс в три оборота. Пара разучивает этот выброс, партнерша должна вовремя раскрыться, чтобы прийти на одну ногу на ход назад, и это очень сложный момент, потому что если она придет на ход вперед — вообще разобьется, понимаете? Здесь нельзя не выполнить элемент полностью. Можно сделать «бабочку», то есть партнер ее выбросил, придал ускорение и вращение, этого хватает на один оборот, и она решает прыгать одинарный. Но если она пошла на три оборота, собралась, то она обязательно должна докрутить и выполнить элемент полностью, потому что если она раскроется и придет на ход вперед, то может убиться. И каждый раз при исполнении элемента нужно максимально концентрировать внимание и преодолевать страх. Очень многое зависит от того, как партнер ее выбросил. Завалил чуть-чуть на выбросе — и все, девочка полетела с наклоном и плашмя упала на лед. Отсюда идет такое обостренное восприятие всего. Почти всегда на льду слезы, даже если тренировка благополучная. Почти всегда конфликты. И далеко не все могут эту ежедневную стрессовую ситуацию вместе пройти.

— Вы мне объяснили, почему спортсмены могут конфликтовать во время тренировки, но я не поняла, при чем тут грубость тренера? — не то заметила, не то спросила Настя.

Травина пожала плечами.

— Что же здесь непонятного? Тренер сам катался когда-то и прекрасно понимает все риски. Понимает, как ребятам страшно, как больно. Более того, он понимает намного больше, чем они сами, оценивая возможную опасность. Поэтому он тоже в страшном напряжении, у него тоже адреналин зашкаливает. И еще: спортсмены в таком состоянии иногда не могут понять, что говорит им тренер, какие указания дает, если эти указания произносятся спокойным голосом. Он раз скажет, два, три, потом срывается и начинает орать. Обычное дело. Одну минуту...

Травина отвлеклась, чтобы что-то объяснить светловолосой девочке лет семи, потом сказала несколько слов своему помощнику, высокому худощавому парню, которому едва ли перевалило за двадцать, и вернулась к Насте, сидящей в первом ряду зрительских трибун.

— Вообще фигурное катание — это такая штука, в которой все делается через преодоления, через ограничения и через боль, — продолжала тренер. — На тренировках больно и страшно. А коньки раскатывать? Это же настоящая драма! За два-три года тренировок и выступлений пара коньков уделывается в хлам, но это у уже оформившихся ребят, а у тех, кто еще растет, коньки-то целы, да размер ноги увеличился, поэтому нужна новая пара. И раскатать эту новую пару можно только между окончанием соревновательного периода и началом летних сборов. В это время тренировки не такие интенсивные, спортсменам начинают ставить новые программы к следующему сезону. Другого времени для этого нет, потому что летом сборы, потом начинается соревновательный период, который длится до конца марта, а иногда до середины апреля, и в это время коньки уже должны быть полностью готовы. Вот только в конце весны их и можно раскатать. А знаете, что это такое? Это кровавые мозоли каждый день и боль каждую секунду. И нельзя отлежаться дома в мягких тапочках с перебинтованными ногами, надо всовывать ноги в коньки и тренироваться. Каждый день, с одним выходным в неделю. И терпеть, терпеть, терпеть. Это тоже добавляет стресс. Ведь если ты раскатаешь коньки за неделю, это, считай, тебе сильно повезло. Некоторые по два-три месяца мучаются. Конечно, есть счастливчики, которые надевают новые коньки — и вперед, все как влитое, ни одной мозоли. Но это именно везунчики. В подавляющем большинстве случаев так не бывает. Фигуристу на льду почти все время больно, вы должны это понимать. Поэтому во время тренировок восприятие у него искажено, и он обычную шутку может воспринять как оскорбление, а требование, высказанное строгим голосом, ему может показаться криком и грубостью.

— То есть вы хотите сказать, что все разговоры о грубом поведении тренеров — это сказки? — недоверчиво уточнила Настя.

Травина оторвала взгляд от маленьких спортсменов, разучивающих на льду какой-то шаг под руководством юного помощника, и перевела глаза на Каменскую. В ее взгляде Насте почудилось не то сожаление, не то горечь.

— Это не сказки, — негромко сказала Жанна. — Тренеры и кричат на спортсменов, и руки распускают, это правда. Не все, конечно, огульно оговаривать не стану. Но многие. И кричат не только на льду.

— Господи! — ужаснулась Настя. — За что же можно ударить спортсмена?

— Спортсменку, — с усмешкой поправила ее Травина. — Например, за обжорство. И даже не за обжорство, это я преувеличила, конечно. Просто за съеденную булочку. Видите ли, для девочек в фигурном катании, особенно для парниц, очень остро стоит вопрос веса. Ведь партнеру надо ее поднимать, подбрасывать, ловить, крутить. Девочки должны тщательнейшим образом следить за тем, чтобы не набрать килограммы, а они же растут, им по тринадцать-четырнадцать лет, в этом возрасте они совсем не могут себе отказывать в еде, за булку готовы родину продать. Вот я вам про себя расскажу. — Жанна улыбнулась, на этот раз весело. — Мне было тринадцать лет, когда я поехала на сборы в Томск. В той гостинице, где все мы жили, в подвале находились кондитерский цех и пекарня, и там можно было купить свежие и потрясающе вкусные булки с кремом. Впрочем, мы же постоянно хотели есть, и нам любая плюшка казалась вершиной кулинарного совершенства. И однажды я в лифте столкнулась с тренером, а у меня во рту только что купленная булочка. Тренер схватила меня за руку и потащила к главному тренеру, а та, не тратя время на разговоры, просто дала мне по морде. Вообще для девчонок-фигуристок, кроме страха и боли, есть две проблемы: голод и вес. Если соблюдать режим питания так, как предписано, то есть хочется постоянно, особенно в возрасте от тринадцати до семнадцати лет. А если нарушать, то на взвешивании сразу все обнаружится. Вот девочки и начинают «режимить» за три дня до взвешивания, а как только взвесятся — сразу начинают снова нарушать. Как правило, взвешивание производится раз в неделю, но если тренеру, как говорится, на глазок покажется, что спортсменка прибавила в весе, он может заставить ее встать на весы в любой момент. И если весы покажут что-то не то, то могут и подзатыльник отвесить, это правда. А могут и по морде съездить, как мне. Но, опять же, бывают исключения.

— Какие?

— Если девочка худенькая и не прибавляет в весе, даже когда ест все подряд, то за булку или пирожное могут и простить. А вот если имеется склонность к быстрому набору граммов, перерастающих в килограммы, то за нарушение режима питания наказывают нещадно. Ну а мальчикам могут отвесить за курение, например, или за выпивку. Но и тем и другим могут и за бестолковость поддать, когда тренер десять раз говорит, как надо сделать, а они не выполняют.

— Ламзин тоже так мог?

Травина отвела глаза и неопределенно пожала плечами, из чего Настя сделала совершенно однозначный вывод: да, мог Валерий Петрович поднять руку на своего спортсмена. Вот теперь можно и про Шнитова спросить: Травина явно не хочет продолжать тему грубости тренеров по отношению к подросткам и будет рада ухватиться за возможность поговорить о чем-нибудь другом. Так рада, что от радости расскажет все, что знает, даже то, чего рассказывать, может быть, и не стоило бы.

— Жанна, а что вы мне можете рассказать о Шнитове?

— О каком? Об Игоре Эдуардовиче или об Олеге?

Надо было сделать вид, что Настя в общем-то в курсе, о каком именно Шнитове спрашивает. Но она была совершенно не в курсе, поэтому пошла по самому простому пути: одного Шнитова назвали по имени-отчеству, второго просто по имени. Стало быть, либо один старше, другой младше, либо один — уважаемый человек, целый настоящий Игорь Эдуардович, а второй попроще, просто Олег. Начать имело смысл с того, кто покруче или постарше.

— Меня интересует главным образом Игорь Эдуардович, — осторожно ответила она. — Ну и Олег тоже, само собой.

Анастасия Каменская слишком долго работала в уголовном розыске и слишком много людей и судеб узнала, чтобы так уж сильно удивляться чему бы то было. Она всякого повидала. И о том, что спорт — такое же поле для интриг, как и любая другая сфера человеческой деятельности, тоже была в общем-то в курсе. Однако подробности, рассказанные Жанной Травиной, оказались неожиданностью даже для полковника в отставке...

Братья Шнитовы, старший Игорь и младший Олег, выросли в спортивной семье, мама занималась спортивной гимнастикой, отец — прыжками в воду. Обоих мальчиков отдали в фигурное катание. Младший, Олег, оказался более способным и со своей партнершей по спортивным танцам докатался до десятки сильнейших на чемпионате мира, у Игоря способностей к этому виду спорта оказалось меньше, и он довольно рано ушел со льда, решив делать карьеру спортивного функционера, в чем и преуспел в полной мере. Сегодня Игорь Эдуардович Шнитов является влиятельным чиновником, членом Исполкома Федерации фигурного катания, а его брат Олег стал довольно известным тренером и вполне успешно работает в США. Братья всегда были очень дружны и друг за друга стояли горой.

Ярким примером проявления братских чувств стала история успеха одной танцевальной пары. У ребят в России был очень хороший тренер, но им казалось, что тренер уделяет намного больше внимания другой паре. Та, другая, пара была чемпионской, и тренер действительно усиленно занимался именно с ней, но так происходит всегда, во всех группах и у всех тренеров. Чемпионы заканчивали выступать, они катались последний сезон и собирались уходить, об этом все знали, никакого секрета из данного факта не делалось, и после их ухода все внимание тренера и хореографа переключилось бы на молодых перспективных спортсменов. И это тоже все понимали. Все, кроме самих ребят, посчитавших, что их обделяют тренерской заботой, и не захотевших ждать еще один сезон, пока уйдут наконец ненавистные конкуренты. Толчком к принятию решения стал прискорбный факт получения крайне низких мест на соревнованиях после того, как в предыдущем году они добились значительных успехов и высоких мест. Спортсмены не захотели признавать, что они сами «наваляли», им намного удобнее было думать, что виноват тренер: мало с ними занимался и вообще делал все неправильно.

И мама партнера стала их активно настраивать на то, чтобы уйти от своего тренера и поехать в США тренироваться у Олега Шнитова, который всенепременно сделает из них чемпионов если не мира, то, по меньшей мере, Европы. Однако одного желания мало, так просто не поедешь, на то, чтобы тренироваться за рубежом, нужны деньги. Спортсмены с этим пришли в Федерацию, и, разумеется, деньги на них были выделены. Игорь Эдуардович Шнитов постарался, помог танцорам: он очень хотел, чтобы перспективная пара ушла к его брату, да и брат за них просил. Ребята уехали, начали тренироваться у Олега, готовились к чемпионату России, по результатам которого будет формироваться сборная для участия в чемпионате мира.

А дальше начались игры. Надо же показать, что деньги потрачены не зря, что Федерация молодец, правильно выбрала перспективную пару и нашла ей правильного тренера. Для этого надо сделать так, чтобы пара, которую тренирует Олег Шнитов, получила хорошие места на чемпионате России и попала на чемпионат мира. Беда, однако, была в том, что существовала другая танцевальная пара, выигрывавшая этапы Гран-при, и пара эта была заведомо сильнее спортсменов Шнитова. Даже если ученики Олега попадут в сборную и получат право участвовать в мировом первенстве, у этих сильных танцоров им никогда не выиграть. А вот если конкурентов убрать, не дать им попасть в сборную и не пустить на чемпионат мира, то у пары Шнитова появляется шанс на достаточно высокое место.

И Федерация фигурного катания сделала все для того, чтобы та пара, которая выигрывала этапы Гран-при, в сборную не попала. На чемпионате России судьи опускают сильную пару, выставляя им заниженные оценки, а пару Шнитова поднимают до призового места, позволяющего отобраться в сборную.

За границей все были в шоке: как это так? Пара, которая выигрывает этапы Гран-при, не едет на чемпионат мира, а едет вообще никому не известная пара Олега Шнитова. Но Федерации фигурного катания на коньках и особенно члену исполкома Игорю Эдуардовичу Шнитову было глубоко наплевать на общественное мнение, ибо важный для него результат был достигнут. Имя его любимого брата звучало как имя тренера, воспитавшего призеров первенства России, членов сборной страны.

Вывод из этой довольно типичной, как выяснилось, истории звучал крайне неутешительно: выигрывает не тот, кто сильнее, не тот, кто лучше катается, а тот, в ком заинтересована Федерация. А заинтересована она может быть по любым причинам, начиная от банальной взятки, которую надо отработать, и заканчивая карьерными соображениями (оправдание правильности принятого решения) или совсем простым «нравится — не нравится».

— Неужели вот так просто можно двигать спортсменов? — ошеломленно спросила Настя.

Ей с трудом верилось в то, что она услышала.

— Еще как! — без малейших колебаний подтвердила Травина. — При советской власти, например, большое значение имели личные вкусы наших партийных руководителей. Понравилось лицо или манера выступать — все, считай, звание чемпиона у спортсмена в кармане независимо от того, что он там напрыгал или «навалял». По правилам отбора в команду попадали первые два номера, а третьим брали молодого спортсмена по усмотрению тренерского совета. И тренерский совет мог единогласно рекомендовать третьим членом сборной одного, а брали все равно другого. И сейчас тоже так делают. А уж если одиночник или пара действительно занимают призовое место на чемпионате России, то и вопросов нет. Другое дело, как она его занимает, благодаря своему катанию или по указанию сверху. Но главная засада в том, что тренер должен как-то объяснить это своим юниорам: дети же не понимают, что происходит, они знают, что они катались лучше, и искренне не понимают, почему не едут на чемпионат, а едут те, кто «навалял» ошибок.

«Хорошее какое слово — «навалял», — пронеслось в голове у Насти. — Мы чаще всего говорим «накосячил». А они говорят «отвалял», «навалял». Наверное, потому, что фигуристы падают».

— Разве тренер не может объяснить спортсменам так, как есть? — удивилась она.

Травина посмотрела на Настю с нескрываемым возмущением.

— Да вы что! Это тренерская этика. Негласная договоренность. Нельзя такие вещи объяснять спортсмену, пока он катается, иначе у него пропадает мотивация. Нельзя допустить, чтобы молодой спортсмен подумал: «Зачем стараться, если все уже предопределено? Если я выступлю хорошо, меня все равно засудят, если выступлю плохо — меня поднимут, можно особо не напрягаться». Все объяснения, особенно детям, должны быть очень осторожными и аккуратными, чтобы не просто не отбить у них желание кататься, но, наоборот, мотивировать еще больше стараться.

— Но все равно я не понимаю, почему все промолчали? Почему не подняли скандал?

— Скандал ни к чему не привел бы, — Травина безнадежно махнула рукой, — все бы только озлобились и на тренеров, и на спортсменов.

Это все очень интересно, но хотелось бы понимать, мог ли Шнитов предпринять какие-то действия во вред Ламзину? Ресурс для этого у него есть, а вот мотивация? Да, у Ламзина был конфликт с Болтенковым, даже не один, а два, а может, их на самом деле было и больше... Но это же просто конфликты! И оба — отнюдь не сегодняшнего дня, после той истории с парой, которую переманил к себе Болтенков, прошло несколько лет. Вряд ли Валерия Ламзина можно было рассматривать как реальную угрозу тренерскому благополучию и карьере Михаила Болтенкова, да и уровень у них разный. И потом, для того, чтобы так подставить Ламзина, нужно было убить Болтенкова, а зачем Шнитову расправляться со своим другом? Нет, совсем не то, совсем... И все-таки Шнитов вполне может оказаться источником ценной информации. Коль уж он так не любит Ламзина, то порасскажет о нем много любопытного, из чего непременно станут известны имена и других недоброжелателей и врагов Валерия Петровича.

* * *

— Тоха, я не могу больше тебя прикрывать, — взмолился Дзюба.

По телефону голос его звучал неуверенно и жалобно.

— Этот следак Баглаев каждый день спрашивает, где ты. А ты появился пару раз и глаз к нему не кажешь. Я кручусь, как уж на сковороде, но кто я для него? Он меня вообще за человека не считает. Собирается жаловаться, что уголовный розыск манкирует помощью следствию.

— Ромка, в последний раз, клянусь! — Антон говорил совершенно искренне, он был уверен, что запланированная на сегодня поездка в Раздоры даст окончательный ответ на главный вопрос, который его мучил. И можно будет с полной отдачей погрузиться в дело об убийстве тренера по фигурному катанию. — Ну ты ж пойми меня, на мне Ефимова...

— Но Болтенков тоже на тебе, — сердито возразил Дзюба. — Ладно, отмажу тебя как-нибудь. Но результат не гарантирую, уж больно злой он, этот Баглаев.

«Зачем я туда еду? — снова и снова спрашивал себя Антон Сташис, пробираясь по двухполосному и оттого всегда медленно двигающемуся Рублево-Успенскому шоссе. — Что я хочу узнать? Чего мне неймется? Я сам не знаю. Но меня что-то беспокоит. Ситуация проста и очевидна, в ней нет никаких подводных камней. Два года назад сгорел дом, в нем была плохая проводка, этого не отрицают сами хозяева, это же подтвердила пожаро-техническая экспертиза, в объективности которой сомневаться у меня нет никаких оснований. Погибла девушка. Подозревать убийство и поджог с целью сокрытия преступления оснований тоже нет, потому что есть заключение судебно-медицинской экспертизы, установившей причину смерти потерпевшей. Была богатая соседка, которая хотела купить участок, предлагала за него достойную цену, и после пожара покупка состоялась, причем цена снижена не была. Это свидетельствует в пользу того, что соседка, Инна Викторовна Ефимова, к пожару не причастна, в противном случае она непременно купила бы участок намного дешевле. Человек, способный устроить поджог с целью вынудить владельцев продать участок, вряд ли окажется столь благородным и великодушным, что не воспользуется безвыходным положением продавца и не снизит предлагавшуюся ранее цену. Был бы поджог делом рук Ефимовой, цена за участок оказалась бы куда меньшей. И вот прошло два года. Инну Викторовну убили. Она занималась такой деятельностью и вела такой образ жизни, которые давали широчайшее поле для различного рода конфликтов и сведения счетов. Чего я уперся в этот пожар, которому сто лет в обед?»

И снова ему показалось, что где-то в его внутреннем монологе мелькнули слова, которые цепляли и заставляли снова и снова возвращаться к сгоревшему дому в Раздорах. Но какие это слова, Антон так и не понял.

Участкового из Раздоров он нашел в опорном пункте, расположенном на первом этаже двухэтажного кирпичного дома. Молодой парень с жестким циничным взглядом маленьких темно-серых глаз разговаривал сначала неохотно, но потом смягчился, поняв, что майора с Петровки не интересует криминальная ситуация в поселке и он не собирается обвинять участкового в том, что тот плохо знает свою территорию, не владеет обстановкой и не защищает должным образом общественный порядок и безопасность населения.

Минут через пятнадцать Антон понял, что участковый дело свое знает очень даже неплохо и информацией обладает в достаточной мере. Еще минут через десять Сташис сделал вывод, что этот парень нашел свой постоянный источник доходов: добрая половина владельцев участков здесь — состоятельные люди, они строятся, нанимают бригады рабочих, и тут уж без нарушений никак не обойтись. А где нарушения — там и деньги за то, чтобы их никто не заметил. Поэтому участковому нужно знать все и обо всех. Противный, конечно, но зато знает много.

Участковый с кривой улыбкой выслушал Антона, после чего высказал собственное мнение: это все вранье.

— Инна Викторовна Ефимова была не из тех, кто свою выгоду упустит, жадная она, — заявил он.

Во как! А вот Борис Ильич утверждает вовсе даже обратное, да и Маклыгины не жаловались. Видимо, причина такого расхождения в оценках состоит в том, что Ефимова этому участковому откупные не платила. Интересно, как это она умудрилась? Насколько Антон знал, сегодня при любом строительстве на территории Москвы и области допускается огромное количество нарушений не только инженерно-технических и архитектурных, но и таких, которые находятся в ведении именно участковых. И совершенно невозможно вести стройку и не дружить с ним. А «дружить» в данном случае означало только одно: платить за то, чтобы он закрывал глаза на кое-какие обстоятельства.

Однако из дальнейшего разговора стало понятно, что на участках Инны Викторовны Ефимовой (теперь уже двух) нет и не было ни одного гастарбайтера, прораб — москвич, у него своя бригада, все жители столицы или Подмосковья, все с регистрацией. Так что зацепить хозяйку участков было не на чем.

— Ну вот, а ты говоришь — жадная! — заметил Сташис. — Была бы жадная, наняла бы работяг, приехавших на заработки, им ведь можно намного меньше платить.

Участковый фыркнул:

— Ты что, с дуба рухнул? У нее весь депутатский корпус под пятой, а среди них куча людей, имеющих проверенных строителей. Ей вообще эти работники бесплатно достались, вот сто пудов. Она там знаешь какие дела в своем Совете Федерации проворачивала? Кто подмажет — тот и поедет с делегацией. Если руководитель делегации ей сунет — отель будет хороший, и машины хорошие, и рейсы удобные. А не сунет — будет жить черт-те где и черт-те как и полетит ночным рейсом. Или визу вовремя не получит. Или получит, но не такую, как запрашивал. А депутаты-то одни не ездят, с ними целый штат помощников, так они, депутаты-то, списки подают на оформление долгосрочной мультивизы, а в этих списках кого только нет! И братья, и сваты, и соседи, и друзья, и вообще кто угодно, кто самому депутату денег дал. А депутат, соответственно, Ефимовой отстегнул. Так что ей все в рот смотрели и хвостами перед ней виляли.

Все это Антон и так знал уже давно, но этой частью работы занимались коллеги из ФСБ. А вот осведомленность этого участкового заставляла насторожиться. Раз он знает так много, так, может быть, и еще что-то полезное можно из него вытянуть?

— Да ладно, — примирительно произнес он, — с чего ты взял, что она жадная? Маклыгиным она за участок хорошую цену заплатила, хотя могла бы заплатить и меньше, ведь они сами после пожара к ней пришли и сказали, что согласны продавать. А она не воспользовалась.

Участковый прищурился.

— Это тебе кто сказал? Сами Маклыгины?

Антон собрался было уже ответить, но осекся. У Маклыгиных он об этом не спросил. Как-то к слову не пришлось, да и не казалось важным. Ведь сосед по имени Борис Ильич четко сказал: цену Инна Викторовна после пожара сбросила совсем чуть-чуть, практически незаметно, она баба правильная, порядочная.

— Нет, — ответил он, — у Маклыгиных я как раз об этом не спрашивал.

— А кто сказал? — продолжал допытываться участковый.

— Сосед их, Борис Ильич. Он считает Ефимову честной и порядочной.

— Ну, ты больше слушай! Дядя Боря у нас знатный выпивоха. Правда, не алкоголик, наговаривать не стану, до алкоголизма он еще не допился, но поддает крепко. Ефимова к нему приходила, просила повлиять на соседей, чтобы участок продали. Знаешь об этом?

— Знаю, — кивнул Антон.

— А о том, что после продажи участка она к нему снова приходила, наверняка не знаешь, — удовлетворенно улыбнулся участковый.

— Не знаю. А зачем она приходила?

— Просила никому не говорить, за какую сумму она на самом деле выкупила этот участок. Она же знала, что Маклыгины с дядей Борей дружат, значит, ему расскажут, но сами-то они участок продали — и привет горячий, больше здесь никогда не появятся, а дядя Боря останется, и если что — он правду знает.

Антон примерно представлял себе, что сейчас услышит, но все равно спросил:

— И какова эта правда?

— А такова, что Ефимова заплатила намного меньше, чем предлагала до пожара. Другое дело, что и этой суммы Маклыгиным хватило, чтобы улучшить жилищные условия, но если бы она расплатилась по-честному, они бы в центре Москвы сейчас жили, а не возле МКАДа. Ты хоть представляешь, сколько у нас в Раздорах сотка стоит? Немыслимые деньги! Вот потому я и говорю, что она жадная. Воспользовалась чужим несчастьем, не постеснялась. Но при этом же еще хотела лицо соблюсти, репутацию не потерять, вот и попросила дядю Борю говорить всем, какая она хорошая и порядочная. Не бесплатно, само собой. Ну, дядя Боря хоть и выпивоха, но деньги отрабатывает честно. Всем тут поет, какая Ефимова замечательная. Ты ж понимаешь, с тех пор, как ее убили, ты тут не первый пасешься. И ФСБ у нас всех перетрясли, и опера, что наши, местные, что ваши, с Петровки, УЭБовцы. А только, кроме дяди Бори, им и поговорить-то не с кем было, Ефимова с местными жителями вообще не общалась, это ниже ее достоинства, а с теми, кто купил здесь участки, еще познакомиться толком не успела, она же только строилась, здесь не жила. С Маклыгиными познакомилась, потому что участок их хотела купить, да с дядей Борей, поскольку он с ними дружит и может повлиять. Так что здесь никто ничего про Ефимову не знает, а тот, кто знает, я имею в виду дядю Борю, тот врет.

Антон внимательно смотрел на участкового и по некоторым движениям глаз и губ понял, что тот хочет что-то сказать, но не может решить, нужно ли это делать. В общем-то именно этого Антон и добивался, чтобы проверить свои подозрения. Осталось только чуть-чуть подтолкнуть...

— Ты, похоже, совсем не удивился, когда случился пожар, — заметил он негромко.

Лицо участкового непроизвольно дернулось. Значит, Антон попал. Собственно, теперь больше никаких слов Сташису не было нужно. Все ясно: этот участковый уверен или имеет серьезные основания подозревать, что пожар в доме Маклыгиных имеет своей причиной вовсе не плохую проводку. Об этом Антон подумал в первую очередь еще тогда, когда впервые приехал в Раздоры, но разговор с Борисом Ильичом, его слова о том, что Инна Ефимова не снизила цену участка после пожара, с этим не вязались. И пожаро-техническая экспертиза подтвердила версию о проводке, и все материалы быстро закрытого дела... Ох, не надо было успокаиваться на этом!

«Дурень ты, Сташис! Доверчивый дурень, который слишком много думает о своей личной жизни и слишком мало о работе», — мысленно обругал себя Антон.

Стало быть, те, кто так ловко прекратил дело о пожаре в доме Маклыгиных, с участковым не поделились. Или поделились, но как-то, на его взгляд, несправедливо. Он заковырял обиду и теперь, в принципе, даже и не возражает, чтобы некрасивая история выплыла наружу. Ну что ж, уже неплохо.

* * *

— Я так понимаю, что твоего Сташиса мы сегодня опять не будем иметь счастья видеть, — недовольно нахмурился Тимур Ахмедович Баглаев, когда Дзюба, запыхавшись, влетел в кабинет следователя. — Ну что ж, ему же хуже.

«Точно, телегу собирается накатать, — с ужасом подумал Роман. — Бедный Тоха, ему и так несладко...»

Он сделал попытку что-то сказать в оправдание Антона, но Баглаев только головой мотнул, дескать, молчи уж.

— Пришел ответ от баллистов, — сказал он, доставая из сейфа папку с материалами уголовного дела. — Читайте.

Федор Ульянцев схватил было скрепленные степлером листы, но Баглаев маневр разгадал, забрал документ из рук оперативника и демонстративно положил на стол.

— Читайте, — спокойно повторил он, пряча усмешку. — Глагол во множественном числе, а не в единственном.

Пришлось стоять рядом, голова к голове, плечо к плечу, склонившись над столом, и читать акт баллистической экспертизы. Ромка, собственно, ничего против не имел, но Федору это отчего-то не очень нравилось.

— Может, я вслух прочту? — миролюбиво предложил Дзюба, поскольку страшно не любил, когда кто-то из работающих вместе с ним людей злится или просто недоволен.

— Ага, ты один у нас тут грамотный, — сердито откликнулся Федор, не отрывая глаз от текста. — Больше никто читать, конечно, не умеет.

— Я хотел, как лучше.

Ну и ладно, не хочет — не надо. Так прочитаем.

«...гильза, изъятая в ходе осмотра места происшествия... мая 2013 года по адресу... является составной частью стандартного 9-мм патрона 9*18 (ППО) отечественного производства (Тульский патронный завод). Указанный патрон относится к штатным боеприпасам к пистолетам Макарова «ПМ», «ПММ», Стечкина «АПС», пистолетам-пулеметам «Кедр», «Клин», «Кипарис», «ПП-90» и другому нарезному огнестрельному оружию, сконструированному под данный патрон. Выстрел патроном, гильза которого представлена на экспертизу, мог быть произведен из самодельного или переделанного огнестрельного оружия, приспособленного для стрельбы 9-мм патронами к пистолетам Макарова и Стечкина».

Ульянцев потер ладонью выбритую макушку.

— Теперь понятно, по крайней мере, что искать, — констатировал он.

Дзюба молчал. Конечно, в акте написано «выстрел мог быть произведен», но эта формулировка в данном случае никого не обманет, уж очень много в тексте экспертизы деталей, которые подтверждают: не только «мог быть произведен», но и «был произведен».

— Вот и хорошо, что тебе понятно, — удовлетворенно улыбнулся следователь. — Твои поиски источника приобретения оружия дали какие-нибудь результаты?

Ульянцев удрученно покачал головой.

— Пока никаких зацепок.

— А я тебе сразу сказал, что это направление поиска — чушь собачья, — голос Баглаева стал резким и неприятным. — Если Ламзин переделал травматик, то действовал, скорее всего, по своим каналам. Он ведь человек из мира спорта, значит — что?

— Значит, стрелковые клубы, это тоже спорт, — быстро и радостно подхватил Федор, — и у него там могут быть друзья-приятели, а в каждом клубе есть оружейники, которые в своих мастерских могут сделать все, что угодно.

— Правильно. Поэтому, Федя, ноги в руки, фотографию Ламзина в карман — и вперед по клубам, тирам и стендам, ищи оружейника, к которому он обращался с просьбой переделать травматик. А уж где он приобретал — это мы выясним, официально он его точно не покупал, я уже ответ на запрос получил, он даже разрешение на покупку не оформлял, значит, приобрел левым путем. А ты, Дзюба, будешь искать источник приобретения травматика, поднимай агентуру, ну, не буду тебя учить, сам все знаешь.

До этого момента Роман стоял, стараясь не шевелиться и не привлекать к себе внимания следователя в надежде, что все задания по оружию будут адресованы только Ульянцеву. Не хотел Дзюба искать оружие. Он хотел найти другого подозреваемого. И вроде бы все шло гладко, Баглаев смотрел только на Федора и обращался к нему, и казалось, что торпеда пройдет мимо... Не прошла.

Но Ромка Дзюба не из тех, кто сдается и сразу отступает.

— Тимур Ахмедович, а как же мотив? Вы же поручили мне искать врагов Болтенкова и возможные мотивы для убийства. Вы ведь согласились с моей версией о том, что преступников могло быть несколько...

Глаза следователя сощурились, взгляд, устремленный на старшего лейтенанта, стал холодным и недобрым.

— Ты что, Дзюба, меня идиотом считаешь? Нам не врагов искать надо, а вину Ламзина доказывать. Врагов у Болтенкова может быть сколько угодно, а убил его Ламзин. Все улики против него. Так что действуй.

— Но ведь смывы с рук и с одежды ничего не показали! — Роман все еще цеплялся за каждую подворачивающуюся соломинку

— Я тебе уже сто раз говорил: отрицательный результат в этом случае ничего не доказывает, Ламзин мог надеть кожаные перчатки, которые потом благополучно выбросил вместе с пистолетом. Или он сам, или его жена с дочкой.

Ничего, этим аргументом Ромку из седла не выбьешь, у него еще есть запасные патроны. Все равно он сдаваться не собирается, будет биться до последнего.

— Ну хорошо, а одежда? Ведь шел проливной дождь, одежда, в которой он выходил на улицу, должна была быть мокрой, и именно мокрую одежду, которая сохла в ванной, вы и изъяли для исследования на следы пороха, нагара и смазки. И на ней ничего не обнаружили. Он что, скафандр надевал и тоже выбросил его вместе с перчатками и оружием?

Баглаев посмотрел на него как-то странно, и Дзюбе почудилось в этом взгляде не то одобрение, не то уважение. Одним словом, что-то такое, чего от Тимура Ахмедовича ожидать ну никак не приходилось. Поэтому Ромка решил, что ему просто почудилось.

— А ты чего, кстати говоря, расселся тут? — внезапно обратился следователь к Федору Ульянцеву. — Ты задание получил? Получил. Вот и беги давай.

И покуда за Ульянцевым не закрылась дверь, Баглаев не произнес больше ни слова.

— Рома, ты хороший парень, — начал он, когда они остались в кабинете одни, — искренне за дело болеешь, поэтому я на тебя не сердиться буду, а объяснять. Ламзин выскакивает на улицу следом за Болтенковым, это факт, который никем и ничем не оспаривается и не ставится под сомнение. Так? Так, — Баглаев сам ответил на свой вопрос и выразительным жестом загнул один палец на руке. — У них перед этим была ссора, а еще перед этим — два серьезнейших конфликта. Так? Так. И после увольнения Ламзин кричал, что убьет Болтенкова. Было? Было. Ты сам нашел мне этих свидетелей, и я их уже допросил. А потом Ламзин приходил к Болтенкову на работу и в тренерской орал на него и угрожал убить. И тоже именно ты нашел свидетелей.

Тимур Ахмедович сделал длинную паузу и поднял перед собой левую кисть с четырьмя загнутыми пальцами.

— Все это — против Ламзина, — продолжал он. — Теперь смотри, что у нас «за». Чистые руки? На это есть перчатки. Отсутствие оружия? У него была возможность избавиться от пистолета и перчаток сразу после убийства. Чистая одежда? Конечно, это серьезный аргумент, но! Сколько времени прошло с момента убийства до того момента, как мы вошли в квартиру Ламзина? Больше двух часов. За это время он спокойно возвращается домой, переодевается, берет одежду, в которой был в момент выстрела, и выходит с ней куда угодно, да хоть на чердак своего же дома, и там ее прячет до поры до времени, или к кому-то из соседей, с кем он дружит. Я уж не говорю о том, что он мог просто выйти и уйти куда угодно, а потом вернуться. Теперь ему остается только снять ту одежду, в которой он выходил во второй раз, повесить ее сушиться и спокойно ждать, когда к нему придут с обыском. Да, я выходил на улицу, весь вымок, вот и одежда моя висит, мокрая, забирайте, пожалуйста. И ежу понятно, что никаких следов пороха, нагара и смазки мы на ней не обнаружим. Но это абсолютно — ты слышишь меня? — абсолютно ничего не доказывает в плане невиновности Ламзина. Да, спустя двадцать минут после убийства на месте уже работала группа, и мы фиксировали всех, кто входил или выходил из близлежащих подъездов, но Ламзин живет не в том доме, возле которого обнаружили труп, и даже не в соседнем, а через дом. Ребята отлавливали тех, кто живет в пятом и шестом подъездах, поближе к месту обнаружения трупа, потому что искали свидетелей, возможных очевидцев, тех, кто мог что-то видеть или слышать.

И Ламзин легко мог и выйти, и потом вернуться, и никто об этом не узнал. Да, свидетелей, которые видели бы его выходящим второй раз, мы не нашли. Но ты вспомни, какая была ситуация: полночь и проливной дождь. Кого вообще можно было найти на улице? Ясно, что людей не было. Мы не нашли вообще никого, кто хоть что-то видел бы.

Это Дзюба и без лекции Баглаева прекрасно помнил. Он читал рапорты полицейских, тщательно осмотревших все припаркованные поблизости машины в поисках случайного свидетеля, который мог бы дать показания. И нашли только одного мужика, который напился, побоялся идти домой к не одобряющей злоупотребления алкоголем жене и спал сном праведника. А тот единственный прохожий, который возвращался с работы, обнаружил тело Болтенкова и вызвал полицию, в момент убийства еще в метро ехал.

— Так что улики против Ламзина весомые, — закончил Баглаев, — а то, что говорит в его пользу, легко опровергается даже на уровне обыкновенного здравого смысла.

Да, крыть нечем.

— Я понял, — коротко ответил Роман.

Крыть нечем... Пока.

Нужно еще раз поговорить с соседями Ламзина, которые слышали, как дважды хлопнула дверь его квартиры, и давали показания. Может быть, кто-то из них подходил к глазку и смотрел? И он сможет описать, в какой одежде был Ламзин, когда выбегал следом за Болтенковым. Ламзин утверждает, что лифтом не воспользовался, он всегда спускался и поднимался на свой пятый этаж пешком.

Значит, его могли видеть из квартир, мимо которых он проходил. А вдруг окажется, что описание одежды полностью совпадет с теми вещами, которые были изъяты для экспертизы? Тогда можно будет утверждать, что именно в ней Ламзин выходил из дома следом за жертвой убийства, и то обстоятельство, что на ней не обнаружено никаких следов пороховых частиц и гари, будет однозначно свидетельствовать в его пользу.

— Можно мне посмотреть материалы первичного поквартирного обхода? — спросил Роман самым невинным голосом, на какой только был способен.

Может статься, ему повезет, и в этих материалах найдется информация о жителях дома, которые, может быть, говорили что-то о глазке. Ведь бывает же, что человек слышит, как хлопает дверь у соседей или шаги на лестнице, и смотрит в глазок: кто это там идет? К кому? Зачем? Любопытные соседи — самые любимые персонажи у оперативников. И сейчас вся надежда только на них. Почему-то в голову пришла недавно вычитанная в интернете шутка: «Господь не может уследить за всеми. И поэтому он создал бабу Галю...»

Баглаев кивнул, достал материалы и положил перед Дзюбой. Лицо его было непроницаемым, и Ромке даже на какие-то несколько коротких секунд удалось убедить себя в том, что он смог провести следователя. Но он ошибся.

— Я понимаю, что ты собираешься сделать, — негромко и спокойно произнес Тимур Ахмедович. — Это правильно. Иди и найди того, кто видел, что Ламзин был не в той одежде, которую мы изъяли. Я понимаю, что цель у тебя другая, но думать ты можешь все, что угодно, а делать будешь то, что я скажу.

Роман молча стиснул зубы. Все равно он сделает по-своему. Он не успокоится, пока не убедится, что заблуждается. Вот когда убедится — тогда пожалуйста, пусть Ламзина признают виновным и приговаривают к наказанию. Но сначала он, старший лейтенант Дзюба, должен исчерпать все возможности проверить свои предположения. Ну и пусть они окажутся неправильными, пусть. Зато совесть у него будет спокойна.

Просмотрев все материалы и сделав выписки, Роман ушел, унося в глубине души благодарность к следователю Баглаеву, который не стал его «лечить» в присутствии Федора Ульянцева. И несмотря на свою неприязнь к твердо стоящему на стороне обвинения Тимуру Ахмедовичу, Дзюба не мог не признать, что начинает испытывать к этому человеку нечто вроде симпатии.

* * *

Ну почему человек не может расТРОИТЬСЯ или даже расЧЕТВЕРИТЬСЯ? Столько нужно сделать, и никуда он не успевает, и все валится из рук, потому что полночи не спал — искал в интернете материалы, написанные спортивными журналистами, выискивая среди них самых крутых спецов по фигурному катанию. Анастасия Павловна Каменская посоветовала собирать информацию именно у журналистов, а не у тех, кто непосредственно занят сегодня в этом виде спорта. И аргументы, которые она привела, показались Роману Дзюбе вполне весомыми. Ведь понятно, что люди будут бояться рассказывать некрасивую правду, потому что им еще работать... А журналистам бояться нечего.

В четвертом часу ночи Роман остановил свой выбор на Тамиле Варламовне Аласания. После прочтения десятков ее репортажей, статей и очерков у него сложилось впечатление, что эта женщина знает о фигурном катании не просто все, а даже то, чего не знает вообще никто, кроме нее самой. С утра Дзюба выяснил ее адрес и номер телефона, но позвонить и попросить о встрече почему-то побоялся: ему казалось, что человек такого возраста и с таким опытом просто не станет разговаривать с ним. Из того же интернета оперативник узнал, что Тамиле Варламовне 83 года и три года назад, на праздновании своего восьмидесятилетия, она зажигательно отплясывала в ресторане не только грузинские, но и испанские, и латиноамериканские танцы. Репортаж о юбилее одной из старейших российских журналисток сопровождался обилием фотографий, на которых Роман видел высокую женщину с множеством крупных украшений на шее, пальцах и в ушах. Лицо ее было некрасивым, глаза — цепкими и внимательными даже во время праздника, а улыбка — приветливой и чуть грустной. Насмотревшись на облик Тамилы Аласания, Роман уныло констатировал: ему с ней не справиться. Пошлет она его куда подальше... Хорошо еще, что он догадался посмотреть материал о ее юбилее, а то ведь подумал сначала: старуха восьмидесяти трех лет, наверняка одинокая и беспомощная, из дома уже давно не выходит и будет рада любому общению и любому гостю. Как же, будет она рада, дожидайся! У нее таких «спрашивальщиков», поди, многотысячная очередь перед дверью квартиры топчется. И ему, старшему лейтенанту Дзюбе, через эту очередь никак не прорваться.

Нет, решительно, без Антона ему не справиться.

— Что это? — недоуменно спросил Сташис, когда Роман протянул ему свой мобильник с уже набранным номером телефона — оставалось только нажать кнопку «вызвать».

— Это потенциальный свидетель.

— А сам почему не можешь позвонить?

— Я ее боюсь, — признался Дзюба. — Я не знаю, как с ней разговаривать, чтобы она согласилась встретиться. Боюсь напортить.

Он коротко поведал Антону, кто такая Тамила Варламовна и почему с ней непременно нужно поговорить. Антон молча выслушал его, кивнул и позвонил. Вопреки опасениям Дзюбы, договориться о встрече удалось легко. Тамила Варламовна разрешила оперативникам приехать прямо сейчас.

— Зря ты ее боялся, — заметил Сташис, отдавая телефон Роману. — Нормальная тетка, вполне мило разговаривала. С чего ты решил, что она будет кусаться?

— Да ты знаешь, сколько ей лет?! Восемьдесят три года! Она при царе Горохе родилась, — принялся оправдываться Дзюба. — Мои родители еще на свет не появились, а она уже своей профессией занималась. Я как представил — так у меня все опустилось. Меня вон даже сорокалетние зеленым сопляком считают, не то что старики.

Глаза Антона странно блеснули.

— Восемьдесят три, говоришь? — протянул он. — А голос не старый совсем. Ладно, разберемся на месте. Садись в машину, поехали.

Никак Роман не мог уловить и понять настроение своего товарища. Усаживаясь на переднее сиденье и пристегиваясь, он буквально кожей чувствовал напряжение и раздражение, исходящие от Антона. Чего он злится? Опять Дзюба сделал что-то не так? Или на личном фронте не ладится? Или по другим делам начальство задолбало?

— Ну, — с угрозой произнес Антон, когда они выехали на его машине на широкую трассу, — и откуда у тебя такие неожиданные идеи?

Яркие голубые глаза Романа излучали совершеннейшую невинность.

— Какие идеи? Почему неожиданные?

— Потому что за все время работы по Болтенкову ты ни разу не заговаривал о спортивных журналистах. Все твои свидетели были тренерами, хореографами, спортсменами или административными работниками спортшкол. Откуда вдруг появилась мысль порасспрашивать журналистов?

— Да ниоткуда...

— Ясно, — бросил Антон, поглядывая в зеркало заднего вида: ярко-красная спортивная машина управлялась явно малоадекватным водителем, и нужно было постараться не подставить ему задний бампер или левое крыло. — Значит, так. Баглаев нас всех предупредил, что по делу теперь работает частный сыск. Понятно, что по заказу Виталика Киргана. И ты встречался с кем-то из этих доморощенных детективов. Что, скажешь — нет?

— Встречался, — честно ответил Роман. — И что? Я же тебе объяснял...

— Я прекрасно помню все, что ты мне объяснял, — зло оборвал его Сташис. — Но я, в свою очередь, объясню тебе еще раз, если ты такой тупой и не понимаешь...

Он не успел договорить, потому что Дзюба тихим голосом перебил его монолог:

— Антон, это Каменская. Она тебе привет передавала.

— Кто?!

Сташис чуть не выпустил руль из рук, но вовремя опомнился и выровнял вильнувшую вправо машину. Водитель идущего по соседней полосе автомобиля сердито посигналил.

— Каменская, Анастасия Павловна, — уже громче и увереннее повторил Роман.

— Блин!

Минут десять в салоне машины царило молчание. Роман то и дело искоса поглядывал на товарища, пытаясь угадать, о чем тот думает. Очень не хотелось, чтобы Тоха сердился...

— Рассказывай, — наконец произнес Сташис.

И Дзюба с облегчением вздохнул.

К тому моменту, когда они подъехали к дому, где жила Тамила Варламовна Аласания, Роман успел пересказать Антону и то, что узнал сам за минувшие дни, и ту информацию, которой поделилась с ним Каменская. Поднимаясь в лифте на седьмой этаж, Антон в десятый, наверное, раз повторил:

— Если Баглаев узнает — убьет. Смотри, Ромчик!

И в десятый же раз Дзюба его заверил:

— Не узнает.

Дверь им открыла черноволосая темноглазая девочка лет двенадцати.

— Тамила! — крикнула она куда-то в глубь квартиры, показавшейся оперативникам какой-то бездонной. — К тебе копы пришли.

Дзюба тихонько фыркнул и рассмеялся.

— Приглашай их сюда, — послышался хриплый, прокуренный, но отнюдь не старческий голос.

— Следуйте за мной, господа офицеры, — насмешливо пропела девочка и повела гостей по длинному коридору мимо многочисленных дверей.

«Бывшая коммуналка, расселенная, — подумал Роман. — Странно, что сделали только косметический ремонт, никакой перепланировки. Знаю я такие квартиры, приходилось бывать».

По коридору расплывался запах чего-то вкусного — вероятно, одна из этих дверей вела в кухню. Дзюба, постоянно голодный, принюхался и определил два основных компонента: горячий сыр и ваниль.

Тамила Варламовна сидела за компьютером и довольно резво печатала какой-то текст. Дзюба вспомнил фотографии и непроизвольно посмотрел на покрытые морщинами и пигментными пятнами руки журналистки: ни одного кольца. И тут же увидел горстку украшений в стоящей рядом с компьютером не то неглубокой вазочке, не то глубокой пепельнице. Даже врывающийся в открытое настежь окно майский прохладный ветерок не помогал скрыть стойкий запах табака: хозяйка кабинета была заядлой курильщицей.

Первым заговорил Антон Сташис:

— Здравствуйте, Тамила Варламовна.

Журналистка легким толчком повернула вращающееся кресло, встала и протянула руку.

— Просто Тамила. Даже моя правнучка меня так называет. А ей всего одиннадцать лет. Вы явно старше, — она рассмеялась, — поэтому вам тем более можно не обращаться ко мне по имени-отчеству.

Она выключила компьютер и неторопливо, с какой-то необыкновенной тщательностью надела на пальцы все украшения. На дне вазочки-пепельницы, под горстью перстней, обнаружились еще и два массивных браслета.

Заметив взгляд Дзюбы, Тамила пояснила:

— С молодости привыкла носить, у меня много родни на Кавказе, всегда привозили серебряные украшения. Но печатать мешало, я же начинала работать еще тогда, когда были только пишущие машинки, причем даже не электрические, а только механические. Никаких компьютеров. У меня первый компьютер появился, когда мне было уже за шестьдесят, но я быстро к нему привыкла, клавиатура ведь такая же, как у машинки. И привычки остались теми же: села работать — сняла побрякушки, как только закончила — снова надела. Конечно, сейчас я печатаю далеко не так, как в молодости, скорость уже не та, сами понимаете.

Она весело тряхнула коротко стриженной седой головой, отчего висящие на ее шее ожерелья и подвески глухо звякнули, а длинные крупные серьги начали раскачиваться.

— Садитесь, не стесняйтесь, — пригласила Тамила. — Я постараюсь ответить на все ваши вопросы. Кроме одного, разумеется.

— Кроме какого? — быстро и настороженно спросил Антон.

— Я не смогу вам сказать, кто на самом деле убил Мишу Болтенкова, — улыбнулась журналистка. — Это, наверное, единственное, чего я действительно не знаю про мир фигурного катания.

Судя по выражению лица Антона, он в это не очень-то поверил. Но Дзюба несколько часов читал ее материалы в интернете и знал, что Тамила Варламовна не преувеличивает.

— Я знаю, что все считают Валеру Ламзина убийцей, — начала она без лишних предисловий. — И для этого есть веские основания. Была история с дракой, потом была история с парой, которую хитрым способом забрал у него Миша Болтенков, потом эта отвратительная история со Светой Ващенко, которая умышленно выбила ребят из настроя перед самым выступлением, чтобы «поднять» другую пару и взамен получить более высокое место для своей спортсменки. Вас интересуют какие-то детали этих историй?

— Скажите, Тамила, а вот та пара, о которой идет речь, могла затаить злобу на Ламзина? — спросил Дзюба, который не забыл то, о чем ему говорила накануне Каменская.

— Могла, конечно. Почему нет? — Брови Тамилы Варламовны слегка приподнялись. — Но только теоретически можно предполагать, что они бы стали мстить Валере именно сейчас. О том, что Света Ващенко действовала по наущению своего бывшего тренера Ламзина, они узнали лет пять назад. Кстати, от меня. Вот тогда они вполне могли бы взвиться, впасть в гнев и ярость и что-нибудь учудить. Но с тех пор прошло время, в их жизни много чего произошло, и, поверьте мне, сейчас им совсем не до того, чтобы заниматься глупостями вроде мести.

— А что у них произошло? — живо поинтересовался Роман.

Открылась дверь, и снова появилась хорошенькая темноглазая девочка.

— Тамила, бабушка спрашивает: вам сюда угощение подать или в столовую? И еще она спрашивает: господа офицеры будут обедать с нами или только закусят?

Тамила Варламовна переводила вопросительный взгляд с Романа на Антона, ожидая ответа.

— Нет-нет, спасибо большое, ничего не нужно, — наконец произнес Дзюба, с трудом преодолев желание согласиться. Судя по запаху в коридоре, угощать собирались чем-то вкусным...

— Это не разговор, — категоричным тоном отрезала журналистка. — Вас не спрашивают, «да» или «нет», потому что понятно, что «да». Иначе и быть не может в моем доме. Вас спрашивают: что именно. Из моего дома никто и никогда не уходил, не отведав наших фирменных блюд. Законы кавказского гостеприимства мы соблюдаем свято. Моя невестка, бабушка моей правнучки, русская, но училась готовить еще под руководством моей мамы, а лучшего знатока грузинской кухни, чем моя мама, не было и нет. Что бабушка приготовила? — обратилась она к девочке.

— Хачапури и торт, — отрапортовала та без тени улыбки.

Она вообще была очень серьезной, эта правнучка Тамилы Варламовны Аласания.

— Значит, так, — решила Тамила Варламовна, — накрой нам здесь и принеси хачапури. А потом господа офицеры сами решат, захотят ли они попробовать наш знаменитый медово-ореховый торт.

Хачапури и медово-ореховый торт... Значит, обоняние Дзюбу не подвело, запахи горячего сыра и ванили он уловил безошибочно.

Девочка молча кивнула и скрылась за дверью.

Антон, казалось, не очень вслушивался в разговор, его внимание было приковано к корешкам книг, плотно стоящих на полках от пола до потолка.

— Так что произошло у тех спортсменов, которые ушли из спорта в бизнес? — повторил свой вопрос Дзюба, недоумевая, почему Антон не проявляет никакой активности. Судя по коротким взглядам, которые Тамила Варламовна бросала то и дело на майора полиции, она тоже заметила странную безучастность второго гостя.

— Ребята закончили вузы, получили образование, занялись бизнесом. Вернее, в бизнес они пошли сразу же, как только закончили кататься, и учились параллельно. Преуспели, карьера пошла. Ребенок был, хотя официально брак они не регистрировали. Но потом случилось несчастье, ребенок погиб, и через какое-то время они расстались. Сами видите, обстоятельства крайне тяжелые, не станут люди в такой ситуации тратить себя на всякую ерунду.

Интересно мыслит эта старуха! Убийство на почве мести или личных неприязненных отношений — глупость и ерунда... Кому сказать — обхохочутся. Впрочем, как знать... Может, она и права. Может быть, с ее места, с места спортивного журналиста восьмидесяти трех лет от роду, это выглядит именно так. А вот с места старшего лейтенанта Дзюбы, оперативника, работающего на Петровке, все выглядит совсем иначе. И вовсе не ерундой и глупостью, а тяжким преступлением, которое должно быть раскрыто.

— Но вы должны понимать, — продолжала между тем Тамила, закуривая уже вторую подряд сигарету, — что у Болтенкова, как и у любого тренера, особенно с именем, куча врагов, причем не из давнего прошлого, а из близкого настоящего.

— Кто, например? — тут же включился в беседу Антон.

— Ну, за примерами далеко ходить не надо, вот был такой Аникеев Николай Никитич, уже в годах, работал давно, очень уважаемый человек и тренер замечательный. Болтенкову не хватало льда, и еще у Никитича была парочка хороших спортсменов, на которых Миша положил глаз. Он сначала пытался к ним подъехать и переманить к себе, но ребята не предали своего тренера. И тогда он знаете что сделал? Инициировал анонимку в Федерацию с обвинениями Николая Никитича в педофилии. А сейчас это тема модная, за нее сразу ухватились, тем более что лед действительно нужен был более молодым тренерам, которых Федерация считала перспективными. Никитича просто так трогать боялись, потому что у него заслуги и его в Федерации поддерживали некоторые функционеры. А другие функционеры, наоборот, поддерживали молодых перспективных, и они с радостью ухватились за возможность отстранить старого тренера от работы. Знаете, как это делается? Никто никого впрямую не обвиняет. Просто приходят деятели из, к примеру, Москомспорта и начинают беседовать с глазу на глаз с родителями: вам ваш ребенок ничего такого не рассказывал? Ни на что не жаловался? Например, на тренера? И всячески дают понять, о каких именно жалобах идет речь. Ну, родители-то всякие бывают. Есть те, которые довольны успехами ребенка и считают, что тренер делает для него все, что нужно, а есть и другие, и их примерно половина, которые считают, что тренер не уделяет их ребенку достаточно внимания, больше занимается другими спортсменами и вообще любит только тех, кто ему платит в конвертике, а тех, за кого он просто зарплату получает, он фактически не тренирует. Такие родители всегда недовольны, посматривают на сторону, куда бы еще ребеночка пристроить, чтобы он скорее стал чемпионом. И они только рады будут урыть Никитича, особенно если им намекнуть, что в случае неприятностей группа перейдет к другому тренеру, который славится своим умением выращивать чемпионов. Или можно сказать, что группа будет расформирована и разойдется по другим тренерам, но «мы же знаем, какой талантливый ваш ребенок, поэтому его мы, конечно же, отдадим в группу к очень сильному тренеру, который быстро сделает его чемпионом». Ну вот как-то так. Способов уговорить родителей очень много.

— А откуда вам известно, что инициатором травли был именно Болтенков? Вы это достоверно знаете? — спросил Роман и тут же получил в ответ насмешливый и одновременно укоризненный взгляд журналистки.

Антон, казалось, снова потерял интерес к разговору, глаза его рассеянно блуждали по висящим на стенах картинам и фотографиям. В бесшумно открывшуюся дверь все та же девочка внесла поднос с тарелками, салфетками в красивой подставке и огромным блюдом с источающими изумительный аромат хачапури. Она быстро и ловко расставила все на широком низком журнальном столе и так же бесшумно исчезла, не обменявшись с прабабкой и ее гостями ни единым словом.

«Вот вышколили пацанку! — с уважением подумал Дзюба. — Наверное, к Тамиле без конца приходят какие-то визитеры, и девочку приучили, что беседу взрослых прерывать нельзя. Золотая жена достанется какому-нибудь охламону лет через десять!»

— Ну что вы, откуда я могу знать достоверно? — Тамила Варламовна сделала рукой жест, приглашающий гостей отведать угощение. Роман опасливо глянул на Сташиса и положил на свою тарелку один хачапури. Ну ведь ничего же страшного, если он съест одну штучку, только одну?

Тамила Варламовна одобрительно улыбнулась ему, кивнула и продолжила:

— Но я в фигурном катании кручусь больше семидесяти пяти лет, сначала сама занималась, потом быстро начала расти, вымахала как каланча, и активный спорт пришлось бросить. Зато потом я шестьдесят пять лет простояла у бортика. Шестьдесят пять лет — это вполне достаточный срок, чтобы более или менее разобраться в закулисной жизни и в механизмах, которые управляют поступками и решениями, вы не находите? Так вот, у многих людей есть основания полагать, что было именно так. То есть Колю Аникеева затравили по инициативе и наущению Миши Болтенкова. Ведь люди как рассуждают? Кто лед получил — тому и выгодно. Кто сильных спортсменов получил — тот и заинтересован. А все это — и дополнительный лед, и хороших спортсменов — получил именно Болтенков. И потом, все ведь очевидно: сначала Миша постоянно ходил к директору и просил добавить лед, а директор все пытался ужать других тренеров...

— Ужать? — с интересом переспросил Дзюба. — Мне не совсем понятно, как можно ужать других тренеров, если есть расписание.

— Да ну что вы! Вот, к примеру, от тренера уходит сильный спортсмен, потом другой, его вызывают и говорят: у тебя слабая группа, ты не даешь результат, у тебя и так три часа утром и два с половиной вечером, мы у тебя полчаса утренних отрежем, тебе и так хватит, все равно ты на медали не работаешь. Вот и весь разговор. Меньше времени на тренировку — меньше тренер успевает уделить внимание всем, кому надо, следовательно, растет недовольство, больше становится тех, кто считает себя обделенным, значит, еще кто-то захочет уйти. И это станет новым поводом отрезать еще кусочек. Это же как реакция: меньше результатов — меньше льда, меньше льда — меньше результатов. Порочный круг.

— Ну, хорошо, Болтенков ходил к директору и требовал лед. Дальше что было?

— А дальше Миша пошел в Федерацию навестить своего давнего приятеля, который его очень всегда поддерживает, и пожаловался на директора. И ровно через два дня пришли проверяющие и начали задавать вопросы. Конечно, он ходил в Федерацию только навестить друга. И это не имеет никакого отношения к тому, что через два дня после этого визита нагрянули чиновники с вопросами. Но никто не верит, что это совпадение.

Тамила Варламовна снова рассмеялась и отпила несколько глотков воды прямо из горлышка пластиковой бутылки, стоящей на столе. Дзюба с огорчением отметил паузу в рассказе: журналистка была прирожденной актрисой, тембр голоса и интонации постоянно менялись в зависимости от того, повествовала ли она или передавала прямую речь, и Роман, у которого никогда не было времени ходить в театр, чувствовал себя зрителем на отличном спектакле.

— А откуда вы точно знаете, когда Болтенков ходил к своему другу в Федерацию? — задал он очередной вопрос.

— Мишу там видели, — пояснила Тамила Варламовна. — Вернее, видели их вместе, они как раз из кабинета этого чиновника выходили чуть ли не в обнимку, шли по коридору и смеялись. В тот день было заседание тренерского совета, а старший тренер школы олимпийского резерва, где Миша работал, был членом этого совета. Он на следующий же день рассказал, что видел Мишу с Шнитовым.

«Уж не этот ли чиновник из Федерации по фамилии Шнитов поднял всех на уши, чтобы дело об убийстве забрали на Петровку? — подумал Роман, быстро занося фамилию «Шнитов» в лежащий на коленях блокнот, на странице которого уже было записано названное Тамилой имя тренера Николая Никитича Аникеева. — А чего так мелко? Уж сразу бы в МВД забрали, считается, что там спецы покруче. Про этого Шнитова мне и Каменская вчера говорила, стало быть, факт тесных дружеских отношений между ним и убитым Болтенковым можно сомнению не подвергать».

— Тамила, вы не знаете, где сейчас Аникеев? Как нам его разыскать?

Лицо журналистки стало печальным.

— Николай Никитич умер почти сразу после того скандала. Острый инфаркт.

— И когда это все случилось?

— Совсем недавно, в прошлом году.

Значит, надо проверять. У тренера Аникеева могли остаться взрослые дети и взрослые ученики, возжаждавшие отмщения.

Блюдо с хачапури опустело как-то вдруг. Совсем неожиданно для Дзюбы. А рассказывала Тамила Варламовна так интересно, так живо и красочно... И еще там про медово-ореховый тортик что-то говорили...

Когда оперативники вышли из дома гостеприимной журналистки, уже, оказывается, стемнело. Почему-то, сидя в комнате рядом с распахнутым настежь окном, Дзюба этого не заметил. Наверное, увлекся разговором.

— Тоха, ты чего как неродной? — накинулся он на Сташиса. — Молчал все время, вопросов не задавал, книжки рассматривал или еще какую-то хрень. Я понимаю, у тебя с настроением беда, но это же работа все-таки, а не туфта с оборочками. Чего ты...

Антон усмехнулся и примирительно хлопнул Романа по плечу.

— Ты, помнится, просил, чтобы я тебя учил? Так вот, учу. А ты запоминай. Есть два типа женщин: одни ценят любое внимание к себе, вторые негодуют и злятся, когда его не получают. Соответственно, способ общения с ними должен быть разным. С первым типом нужно быть внимательным и хорошо слушать, и они все тебе расскажут из благодарности. Со вторым типом метод другой. Вот такой, какой я применил с Тамилой.

Роман недоверчиво уставился на него.

— Какой способ, Тоха? Ты о чем?

Сташис уселся за руль припаркованной рядом с подъездом машины и медленно и аккуратно вывел автомобиль из двора на проезжую часть.

— Когда я разговаривал с Тамилой по телефону, я не знал, сколько ей лет. А по голосу было слышно, что это женщина, привыкшая к мужскому вниманию и включающая флирт на автомате. Потом ты сказал, что ей восемьдесят три года, и я сделал очень простой вывод о том, что привычку быть в центре внимания, особенно мужского, она сохранила, несмотря на почтенный возраст. И если в этом внимании ей отказать, то она костьми ляжет, но добьется, чтобы ее слушали. В нашем с тобой случае она видела, что разговор мне неинтересен, вернее, я сделал все для того, чтобы она так подумала. И Тамила начала рассказывать все более и более любопытные и скандальные вещи, чтобы добиться своей цели. Она хотела заставить меня слушать ее и смотреть на нее. Совершенно подсознательно, разумеется, потому что я как таковой ей ни на фиг не упал. Просто у нее за много лет сложился определенный стереотип поведения. Если бы я вел себя так же, как ты, то есть внимал ей, раскрыв рот и записывая в блокнот всякие факты и имена, то хрена лысого она бы нам столько всего рассказала. Поэтому пришлось изображать из себя равнодушного и невоспитанного. Даже хачапури не попробовал, чтобы из роли не выйти. Они хоть вкусные были?

— Обалденные, — признался Дзюба. — А как определить, к какому типу принадлежит женщина, которую надо расколоть на инфу?

— Научу, — пообещал Антон. — Но не сейчас. Сейчас давай определяться. Из всего, что рассказала Тамила, нас могут интересовать две линии.

— Можно я возьму Аникеева? — попросил Роман. — Мне кажется, это то, что нужно. Там может оказаться целая толпа желающих отомстить.

— Договорились, — согласился Антон. — А я тогда возьму мальчика-танцора, там совершенно точно никакой толпы не будет, так что заранее тебе спасибо, Ромка, за то, что отдаешь обремененному семьей старшему товарищу и наставнику кусок полегче.

— Ну так я же молодой, — рассмеялся Дзюба. — Зеленый сопляк, как вы все меня называете. У меня сил побольше.

Он достал телефон и нашел в активных контактах нужный номер.

— Сейчас пробью этого Аникеева и его семейство. Подбросишь меня в адрес?

— Не вопрос, — кивнул Сташис. — Считай, что это проявление моей глубокой благодарности. Звони давай.

Через пять минут у Дзюбы был адрес, по которому проживала вдова Николая Никитича Аникеева.

* * *

Ключ провернулся в замке только на полоборота, и дверь открылась. Значит, Вардан дома и опять не закрыл дверь изнутри, как полагается. Ну что ты с ним поделаешь! Двенадцать лет парню, уже совсем самостоятельным должен быть, ответственным, а дверь запирать никак не научится.

Грант Артурович Ганджумян снял и аккуратно поставил в деревянную обувницу ботинки, надел домашние тапочки и направился в кабинет, чтобы оставить там портфель с документами. Он чтил порядок во всем. Портфель, даже если совсем пустой, не должен валяться где ни попадя, его место в кабинете, на втором этаже.

На лестнице Грант Артурович чуть не споткнулся: сын опять оставил на площадке сумку со спортивной одеждой и коньками. Вот же странная привычка у ребенка: доносит сумку ровно до середины лестницы и бросает на площадке.

«Наверное, так устает на тренировке, что не может осилить второй пролет с тяжелой сумкой в руках», — с улыбкой подумал Грант Артурович.

Если была возможность, он старался подъехать к Ледовому дворцу и забрать сына после вечерней тренировки. Но возможность бывала не всегда.

Он очень любил своего младшего сына, которого подарила ему Гоар, вторая жена. И имя ему выбрал сам: Вардан в переводе с армянского означает «награда».

Поставив портфель на стол в кабинете, Грант Артурович заглянул в комнату сына. Вардан лежал пластом на диване, глаза закрыты, в ушах наушники, телевизор с огромным экраном работал без звука. Неудивительно, что мальчик не услышал ни как хлопнула входная дверь, ни как отец вошел в комнату. Грант Артурович тихонько тронул сына за руку и потянул шнур наушников. Глаза, обрамленные густыми черными ресницами, моментально открылись, личико Вардана осветилось радостной улыбкой.

— Привет, пап.

— Привет, сын. Ты сегодня рано. Что-то случилось?

— Тренировку закончили на полчаса раньше, — объяснил мальчик. — Там у них собрание какое-то.

— Уроки сделал?

— Днем еще, между тренировками.

— А где мама?

Гоар не захотела сидеть дома, хотя Грант Артурович вполне мог финансово обеспечить неработающую жену: бизнес его процветал и, хотя сверхдоходов не приносил, был достаточно скромным, но зато стабильным и безопасным. Единственное, на чем настаивал Ганджумян, это на неполном рабочем дне: ему хотелось, чтобы к тому моменту, когда он будет возвращаться из офиса, любимая супруга ждала его дома. Сейчас уже почти девять вечера, и непонятно, почему Гоар до сих пор нет.

— Побежала к тете Любе с третьего этажа за красным перцем, она там тебе что-то на ужин готовила, а у нее перец закончился.

Грант Артурович с облегчением перевел дух. Слава богу, ничего не случилось, никаких неожиданностей. Любу с третьего этажа он прекрасно знал и точно так же знал, что быстро Гоар от нее не вернется: если эти две женщины зацеплялись языками, время для них переставало существовать.

Он зашел в спальню, снял и повесил в гардеробной костюм и сорочку, переоделся в домашнюю одежду и вернулся в кабинет. Позвонил Гоар на мобильный.

— Я дома, — сообщил он с улыбкой, услышав испуганный голос жены, которая, вероятно, только теперь поняла, что заболталась с подругой, а муж вернулся домой и ждет ужин.

— Бегу! — выдохнула Гоар.

Опытный Грант Артурович прикинул, сколько времени уйдет у жены на перемещение из квартиры Любы: минут пять она будет охать и сокрушаться, что упустила время возвращения мужа, еще минут пять Люба будет ей советовать, как поступить и что сказать в свое оправдание, потом еще минуты три дамы будут договариваться о чем-нибудь «на завтра» плюс собственно дорога с третьего этажа на пятый. Итого минут пятнадцать как минимум. Вполне достаточно, чтобы включить компьютер и посмотреть почту.

Просто удивительно, какое количество писем успевает набиться в электронный ящик всего за полтора часа, которые человек проводит в дороге с работы домой! Любящий во всем порядок, Грант Артурович всегда, заканчивая работу, просматривал почту. И по приезде домой неизменно обнаруживал кучу новых посланий. Больше половины — ерунда, можно даже не открывать, всякая реклама и информация от фирм, не представляющих для бизнесмена Ганджумяна никакого интереса. Три письма от родственников, которые он открыл и прочитал, а отвечать будет после ужина, не торопясь, с удовольствием, подробно отвечая на их вопросы. Родня у Ганджумяна многочисленная, по всему миру разбросана, и со всеми он ведет оживленную переписку.

Еще несколько писем имели деловой характер, к ним были прикреплены файлы с текстами договоров, проектами, бизнес-планами и предложениями.

И еще одно письмо. Адрес отправителя незнакомый. Грант Артурович прочел короткий текст и нахмурился. *«Вас заказали. Но это можно исправить. Если вы готовы к переговорам, то...»* Далее следовали какие-то мудреные указания, которые Ганджумян даже дочитывать не стал. Такое письмо он получает уже в четвертый раз за последние три месяца. Заказали его! Как же. Так он и поверил. Обыкновенная разводка с целью срубить бабки.

На первом этаже хлопнула дверь, послышались тяжелые торопливые шаги: вернулась Гоар. После рождения Вардана девушка-пышечка сильно располнела, но Гранту это нравилось, и он категорически запрещал жене худеть. Запрет был встречен с энтузиазмом — Гоар любила вкусно покушать.

Он выключил компьютер и спустился ужинать. Стоило ему обнять жену, как настроение, слегка подпорченное анонимным письмом, снова стало превосходным. А поскольку готовила Гоар замечательно, к концу трапезы Грант Артурович Ганджумян о странном письме и думать забыл.

* * *

Вдова Николая Никитича Аникеева, тренера, заподозренного в педофилии и умершего от инфаркта, встретила Дзюбу чрезвычайно нелюбезно.

— Это омерзительная история, которая стоила жизни моему мужу, — резко произнесла она, даже не предложив оперативнику пройти в комнату или хотя бы на кухню.

От нее густой волной исходила темная вязкая ненависть. Широкоплечий Роман топтался в маленькой тесной прихожей и мечтал только об одном: поскорее выяснить все, что нужно, и уйти. Аникеева отвечала коротко и односложно, при этом глаза ее были полны презрения, словно именно он, Ромка Дзюба, был виноват в том, что произошло с Николаем Никитичем.

У Аникеевых двое детей, но они весьма далеки и от спорта, и от Москвы, сын с семьей живет и работает на Дальнем Востоке, дочь замужем за жителем Амстердама, там и проживает. После похорон отца дети в Москву не приезжали. Ученики? Да, конечно, семья тренера — это вторая семья спортсмена, порой даже больше, ведь тренер и спортсмен очень много времени проводят вместе.

— Мы с мужем для некоторых ребят становились почти вторыми родителями, — при этих словах голос Аникеевой немного смягчился. — И некоторые ученики мужа до сих пор частенько навещают меня, помогают, чем могут.

Ну вот, с детьми полный облом, они к убийству Болтенкова вряд ли причастны, зато учениками имеет смысл поинтересоваться более детально. Аникеева, задумавшись о чем-то, назвала четыре фамилии тех, кто чаще всего к ней заходит. Три имени были женскими. Одно — мужским. Гера Марченко.

— Надо же, и мальчик приходит, — Дзюба сделал вид, что сильно удивился. — Обычно девочкам больше свойственно заботиться о своих учителях, не забывать их. Мальчики, наверное, неблагодарные, да?

— Гера очень хороший мальчик, — с теплотой проговорила Аникеева, — всегда старается что-то сделать для меня и, между прочим, приходит ко мне даже чаще, чем девочки. Хотя я всегда ему говорю: ты уже взрослый, тебе пора о девушках думать, на свидания ходить, а ты на меня, старуху, время тратишь.

— На свидания? А сколько же ему лет?

— Двадцать два.

Вот теперь Дзюба по-настоящему удивился. Как это — двадцать два? Год назад, когда случилась эта история, Гера Марченко уже давно не был юниором, а взрослых спортсменов у Аникеева в группе не было и быть не могло.

— Разве Николай Никитич тренировал взрослых?

— Гера давно уже не катается, он бросил спорт в четырнадцать лет, после серьезной травмы, но своего учителя никогда не забывал. У мальчика на редкость преданное сердце, такое в нынешнее время мало у кого встретишь.

«Что правда, то правда, — подумал Роман. — Преданность учителю и вообще явление раритетное, а особенно сейчас и особенно у мужчин. Кажется, этот необыкновенный Гера Марченко — как раз то, что нужно».

— Скажите, пожалуйста, Гера не пытался обсуждать с вами причины того, что произошло с Николаем Никитичем? Может, он обвинял кого-нибудь? — задал он вопрос, который задавать было не нужно.

Но понял это Ромка Дзюба слишком поздно. Наполнявшая маленькую прихожую атмосфера ненависти и презрения из темной и вязкой мгновенно стала перчено-острой.

— Вы сошли с ума?! — Голос Аникеевой сорвался на крик. — Как вы смеете подозревать Геру? Я прекрасно вижу, о чем вы думаете, вся Москва только и говорит об убийстве этого подонка, и вы собираетесь обвинить в этом Геру! У вас ничего не выйдет, так и знайте!

Дзюба попытался отыграть назад, но ничего связного произнести почему-то не смог: под натиском этой немолодой, пылающей яростью женщины он совсем растерялся.

— Вон отсюда!

Аникеева оказалась довольно сильной и не без труда, но все-таки отпихнула Романа в сторону, чтобы громко щелкнуть замком входной двери и демонстративно распахнуть ее настежь.

— И чтобы ноги вашей в моем доме больше никогда не было! И Геру трогать не смейте!

Конечно, нельзя сказать, что он провалил дело, ведь все, что нужно, он узнал. Но настроение все равно было отвратительным.

«Лучше бы я поехал в дом, где живет Ламзин, еще раз прошелся бы по квартирам, поискал свидетеля, который видел, в какой одежде был Ламзин, когда выбегал следом за Болтенковым, — сокрушенно думал Роман, трясясь в маршрутке, которая должна была довезти его до метро. — А вдруг мне повезло бы, и я нашел бы такого свидетеля... Правда, неизвестно еще, какие показания он дал бы: такие, которые сыграют в пользу моей версии, или такие, которые будут на руку следователю. Но все равно это был бы хоть какой-то результат. И есть шанс, что этот результат меня порадовал бы. А теперь... Чувствую себя побитым шелудивым псом, который попытался сожрать хозяйскую пайку, за что и получил по хвосту».

Но Гера Марченко — это хорошо, это перспективно. Может быть... Завтра прямо с утра надо попытаться его разыскать.

* * *

Расставшись с Дзюбой, Антон собрался было вплотную заняться информацией о юноше, занимавшемся танцами и имевшем некоторое отношение к убитому Михаилу Болтенкову, но его внезапно вызвали на совещание следственно-оперативной группы, занимавшейся делом об убийстве Инны Викторовны Ефимовой. Еще несколько часов — псу под хвост! После этого уже не было никакого настроения заниматься работой, и к вечеру майор Сташис весь целиком состоял из злости и раздражения. Поговорив по телефону с няней Элей и узнав, что она может остаться с детьми до утра, он позвонил Лизе и поехал к ней.

Лиза накормила Антона вкусным ужином и с удовольствием слушала рассказ о необыкновенной старой журналистке Тамиле Варламовне. В какой-то момент Антону даже показалось, что Лиза искренне интересуется его работой и вообще всем, что с ним происходит. Такая умная, такая понимающая, такая сексуально привлекательная... Ну что, что не так? Почему он не может сделать последний, решительный шаг? Неужели действительно из-за ее отца, портить отношения с которым Антон считал неправильным? Или дело в чем-то другом?

После ужина решили лечь пораньше, чтобы выспаться.

— Антон, выключи мобильник, — потребовала Лиза, когда он вернулся из душа и собрался было уже забраться под одеяло.

— А если меня будут искать? Время еще не позднее, могут позвонить, — возразил он.

— Все равно выключи. Я не хочу, чтобы нам мешали. Нам все время кто-нибудь мешает, — сердито сказала Лиза. — Ты всем нужен, а я хочу, чтобы ты принадлежал только мне. Ты же знаешь, я дочь сыщика, и мне отлично известно, что такое ваше свободное время. Тебя в любой момент могут дернуть. Мы никогда не можем нормально побыть вдвоем. Иногда мне кажется, что ты поддерживаешь отношения со мной только ради того, чтобы не считаться одиноким бирюком, а на самом деле тебе от меня ничего не нужно, даже постели.

Антон попытался сгладить ситуацию, примирительно улыбнулся.

— Ну, Лиза, прояви мудрость и здравый смысл, у тебя же этого добра так много! Кто может позвонить мне в десять вечера? Только с работы, если что-то действительно срочное. Или Эля, если что-то с детьми. Я не могу допустить, чтобы при таких раскладах меня не нашли. Иди ко мне, — он приглашающе откинул одеяло, — иди, пока никто не позвонил.

И конечно же, именно в этот момент его мобильник и зазвонил.

— Не отвечай, — потребовала Лиза, забираясь под одеяло и крепко прижимаясь к Антону.

Он протянул руку к лежащему на тумбочке телефону.

— Я хотя бы посмотрю, кто это. Вдруг Эля.

— Ладно, если Эля — ответь, но больше никому, слышишь? — В голосе Лизы послышался металл.

Но это оказалась не Эля. На дисплее высветилось имя «Каменская». В принципе, можно и не отвечать, это не с работы и наверняка не срочно. Однако почему-то очень не хотелось поступать так, как просит Лиза. И даже не просит, а требует. Не то дух противоречия, не то самолюбие... Да фиг его знает, что именно! Не станет Антон идти у нее на поводу, не станет — и все!

— Слушаю вас, Анастасия Павловна, — сухо произнес он в трубку.

Ничего нового он не услышал, поскольку уже знал от Ромки, что Каменскую нанял адвокат Кирган. Анастасия произносила какие-то обязательные правильные слова о том, что не собирается мешать или ставить палки в колеса, что она высоко ценит профессионализм Антона Сташиса, что открыта для любого сотрудничества и что об их совместной работе два с лишним года назад у нее остались самые приятные воспоминания. Отвечал он холодно и сдержанно, короткими, ничего не значащими репликами, и по ее тону и словам понимал: она чувствует его неудовольствие.

«Чем я, собственно говоря, недоволен? — сердито думал Антон, положив трубку и устраиваясь на подушке поудобнее. — Или я, наоборот, радуюсь, что Каменская тоже в этом деле? Не пойму сам, злюсь я или нет. И вообще, не пойму, что целесообразно в этой ситуации: злиться или радоваться? Нет порядка в мыслях, нет порядка в эмоциях, внутри хаос какой-то...»

— Это Каменская звонила, что ли? Тетя Настя? — спросила Лиза.

Он молча кивнул.

— Насчет меня? Вправляла тебе мозги, что ты не должен на мне жениться?

Антон приподнялся на подушке и с изумлением посмотрел на нее.

— С чего ты взяла? И вообще, разве она в курсе?

— А как же! Она же у моего папы работает в конторе. Папа ее уже на меня натравливал, она со мной провела душеспасительную беседу. Теперь на тебя науськал, да? Но ты молодец, держался как кремень, не оправдывался, ничего не объяснял, только «да», «нет», «я понял». И правильно, не нужно вдаваться ни в какие объяснения, мы с тобой все равно сделаем так, как захотим, правда же?

Лиза ласковой кошечкой ластилась к нему, целовала в плечо и шею, и на некоторое время Антон отвлекся от своих растерянных размышлений. В какой-то момент даже мелькнула в голове мысль: «А и правда! Наплевать на чужое мнение. Сделаем так, как сами захотим!»

Однако то самое «некоторое время» в конце концов миновало, и он снова, обнимая Лизу, почувствовал, как накатывает плохое настроение. И связано это было вовсе не с Каменской. Лиза, уверенная, что Анастасия Павловна звонила по просьбе отца, все пыталась выяснить, что именно она сказала Антону, и каждый ее вопрос вызывал в нем все большее раздражение. Да какая Каменская! У Лизы только одна проблема: выйти замуж за Антона. А у Антона проблема совсем другая, причем еще и не одна.

Он все время возвращался мыслями к тому, как его сегодня отчитывал руководитель следственно-оперативной группы, занимающейся делом об убийстве Инны Ефимовой. Антон даже не успел еще заикнуться о своих подозрениях в части поджога дома Маклыгиных, как руководитель группы жестко сказал: эта версия — пустое, незачем тратить на нее время, это было давно. И чтобы Сташис не смел дергать следователя и оперов из Раздоров и отнимать у них время пустыми подозрениями.

Быстро сработали! С того дня, когда Антон приходил поговорить со следователем, который вел дело о пожаре, прошло совсем немного времени, а тот уже успел своему руководству наябедничать, и руководство уже спустило команду «не трогать», а если кто тронет, тому руки укоротить. Ну понятное дело, начальство у того следователя тоже в доле, иначе и быть не может, учитывая, как быстро все случилось. Если бы следак взял у Ефимовой взятку, минуя свое начальство, то сейчас ему потребовалось бы куда больше времени, чтобы организовать наезд на непонятливого опера с Петровки.

Нет, не была жадной покойная Инна Викторовна, вон как расщедрилась, всем «занесла», даже экспертам. И операм. А вот про участкового забыла. Обделила парня. И плачевный результат, как говорится, налицо.

* * *

После возвращения от Аллы Владимировны в пятом часу утра Ольга Виторт рухнула на кровать, не раздеваясь, проспала всего два часа и пришла на работу с синяками под глазами. Она засыпала на ходу, сосредоточиться на рабочих вопросах удавалось с огромным трудом. Девушки-менеджеры делали вид, что ничего не замечают: знали, что их начальница Лара Крофт терпеть не может говорить о своих проблемах и не нуждается в сочувствии. И только один человек, Володя, дождавшись, когда девочки убегут обедать, спросил, что случилось.

К нему у Ольги отношение особое, поэтому она снизошла до ответа:

— Приятельница позвонила ночью и попросила приехать. Пока доехала, пока побыла с ней, пока вернулась... Ничего страшного, обычное дело.

— Обычное? — удивился Володя. — Так если обычное и никакой катастрофы, неужели нельзя было отказать? Или подождать до утра? Она что, не понимает, что после ночи наступает рабочий день? Что за бесцеремонность? Впрочем, если кто-то с тобой так обращается, значит, ты сама позволяешь так с собой поступать.

Разумеется, Ольга тут же кинулась защищать и выгораживать Аллу Владимировну, находя множество оправданий ее поведению:

— Ты не знаешь ничего! Это очень несчастная женщина, у нее все нервы истрепаны, она недавно мужа похоронила, а до этого вообще жила как в аду. Муж очень плохо с ней обращался, унижал, буквально ноги об нее вытирал. А теперь она осталась совсем одна, страдает от одиночества, не может его переносить. Плохо ей, понимаешь? И не могу я ее оставить без поддержки, если она просит приехать. Не по-человечески это.

— Ну, вообще-то, если муж с ней действительно плохо обращался, то она сейчас радоваться должна и расцветать, а не страдать, — заметил менеджер Володя. — Он что, бил ее? Или у нее на глазах других баб в дом водил? Или что?

Ольга вздохнула. Вот ведь примитивные представления у этого Володи! Бить и изменять — это плохо, порицаемо, все остальные варианты поведения вполне допустимы и не могут расцениваться как плохие.

— Он, например, заставлял ее думать, что она глупая, забывчивая, профессионально непригодная. Сам врал, сбивал с толку, а потом внушал, что она забыла, потому что старая уже и ни на что не годится.

— А-а-а, — понимающе протянул менеджер. — Знакомая история. Плавали, знаем.

— Ты о чем? — удивилась Ольга.

— Так кино такое было, называется «Газовый свет», сто лет назад еще. Распространенный прием манипулирования людьми, что в семье, что на работе.

— «Газовый свет»? Не смотрела. Даже не слышала о таком.

Володя молча кивнул и уткнулся в свой компьютер. Ольга прошла за выгородку, включила компьютер и ввела в поисковую строку название фильма. Результат ее немало озадачил: «Газовый свет» режиссер Джордж Кьюкор снял аж в 1944 году. То есть получается, что тихий и ничем не примечательный менеджер Володя ссылается на фильм, созданный за много десятилетий до его рождения. Даже если он и был в советском прокате, то наверняка в те годы, когда парень его посмотреть еще не мог. Странно... Откуда Володя вообще знает про этот фильм? Как-то не похоже, что у него есть в этой жизни какие-то интересы, кроме тех, о которых Ольге прекрасно известно.

— Интересуешься старым американским кино? — спросила она, подойдя к его столу.

— Поневоле. — Володя усмехнулся и кивнул. — Моя мама этим занимается профессионально, вот я и приобщился. Между прочим, ценная вещь — эти старые голливудские фильмы. Мне поначалу казалось, что это жуткое старье и ветошь, а потом всмотрелся, и даже стало нравиться. Во всяком случае, сделаны они стопудово добротнее и профессиональнее, чем то, что сейчас снимают.

Почему-то слова менеджера Володи задели ее, она весь день помнила их и твердо вознамерилась вечером скачать фильм из интернета и посмотреть. К концу рабочего дня сонливость вроде бы ушла, Ольга стала пободрее.

Вернувшись домой, она заварила себе крепкого кофе, насыпала в вазочку горку сладкого печенья и уселась за компьютер. Однако поисковик выдал не только ссылки на информацию о фильме и возможности просмотра, но и на странное слово «газлайт», образованное, как выяснилось, из транслитерации английского названия «Gas Light» — «Газовый свет». Новый термин использовался в психологии для описания определенного вида домашней тирании, направленной на понижение и в конечном итоге уничтожение самооценки жертвы и ее самоидентификации.

Забыв и про сон, и про намерение посмотреть фильм, Ольга принялась читать все подряд, копаться в ссылках на литературные источники, вникала в научные статьи, залезала в какие-то разветвленные обсуждения...

Оказывается, то, что происходило в семье Аллы Владимировны, не только происходит во множестве других семей, но и имеет свое название и даже описано в научных трудах. И существуют хорошо продуманные способы и методы, рекомендованные психологами: как распознать газлайтера и как ему противостоять, чтобы не допустить саморазрушения. Ах, если бы эти знания попались ей раньше, пока еще был жив муж Аллы Владимировны! Теперь уже ничего не поправишь...

Особенно больно резанула Ольгу фраза: «Помочь человеку может только другой человек». Кто же еще мог помочь Алле, если не ее преданная поклонница и фанатка? А она все упустила... И нет ей, Ольге Виторт, прощения.

Она продолжала перелопачивать интернет в поисках ответа на вопрос: можно ли что-то сделать сейчас, можно ли как-то исправить, восстановить то, что разрушено? Ведь только сейчас Ольге стало понятно, для чего судьба преподнесла ей такой подарок, дав возможность быть рядом с обожаемой Аллой Томашкевич. Ее миссия — спасти актрису, своего кумира, помочь ей. Но как? Как?

Ольга углублялась в научные и научно-популярные статьи все дальше и дальше, пока вдруг не натолкнулась на материалы о невротической любви как проявлении «постгазлайтинг-стресса». Вот оно! Каждое слово казалось ей списанным с ее сегодняшних отношений с Аллой Томашкевич, словно кто-то ходил по пятам, слушал, подсматривал и безжалостно фиксировал каждое слово, каждый взгляд, каждый поступок.

В актрису Аллу Томашкевич Ольга влюбилась, когда была еще совсем маленькой. Алла Владимировна сыграла роль Волшебницы в популярном детском фильме и показалась десятилетней Оле ангелом красоты и доброты. Девочка вырезала ее фотографии из всех газет и журналов, где находила, и вклеивала в альбом. И все ждала, когда же Томашкевич еще покажут в кино. Тот детский фильм часто показывали по телевидению, но больше никаких новых фильмов с участием этой актрисы не появлялось.

Лет в пятнадцать–шестнадцать Ольга узнала, что Алла Томашкевич играет в театре, и с тех пор стала регулярно ходить на спектакли с ее участием. Спектаклей было немного, а самой Томашкевич в них — еще меньше, ни одной главной роли, только вторые-третьи. Но Оля старательно копила денежки и на каждый спектакль приходила с цветами: когда с букетом, а когда и с одним цветком — по возможностям.

На рубеже двухтысячных пышно расцвел интернет, и вот тут Ольга, уже студентка, получила возможность вступить в контакт со своим кумиром. Она стала писать восторженные отзывы на спектакли, в которых была занята Алла Владимировна, непременно при этом уделяя особое внимание самой актрисе и задавая один и тот же вопрос: почему такую замечательную артистку совсем не снимают в кино? Ответ был, к сожалению, прост и банален: крупная и статная в юности, снявшаяся в роли Волшебницы в двадцать четыре года, Алла Томашкевич к тридцати годам сильно располнела, и играть в кино ей было просто нечего. Все героини — молодые и стройные красавицы, чему она не соответствовала фигурой, хотя лицо было по-прежнему гладким и красивым, а их матерей она еще по возрасту не могла играть. О роли Волшебницы из детского фильма все давно забыли, а на крохотных проходных ролях в театре ее трудно было заметить.

Алла Владимировна жила во вполне счастливом браке, вместе с мужем, директором научно-исследовательского института, растила сына. Работы в театре было совсем мало, поэтому она вела домашнее хозяйство и была примерной женой и образцовой матерью.

И вдруг в одночасье все изменилось: ее пригласили на роль возрастной героини в дешевый, но очень многосерийный фильм. По замыслу создателей героиня должна была быть красивой, моложавой, но очень полной, и весь фильм старательно худела, и хотя успеха в улучшении фигуры не достигла, зато встретила свою вечную любовь в лице врача-диетолога. И, кроме Аллы Томашкевич, других подходящих кандидаток на роль просто не нашлось: она идеально соответствовала замыслу сценаристов и режиссера и возрастом, и внешностью, при этом не была звездой, то есть (что очень важно!) не запросила бы чрезмерных гонораров. А ведь съемочных дней у главной героини много, и именно ее гонорарами в значительной части определяется бюджет сериала.

Через месяц после начала показа сериала Аллу Томашкевич знала вся страна, к ней начали подходить на улице за автографами, а в магазинах пропускали к кассе без очереди. Приглашения сниматься посыпались одно за другим, и Алла Владимировна, истосковавшаяся за двадцать лет творческого простоя по актерской работе, ни от каких ролей не отказывалась, даже от маленьких, даже при очень плохих сценариях и откровенно слабых режиссерах. Она без конца ездила то в Украину, то в Беларусь — сериалы чаще всего снимали именно там, используя прекрасные производственные мощности и высокопрофессиональный персонал Киностудии имени Довженко и Беларусьфильма. Дома она бывала все меньше и меньше, а славы и денег становилось все больше и больше.

У нее появился персональный сайт в интернете, на котором можно было оставить ей личное сообщение, чем немедленно и воспользовалась Ольга Виторт. Очень скоро и совершенно неожиданно для себя Ольга получила короткий, но вполне дружелюбный ответ от актрисы, робко написала еще раз, боясь поверить своему счастью, и уже через месяц они вступили в активную переписку, а через два — встретились и познакомились лично, или, как принято говорить, «в реале». Оказалось, что Алле Владимировне постоянно нужна помощь во всяких мелких заботах, начиная от оплаты счетов за коммунальные услуги и заканчивая обновлением сайта в интернете, и Ольга с радостью вызвалась делать для нее все, что сможет. Отвозила на вокзал и в аэропорт и встречала, выполняла различные поручения, сопровождала на презентации фильмов, в которых снималась Томашкевич, ухаживала за актрисой, когда той нездоровилось, искала по всей Москве строителей, когда Алла решила, что на даче пора сделать ремонт, потом этим ремонтом и занималась, сдав работу хозяйке «под ключ». Ольга Виторт стала незаменимой помощницей, опорой и поддержкой своему кумиру.

А потом мужа Аллы Владимировны «попросили на пенсию». И он, только еще вчера всесильный директор огромного института, разъезжающий на персональной машине с водителем, сегодня стал никем. Никому не нужным и очень быстро всеми забытым. А вот его супруга была ох как нужна и востребована.

Все началось с брюзжания по поводу заброшенного домашнего хозяйства, и Алла Томашкевич относилась к замечаниям мужа со смехом, полагая, что все это — только невинные шутки. Не может же такой умный человек не видеть, сколько она работает, сколько зарабатывает и как устает! Не может все это быть всерьез! Она не заметила, как замечания постепенно переросли в придирки, а придирки — в претензии.

Далее последовала жесткая и нелицеприятная критика творческой деятельности Аллы, которая тоже довольно быстро прошла путь от легкой иронии до сарказма и перешла в прямые оскорбления. Муж не мог смириться с тем, что они поменялись ролями: раньше он был успешным во всех отношениях и обеспечивал семью, а теперь он сидит дома, никому не нужный, а его жена — звезда экрана и добытчица пропитания. Если звонит телефон — то это звонят не ему, а ей, а ведь прежде все было наоборот. И в день ее рождения дверь в квартиру не закрывается — один за другим курьеры доставляют букеты и корзины с цветами и пакеты с подарками. А раньше именно он дня по три-четыре подряд возил с работы коробки с подарками и букеты, преподнесенные ко дню рождения: институт большой, все хотели прогнуться перед директором, да и коллеги из других институтов уважали.

С таким положением пенсионер смириться не смог и начал планомерно задавливать талантливую и успешную супругу, принижая ее достижения и раздувая до мегаразмеров любой недостаток или случайный промах. Рядом с женой, которая мало того что бездарна, но еще и вечно во всем виновата и вообще полная дура, он начинал чувствовать себя более значительным.

Особенно поражало Ольгу его коварство. Частенько он говорил жене, когда та учила роль:

— Давай помогу. Дай мне сценарий.

Доверчивая Алла протягивала ему текст и начинала декламировать реплики. Муж одобрительно кивал, водя глазами по строчкам, потом в какой-то момент поправлял.

Алла машинально повторяла за ним «исправленный вариант», шла дальше, потом останавливалась и озадаченно говорила:

— Но так не может быть... Получается нелогично. Должно быть именно так, как я сказала в первый раз.

И повторяла свой первоначальный вариант.

Муж недовольно морщился:

— Ты не так сказала! Ты сказала... А здесь написано вот так, и я тебя поправил!

Они вступали в пререкания, итогом которых во всех случаях без исключения становился вывод: Аллу подводят память и внимание и она профессионально несостоятельна. Муж всегда оказывался прав. А Ольга, которая как истинная фанатка обязательно читала сценарии всех фильмов, в которых снималась Алла Владимировна, и хранила присланные по электронной почте тексты в своем компьютере, каждый раз перепроверяла отрывки, ставшие предметом спора, и с ужасом убеждалась, что Алла была права.

Зачем он так поступает? Зачем? Ведь Алла Владимировна все правильно запомнила и сказала, а он ее поправил, потом сбил с толку и внушил, что она перепутала... И снова Ольга долго набиралась храбрости поговорить об этом с Томашкевич.

В ответ услышала:

— Ну что ты говоришь, деточка! Он прав, я действительно сбилась и ошиблась...

— Но он не прав! — горячо убеждала ее Ольга. — Я же следила за текстом, я видела своими глазами! Давайте я сама буду вам помогать учить роли.

Актриса устало вздохнула.

— Олюшка, девочка моя, ему очень трудно привыкнуть к своему новому положению, ему горько ощущать собственную бесполезность, вот он и старается быть полезным. Он же сам предложил помочь мне, значит, он хотел что-то сделать для меня. И если я начну и в этом прибегать к твоей помощи, то он почувствует себя совсем уж никому не нужным.

— Но он же вас обманывает! Вы все правильно говорите, а он вас сбивает и путает!

— Он не обманывает, — покачала головой Алла Владимировна, — он просто хочет быть полезным. Вот заметить ошибку и исправить — это реальная польза. И он находит ошибку. Даже если ее на самом деле не было. Я играю по его правилам. Потому что больше ничем не могу ему помочь. Я же не могу бросить работу и снова превратиться в домохозяйку, чтобы ему было легче справляться с ущемленным самолюбием. На одну его пенсию мы не проживем. И потом, он во многом прав, я не молодею, память уже не такая, как была когда-то, и учить роли мне становится все труднее. Я действительно многое забываю и путаю.

Ольга Виторт была девушкой умной и тонкой, ей два раза повторять не приходилось. Она отчетливо уловила нежелание Аллы Владимировны критиковать любимого мужа, поэтому больше на эту тему не заговаривала. В конце концов, все это — личная жизнь самой Аллы, и лезть в нее Ольга не собиралась.

После показа каждого нового фильма с участием супруги муж подвергал ее работу самому уничижительному разбору, который заканчивался одним и тем же выводом:

— Какой идиот придумал, что тебя вообще можно снимать в кино! Играла себе тихонечко в своем заштатном театрике — и никто тебя не видел и не слышал, там крупных планов нет. А в кино вся твоя бездарность налицо. Когда тебе наконец надоест позориться на всю страну? На тебя же невозможно смотреть!

Ольгу он не стеснялся, давно привык к ней и считал практически членом семьи, поэтому многое говорил прямо в ее присутствии. И Ольга каждый раз вздрагивала, видя, как поникают плечи у Аллы Владимировны и на губах появляется виноватая улыбка. Она не понимала, почему Алла не отвечает мужу резко и агрессивно, почему не сопротивляется его давлению, почему терпит все это безобразие. Однажды она набралась смелости спросить и услышала в ответ: «Я его люблю». Больше Ольга об этом не спрашивала. Любовь штука такая... Что тут скажешь?

А Алла Владимировна добавила упавшим голосом:

— И что уж тут скрывать — он прав. Я далеко не великая актриса. Просто крепкая поденщица, очень крепкая. Но все равно ремесленница. Великого таланта мне не дано.

Ольга с этим была категорически не согласна, но все ее доводы, все восхищенные слова и похвалы натыкались только на усмешку Аллы:

— Просто ты добрая хорошая девочка и искренне любишь меня, поэтому не видишь объективной реальности. А он прав.

В прошлом году муж внезапно умер, сердце подвело. И Ольга Виторт стала для Аллы Томашкевич самым близким и самым необходимым человеком.

Итак, муж Аллы Владимировны решал проблемы поднятия собственной самооценки путем унижения и уничтожения того, кто рядом, то есть своей жены. И, оставшись одна, Алла попыталась «подлечить» свою разрушенную самооценку за счет привлечения к себе абсолютной любви. Составилась, таким образом, невротическая цепочка «Муж — Алла — Ольга»...

Ей стало неприятно и почему-то даже стыдно. Возникло мерзкое ощущение, что ее использовали. Ведь она давно уже замечала, что иногда просьбы и требования Аллы Владимировны носили странный или чрезмерный характер. Но Ольга искренне считала, что гений имеет право на «тараканов», и «им, гагарам, недоступно» понимание, как гении думают, чувствуют и переживают.

Алла могла, например, позвонить ей в три часа ночи:

— Олюшка, приезжай, пожалуйста, мне так плохо...

Ольга выскакивала из постели, быстро одевалась, прыгала в машину, неслась через весь город, приезжала — и заставала вполне идиллическую картину: Алла Владимировна сидит в пеньюаре и раскладывает пасьянс.

— Что-то я после съемок заснуть не могу, — говорила она как ни в чем не бывало. — Посиди со мной, сделай мне чайку.

Через полчаса Алла Владимировна начинала зевать и отсылала Ольгу.

Конечно, такие вещи Ольгу задевали, но она уговаривала себя, что принесла реальную пользу, откликнулась на призыв, человек не почувствовал себя одиноким и брошенным. А то, что Алла Владимировна поступила эгоистично, вытащив работающую женщину посреди ночи, так она гений, имеет право.

* * *

С самого утра Дзюба отправился по месту жительства Валерия Петровича Ламзина. На быстрый результат, тем более положительный, он не рассчитывал, потому что поквартирный обход — дело муторное и долгое, требует нескольких дней. Если, конечно, делать все по уму и не оставлять без внимания ни одного человека, который в интересующее следствие время находится в этом доме. Где-то двери открывают, где-то — нет. А там, где открывают, зачастую говорят:

— В тот день мы все были дома, но сейчас никого, кроме меня, нет.

Вот и получается, что дверь вроде бы открыли, а потенциальный свидетель все равно не опрошен. Еще бывает, что говорят:

— У нас в тот вечер были гости...

И, опять же, если по уму, надо всех этих гостей установить, найти и опросить. Мало ли, как могло получиться... Может, то, что интересует оперативников, видел как раз гость, а вовсе не хозяин жилища.

Короче, ни на что особенное Роман не рассчитывал, просто добросовестно обошел все квартиры, находящиеся ниже квартиры Ламзина, уныло констатировал, что вернуться сюда придется еще не один раз, и отправился к Гере Марченко, адрес которого ему к обеду уже нашли.

— А Гера в больнице, — деловито сообщила Дзюбе девушка лет восемнадцати. — У него же опять нога.

— И давно? — с надеждой спросил Роман.

Ему так хотелось услышать, что Марченко находится в больнице совсем недавно, всего несколько дней...

— Второй месяц уже, — ответила девушка.

Но он все еще продолжал надеяться. Во-первых, вдова Аникеева утверждала, что Гера не ходит на свидания, из чего можно было сделать вывод, что с личной жизнью у него «пусто-пусто», а тут девушка, да в его квартире... Значит, Аникеева ничего толком о самом Гере не знает. И если у него и были какие-то нехорошие побуждения, то о них она тоже вполне может не знать. А во-вторых, люди, которые так долго лежат в больнице, очень часто имеют возможность свободно передвигаться. Острый период давно миновал, идет восстановление, реабилитация, больной на ногах, ходячий, и при множестве заболеваний человек в такой ситуации вполне может куда-то отлучиться из палаты. Причем надолго. И особенно в вечернее или ночное время.

— А вы ему кто? — поинтересовался Дзюба. — Невеста?

— Да вы что! — фыркнула девушка. — Какая невеста? У Геры вообще нет невесты. Я его сестра.

Не сошлось... Но это ничего, подбодрил себя Роман, не сошлось только в одной позиции, есть еще вторая. Выяснив у девушки, в какой больнице находится ее брат, Дзюба отправился в институт травматологии.

Однако и здесь его ждала неудача. Гера Марченко, бывший ученик Николая Никитича Аникеева, лежал на вытяжке. Не могло быть и речи о том, чтобы встать и дойти хотя бы до туалета, не говоря уж о поездке в другую часть города и возвращении назад. Нет, быть исполнителем убийства Михаила Болтенкова этот парень никак не мог. Но все равно имело смысл с ним поговорить.

— Как ты думаешь, мог кто-нибудь из бывших учеников Аникеева попытаться отомстить за смерть своего тренера?

Гера задумался, потом смущенно улыбнулся.

— Вряд ли.

— Почему? Откуда такая уверенность?

— Ну, смотри: те, кто тренировался у Никитича в тот момент, когда все случилось, еще совсем дети, их отбрасываем сразу. Те, кто ушел из спорта давно, про Никитича вообще забыли, им по барабану.

— Но ты же не забыл, — заметил Дзюба.

— Ну, я... Я — это не пример, — Гера смутился еще больше. — Те, кто ушел от Никитича, но не ушел из спорта и продолжает кататься у других тренеров, тоже в мстители не годятся.

— Почему? — настойчиво повторил свой вопрос Дзюба.

— Потому что спортсмены вообще не по этой части, пока они в активном спорте. У нас все мозги заточены только на катание, мы почти ни о чем другом думать не можем. Ты пойми, отсев происходит постоянно, фигурное катание — занятие тяжелое, травматичное, нагрузочное очень. И те, кто не может это выдержать или у кого способностей нет, уходят со льда рано. Если человек продолжает тренироваться в восемнадцать-двадцать лет, то это уже спорт высших достижений, а там объем тренировок такой, что хорошо, если вообще дышать успеваешь. В голове почти ничего нет, кроме льда и коньков. Знаете, как фигуристы сами про себя говорят? «Мы учимся писать ногами, а читать вообще ничем не учимся».

— Ты все время говоришь «мы, нас», — заметил Роман. — Но ведь ты давно не катаешься.

— Ну и что? — спокойно ответил Марченко. — Я все равно рядом, я же со всеми ребятами отношения поддерживаю. Со всеми, с кем вместе катался. Так что я полностью в теме.

Прежде чем окончательно признать поражение на линии «Гера Марченко и месть за травлю Аникеева», Дзюба зашел поговорить к лечащему врачу Геры. Тот подтвердил, что парень ни при каких обстоятельствах не мог никуда выйти ни вчера, ни неделю назад, ни даже две недели назад.

Роман вздохнул, зашел в ближайшую забегаловку, быстро поел и отправился назад, в дом, где жил арестованный по подозрению в убийстве Валерий Петрович Ламзин.

* * *

Подавая следователю Баглаеву ходатайство о допросе двух новых свидетелей — вдовы Николая Никитича Аникеева и его ученика Геры Марченко, адвокат Виталий Кирган на успех особо не рассчитывал. И оказался прав.

— О чем эти лица могут дать показания? — недовольно осведомился Тимур Ахмедович. — Они могут подтвердить алиби Ламзина? Или они видели своими глазами, кто стрелял в потерпевшего?

— Не то и не другое. Они могут рассказать об очень некрасивой истории, главным героем был как раз наш потерпевший, Михаил Болтенков. И есть люди, которые очень хотели бы отомстить ему.

— Уважаемый... — следователь поискал глазами визитку Киргана, которую засунул куда-то между страницами настольного ежедневника, — Виталий Николаевич, по этой земле ходят сотни, если не тысячи людей, которые имеют основания не любить и меня, и вас. Некоторые из них хотели бы, вероятно, свести с нами счеты. Но у меня нет никаких оснований допрашивать их о чем бы то ни было.

— Не готов с вами согласиться, — быстро возразил Кирган. — У нас есть потерпевший. И есть версия о том, что он был убит из-за личных неприязненных отношений. Вы рассматриваете только один-единственный конфликт с участием Болтенкова, я же пытаюсь доказать, что таких конфликтов, даже, может быть, более серьезных, достаточно много, и предлагаю следствию рассмотреть и другие версии тоже. Болтенков ложными обвинениями в педофилии довел до смертельного заболевания тренера Аникеева. И я вношу ходатайство о допросе вдовы Аникеева, а также его ученика, который остался предан семье своего тренера и постоянно общается с вдовой.

Кирган знал, что получит отказ. Но ему важно было посмотреть, в какой форме и каким тоном это будет сделано.

— Хорошо, — кивнул Тимур Ахмедович, — давайте ходатайства, я рассмотрю их, как положено, в трехдневный срок и вынесу решение. Но, уважаемый Виталий Николаевич, буду беречь ваше время и силы, поэтому говорю сразу: я вынесу решение об отказе. Ваше ходатайство удовлетворено не будет.

Кирган, подавая следователю по два экземпляра ходатайств, грустно улыбнулся и покачал головой.

— Как сказал бы незабвенный Юлиан Илларионович Меринг, «однако, плюха». Жаль, жаль, что мы не достигли в данном вопросе взаимопонимания.

Глаза Баглаева внезапно блеснули, скучное лицо оживилось.

— Он вам тоже читал? Удивительный старик! Говорят, все еще выходит в аудиторию.

Юлиан Илларионович Меринг, старейший профессор юрфака, читавший курс истории государства и права, был стариком с отменным чувством юмора и постоянно украшал свои лекции цитатами из Островского, пьесы которого знал, наверное, наизусть. Его пленяла музыка бытовой речи девятнадцатого века, и многие словосочетания, употребленные не единожды, прочно осели в головах у студентов.

— Читал, читал, — подтвердил адвокат. — У меня с тех пор самым любимым выражением осталось «наши обстоятельства в упадке». Как раз к случаю, вы не находите?

— Нахожу, — лицо Баглаева снова стало скучным и серьезным.

По одному экземпляру каждого ходатайства он положил в дело, на вторых поставил свою подпись и вернул адвокату.

— Не пытайтесь склонить меня на свою сторону упоминанием о наших с вами преподавателях. И если уж вспоминать цитаты, наиболее часто употребляемые уважаемым профессором Мерингом, то я приведу ту, которую каждый студент слышал хотя бы раз, в основном во время зачетов и экзаменов: «Меня не то что уговорить — в ступе утолочь невозможно». Надеюсь, помните?

— Помню, — рассмеялся Кирган. — Заодно хотел спросить: что это вы меня совсем не вызываете? Неужели никаких следственных действий с участием моего подзащитного не проводится?

Вопрос был риторическим: Виталий Николаевич исправно посещал Ламзина в следственном изоляторе и прекрасно знал ответ. Но опять же, надо прощупать почву.

— Будет необходимость — вызову, — сухо ответил Тимур Ахмедович. — Пока такой необходимости не возникало. Проводятся оперативные мероприятия.

— А ознакомление с заключениями экспертов? По гильзе, по одежде. Неужели еще не получили?

— Заключения есть, — не стал скрывать следователь, — но без исследовательской части, только выводы. Вы должны понимать, что подготовка полного текста заключения, с которым я обязан ознакомить вашего подзащитного, требует немалого времени. Вот когда все будет готово — милости прошу.

— Понял, — весело проговорил адвокат. — Значит, нет?

— Значит, нет, — твердо сказал Баглаев. — У вас все?

— На сегодня — да. Засим разрешите откланяться.

Настроение у Киргана ничуть не испортилось. Отказ следователя в удовлетворении ходатайства адвоката — дело настолько обычное, что иногда даже удивляет, если происходит наоборот. Ромка Дзюба — парень толковый, с хваткой, и если он сказал, что реальных кандидатов на роль мстителя по конфликту между Болтенковым и Аникеевым нет, то нечего и огород городить, версия эта, вероятнее всего, тухлая. Однако из короткого разговора со следователем Виталий вынес немало полезного для себя. Во-первых, Баглаев как-то особенно трепетно чтит уголовно-процессуальный закон. Во-вторых, он не стремится показать, кто здесь главный, а кто так, на паперти с протянутой рукой. В-третьих, Тимур Ахмедович явно не из тех, кто пытается создать видимость активной работы над уголовным делом и при отсутствии реального движения набивает «корки» многочисленными документами, от которых ни холодно ни жарко, но зато у дела вид солидный, и сразу понятно, что следователь не баклуши бьет, а землю носом роет вместе с операми. Если начальство спросит — как говорится, «есть что не стыдно показать». В-четвертых, он не склонен к панибратству и к сокращению дистанции по любому поводу. В-пятых, у него хорошая память. И в-шестых, ему явно не чужд вкус настоящего русского языка. Блеск в глазах следователя и оживление при упоминании цитат из Островского говорили об этом совершенно однозначно. Ну что ж, информации вполне достаточно, чтобы в дальнейшем выстраивать отношения более продуктивно.

* * *

Молодой высокий широкоплечий мужчина разбежался и без труда перемахнул через забор, огораживающий сдвоенный участок в поселке Раздоры. Работы по ночам не ведутся, прораб строго соблюдает правила: после 23 часов шума быть не должно. Конечно, на противоположной стороне участка стоит бытовка, в которой ночует сторож, но он особо не напрягается: красть тут пока еще нечего, портить тоже, до завоза дорогих отделочных материалов дело пока не дошло.

Мужчина медленно шел по участку, пока не дошел до того места, где когда-то стоял дом Маклыгиных. Вот здесь... Вот на этом самом месте он попрощался с девочкой, которую знал с самого ее рождения. Он, Юрка Шокин, и его закадычный дружок Игореха жили на одной улице в маленьком провинциальном городе, ходили в один детский садик, потом учились в одном классе и все десять лет сидели за одной партой. Когда у Игорехи родилась сестренка, она стала их общей сестренкой. Родители у Игорехи труженики великие, оба вкалывали на двух, а то и трех работах, чтобы в семье было все необходимое, чтобы дети ни в чем не нуждались. Девочку часто поручали попечению старшего брата, а на самом деле — и Юркиному тоже, потому что парни встречались рано поутру и расставались только тогда, когда родители загоняли спать. Все вместе: и малышку в ясли, и уроки, и в футбол поиграть, и в детскую кухню за смесями, и в гараже что-нибудь мастерить, и пеленки в стиральную машину засунуть... С памперсами в их городе было напряжно, частенько не хватало, вот и приходилось старым дедовским методом, благо старые Игорехины, да и Юркины пеленочки, многократно стиранные и глаженные и оттого мягонькие, в семьях сохранились.

Девочка росла слабенькой, была маленькой и худенькой, много болела, и мальчишки опекали ее, защищали, никому в обиду не давали. А она, словно пытаясь компенсировать невозможность гулять и бегать с подружками, целыми днями сидела за книжками, училась лучше всех в классе. Еще в детском саду воспитательница частенько усаживала всю группу в кружок, давала Игорехиной сестричке книгу и велела читать детям вслух, а сама бегала на кухню попить чайку и поболтать с поварихами и нянечками, а то и в магазин смотаться успевала или даже в находящейся в этом же здании поликлинике врача навестить. Читала девочка в пять лет бегло и с выражением, малыши слушали ее, раскрыв рот и сопереживая злоключениям Элли, Тотошки и их друзей в поисках Изумрудного города или Оли и Яло, попавшим в Королевство кривых зеркал. Книги были старыми, но на приобретение новых, написанных для детей в последнее десятилетие, у детского садика денег не было, пробавлялись тем, что приносили родители и бабушки с дедушками.

Школу сестра Игоря закончила, само собой, с медалью и с огромной кипой грамот за победы в областных олимпиадах по разным гуманитарным предметам. К этому времени Юрка Шокин уже давно получил права и гонял фуры, встретил хорошую девушку, москвичку, женился на ней и спокойно и счастливо жил в семье родителей жены, замечательных и добрых Павла Анатольевича и Валентины Яковлевны Маклыгиных, которые приняли зятя как родного. И тут позвонил Игореха: сестра хочет поступать в институт в Москве. Попросил Юрку узнать, есть ли в этом институте общага и дают ли там места абитуриентам.

Юрка, само собой, первым делом обратился к тестю с тещей за советом, но Валентина Яковлевна тут же руками замахала.

— Что ты, что ты, Юрок, какая общага! Даже если она в этом институте и есть, то какие там условия для подготовки к экзаменам? Да, у девочки медаль, но все равно как минимум один экзамен сдавать придется. Знаю я эти студенческие общаги, туда коменданты за деньги кого только не заселяют! Нет, нет и нет! Пусть приезжает и живет у нас.

— Да где же? — развел руками растерявшийся Юра. — Мы и так вчетвером в двух комнатах, а ей ведь и спать нужно где-то, и заниматься.

— А в Раздорах, — откликнулся Павел Анатольевич. — Там спокойно, никто ей не помешает.

— Но как же?.. — бормотал растроганный чуть не до слез молодой дальнобойщик. — Вы же так любите этот дом, дачу свою, вы же там каждые выходные проводите...

— А и ничего страшного, если мы туда месячишко не поездим, — решительно ответила Валентина Яковлевна. — У нас там все посажено, только поливать, ну и прополоть кое-где, если надо, так это твоя подружка и сама сумеет, я думаю.

— Да я сам, я сам! — радостно твердил Юрий. — Я каждый раз как из рейса буду возвращаться, буду ездить в Раздоры и все делать. Спасибо вам, ох, какое же вам спасибо!

Сестра Игоря приехала, у Юры как раз были три свободных дня между рейсами, он сам встретил девушку и отвез ее на электричке на дачу. По дороге она все время говорила, что постарается никого не стеснять и не напрягать, электричество жечь не будет, как рассветет — проснется и начнет заниматься, как стемнеет — ляжет спать, ни на копеечку им лишнего не нагорит. И воду постарается экономить, не лить зазря. Она даже тарелки одноразовые с собой везет, чтобы посуду не мыть и воду не тратить. Слышать это Юрию было умилительно, он говорил ей, чтобы не выдумывала, что пусть пользуется всем, чем надо, не обеднеют они, но она уперлась и всю дорогу твердила одно и то же. Юрий отнесся с пониманием, он и сам так привык, ведь всю жизнь до женитьбы прожил, таская воду из колонки и считая нагоревшие киловатты. Оставил гостью в доме, показал, где что находится и как включается, и распрощался, твердо намереваясь на другой день приехать и привезти ей продукты, а то ведь будет впроголодь сидеть.

А на другой день везти продукты было уже некому...

Тесть с тещей — святые души, ни на одну минуточку не заподозрили неладного. Впрочем, проводка в доме действительно была из рук вон худая, и выбивало постоянно, и искрило. Ни Павел Анатольевич, ни Валентина Яковлевна даже мысли не допускали, что пожар мог оказаться неслучайным. Юрка сам ходил к следователю, пытался даже к руководству пробиться, и в прокуратуру писал, просил все тщательно проверить: ведь не зря же так все сошлось, что Ефимова хотела купить участок, а хозяева дорожили домом и не продавали, а теперь вот дома нет и они, готовы продать... Уж больно гладко все вышло. Но Юрия Шокина никто и слушать не захотел. Ткнули ему в нос заключение экспертизы, а там все черным по белому прописано. И никакого поджога.

Никто не виноват.

Но он все не мог успокоиться. Он, Юрий Шокин, чувствовал себя виноватым. Ведь сам предложил Игорехе, чтобы сестренка пожила у них на даче, сам привез ее туда. Не предложил бы, отвез в общагу — и пусть там хоть что, хоть пьянки-гулянки, хоть шум-гам до утра и дым коромыслом, но девчонка осталась бы жива. А он привез ее в Раздоры. Получается, что не уберег.

Сука Ефимова получила по заслугам. Уж кому там она чего заплатила и сколько или пообещала чего — никому не ведомо, но результат налицо: заключение сделали, что пожар возник из-за неисправной проводки. Бог шельму метит. Теперь Инна Викторовна на кладбище упокоилась. И на сердце у Юрия Шокина стало полегче.

Однако к Маклыгиным приходил какой-то опер с Петровки, про Ефимову спрашивал. И Шокину стало тревожно. Никого Маклыгины не интересовали, никто никаких вопросов им не задавал вот уж сколько времени, и вдруг... Неужели в полиции решили, что смерть Ефимовой как-то связана с пожаром? Плохо, что менты начали копать в этом направлении. Ведь кто первый подозреваемый? Ясно кто. Кто мог захотеть отомстить за девочку? Опять же ясно кто. Таких только двое. И повесить на них убийство — как два пальца об асфальт, Юрка это хорошо понимает. Зачем искать какого-нибудь высокопоставленного чиновника, который мог по грязным денежным делам заказать Инну Викторовну и который будет нажимать на все кнопки, чтобы отмазаться, когда можно без всякой головной боли ухватить за шкирбон работягу-дальнобойщика, за которого никто не вступится и копейки не заплатит?

Надо перестать приезжать сюда. С того момента, как погибла сестренка Игоря, Юра частенько наведывался в Раздоры. Приедет ночью, встанет на том месте, где было пепелище, и стоит, думает, вспоминает. Представляет, как несчастная девчонка от дыма задохнулась. Хорошо еще, что хоть не заживо сгорела, боли не чувствовала. Потом, спустя время, Маклыгины участок продали, и новая владелица тут же возвела забор, теперь уж так просто к месту, где стоял дом, не подойдешь. Но Юрке Шокину эти заборы — наплевать и растереть, с его-то ростом и мускулатурой, три шага на разбег — и две секунды на перелет. Он все равно приезжал по ночам, стоял и мучительно переживал чувство вины за смерть девушки.

Больше приезжать нельзя. Если менты и вправду решили, что Ефимову убили из-за пожара, то стоит кому-нибудь заметить здесь зятя Маклыгиных — потом не отмоешься. И не докажешь ничего.

Конец первого тома

АНГЕЛЫ
НА ЛЬДУ НЕ ВЫЖИВАЮТ

ТОМ ВТОРОЙ
(Отрывок)

Антону с трудом удавалось заставить себя сосредоточиться на дорожной ситуации. Он чувствовал, что очень устал. Просто смертельно. И непонятно, от чего больше — от работы или от никак не решаемой, какой-то тупиковой личной ситуации. Он уже позвонил Эле и пообещал ей, что через час она сможет уйти домой. В принципе, время позволяло сделать еще что-нибудь полезное по работе, еще нет десяти вечера, но сил совсем не осталось. День сложился суетно, а начался вообще черт знает как...

С утра Сташиса вместе с Зарубиным вызвал начальник отдела и почти слово в слово повторил то, что накануне говорил руководитель следственно-оперативной группы, только в более резких выражениях. Общий пафос его речи сводился к тому, что нечего изображать видимость активности, разрабатывая тухлую версию, лучше делом заниматься, вон убийство тренера висит нераскрытое, а по нему, между прочим, не с ФСБ спрашивают, как по Ефимовой, а с МВД, то есть с них.

— И почему это у тебя реально один Дзюба работает, я тебя старшим назначил, а ты дурака валяешь! — выговаривал он Антону. — И ты, Сергей Кузьмич, куда смотришь?

Сергей Кузьмич во время этой тирады смотрел в потолок. Но когда они вернулись в свой кабинет, который делили на троих — Зарубин, Сташис и Дзюба, — высказал Антону все, что думал. В том числе и насчет того, что молодого и не особо опытного Ромчика оставили один на один с делом об убийстве. Опер с территории, Федор Ульянцев, особо не убивается, поскольку земля — она и есть земля, на ней каждый час что-то происходит, и нет у него времени.

Антон понимал, что Зарубин прав. Сташис действительно подключился к делу Болтенкова только накануне, подробно выспросив у Дзюбы все, что тому удалось выяснить, и съездив вместе с ним к спортивной журналистке Тамиле Аласания. После встречи с журналисткой они поделили направления. Ромка отправился разрабатывать линию обвиненного в педофилии покойного Аникеева, а Антон занялся поиском информации об упомянутом Тамилой молодом спортсмене, занимавшемся танцами.

Каждая беседа с потенциальным свидетелем приносила урожай в виде все новых и новых имен: спортсменов, тренеров, функционеров Москомспорта, Федерации фигурного катания РФ и Министерства спорта, журналистов, администрации спорткомплексов... Свидетельская база разрасталась не по дням, а буквально по минутам. А ведь помимо мотива для убийства оставался неразрешенным вопрос об оружии, из которого застрелили

Болтенкова и которое так и не было найдено. Если убийца Ламзин, то где он его взял и, самое главное, куда дел? На сегодняшний день Ульянцеву, как утверждал Дзюба, не удалось получить ни одного свидетеля, который рассказал бы, что Ламзин действительно собирался купить пистолет и искал возможности это осуществить. И ни в одной оружейной мастерской, даже обладавшей самой дурной репутацией, Ламзина по фотографии не опознали как человека, который там появлялся хотя бы единожды. Не у себя же на кухне он собственноручно переделывал ствол травматика под стрельбу боевыми патронами! Бедный Ромка в самом деле разрывался на части, хорошо еще, что часть работы со свидетелями взяла на себя Каменская, которую адвокат привлек в качестве частного детектива.

За день Антону удалось опросить несколько человек, и к вечеру сложилась очередная история о Болтенкове, которая могла бы показаться чрезвычайно любопытной, если бы не закончилась трагически. Много лет назад в группе у Михаила Валентиновича Болтенкова тренировался мальчик по имени Евгений Зеленов. Хороший был мальчик, старательный, обладавший изумительным скольжением, в «школе», то есть в обязательных фигурах, ему не было равных. Он был одним из немногих, если не единственным, кто мог повторить фигуры Панина-Коломенкина. А это говорило о многом. Но увы... У него не было прыжка. Пластичный, артистичный, выразительный спортсмен, но если до 13—14 лет он был технически вполне оснащен, то потом к 16 годам вдруг за короткий период сильно вытянулся в росте, мышцы стали длинными, и выполнять тройные прыжки он больше не мог. Не получалось ничего. Прыжок он потерял. И когда Евгению исполнилось 17 лет и стало понятно окончательно, что карьера одиночника у него никогда не сложится, тренер Болтенков посоветовал ему перейти в другую группу и заняться танцами на льду.

Зеленов очень любил фигурное катание и совету тренера последовал. Его поставили в пару, дали очень хорошую партнершу, ребята быстро прогрессировали и, что называется, выстрелили, с самого начала занимая достаточно высокие для новой, нескатанной танцевальной пары места на соревнованиях, как на внутрироссийских, так и на международных юниорских. Они сменили тренера, и вроде бы все шло к успеху. А потом что-то пошло наперекосяк, не сложилось, не получилось...

История была печальной, но неудачная попытка сделать карьеру в танцах на льду при помощи нового тренера не была в ней главным. Главным было то, что, к сожалению, суицидальная попытка Жени Зеленова закончилась смертью юноши. Несмотря на то, что врачи сделали все возможное, чтобы его спасти. У него не выдержало сердце. И вот в этом оказался виновным не кто иной, как Михаил Валентинович Болтенков.

Чтобы это выяснить, Сташису пришлось разыскать и разговорить еще трех человек. Но в конце концов он получил более или менее цельную картинку.

В те времена, когда Зеленов тренировался у Болтенкова, Женя не восстановился после тяжелой ангины, однако тренер, Михаил Валентинович, заставил его поехать на соревнования. Так, как выяснилось, делают довольно часто, чтобы спортсмена, находящегося далеко не в лучшей форме, «подложить» под кого-то: либо другому спортсмену надо было мастера спорта получать, а для этого необходимо обыграть на соревнованиях двух уже действующих мастеров спорта, либо очки набирать. Изначально было понятно, что не оправившийся после ангины и пропустивший почти месяц тренировок пятнадцатилетний Евгений Зеленов выступит плохо, но зато тот, в ком заинтересованы, займет более высокое место и, соответственно, поднимется в рейтинге. Женя ехать на соревнования не хотел, говорил, что не в форме, что выступит плохо, что не готов... Но Михаил Валентинович настоял, велел не придуриваться и пригрозил, что если будет выкобениваться — не поедет на международные соревнования. Или еще чем-то припугнул. Мальчик поехал и выступил, действительно выступил плохо, пропустив вперед себя откровенно слабого спортсмена, то есть свою функцию выполнил. И свалился с осложнением на сердце. Потом, конечно, выздоровел, начал снова тренироваться, но проблемы с сердцем остались, оно после того случая заметно ослабело. В принципе, после попытки покончить с собой мог бы выжить, если бы сердце не подвело.

Вот и еще кандидаты на роль убийцы Болтенкова появились. Наверняка у Жени Зеленова остались родители, друзья, может быть — братья и сестры. Правда, непонятно, почему нужно было ждать столько лет, ведь история эта началась, когда Жене было 15 лет, закончилась через 4 года, и миновало с тех пор больше десятка лет. Хотя... если речь идет о, например, младшем брате, то вполне может быть... Мальчик вырос. Или девочка, сестра.

Надо в первую очередь искать родителей Жени Зеленова и разговаривать с ними. Посмотреть, что за семья, узнать, были ли у Жени друзья, готовые мстить. Ведь друзей тоже нельзя сбрасывать со счетов: когда все случилось, они еще были в спорте, занимались собственной карьерой, а если не в спорте, то учились в институтах, получали образование, профессию. И вот прошли годы, бывшие мальчики оперились, превратились в сильных молодых мужчин, почему бы не поквитаться за смерть друга?

Да, все это хорошо. Только сил у Антона Сташиса нет совершенно. И домой надо ехать, няню отпустить. И к родителям Зеленова. Хотя... Кое-какие справки он уже успел навести по телефону и знал, что отец Жени умер несколько месяцев назад, а мать допоздна будет занята на работе. Даже если поехать сейчас к ней, а не домой, к детям, то дверь Антону никто не откроет.

Но есть человек, которого можно попросить помочь. И ничего страшного, если он немного слукавит. Лукавство — это не ложь, а всего лишь вторая сторона правды.

Он достал телефон и быстро нашел номер Каменской.

— Анастасия Павловна, поможете? Замотался совсем, а у меня есть наводка на свидетеля, который может быть полезен в оправдании Ламзина. Только ехать нужно поздно вечером. А у меня дети, вы же в курсе.

Как он и надеялся, Каменская сразу согласилась поехать к матери Жени Зеленова, народной артистке России Алле Владимировне Томашкевич.

— А я уж подумала было, что вы меня избегаете, — усмехнулась Каменская. — Я ведь позвонила вам после встречи с Романом и ясно дала понять, что открыта для любого сотрудничества и мешать вам ни в коем случае не буду. А вы все не звоните и не звоните. Я решила, что вы меня игнорируете. Нет?

— Да вы что! — Антон даже задохнулся от негодования. Справедливости ради надо заметить, что негодование было наигранным и ничего подобного он на самом деле не испытывал.

Но его следующие слова были совершенно искренними:

— Я счастлив снова работать с вами! Просто, если честно, я только сегодня плотно подключился к делу Ламзина–Болтенкова, а до этого другим убийством занимался.

— Прощаю, — засмеялась Каменская. — Так вы говорите, Томашкевич сейчас на съемке? Где, не знаете? В павильоне или на натуре?

— Не знаю, — признался Антон. — А как это можно узнать? Мне только сказали, что до конца месяца она каждый день, кроме воскресенья, занята с семнадцати часов до позднего вечера, снимается в каком-то бесконечном сериале.

— Я узнаю, — пообещала Каменская. — И сегодня же попробую ее выловить. В крайнем случае — завтра с самого утра.

Антон с облегчением вздохнул. На сегодня все. А завтра с утра он отправится в Федерацию фигурного катания и поговорит с тем чиновником, который так трогательно опекал тренера Болтенкова, всячески помогал ему и расправлялся с его недоброжелателями.

***

К Игорю Эдуардовичу Шнитову, члену исполкома Федерации фигурного катания, Антон Сташис поехал без предварительной договоренности. Имя Шнитова Каменская назвала Дзюбе, и Ромка уже съездил к нему, но, конечно, никакого результата не добился: молод еще разговаривать с чиновниками такого уровня. Или такого характера. Нужно предпринять вторую попытку, тем более что помимо характеристики Ламзина можно получить у Шнитова и детали истории о том, как Болтенков выживал Аникеева.

Конечно, Антон ехал не на авось, выяснил предварительно по своим каналам, в котором часу Игоря Эдуардовича можно застать, но все равно пришлось потратить некоторое время на то, чтобы отловить чиновника. Никакой радости от визита оперативника Игорь Эдуардович, полный и слегка даже обрюзгший мужчина лет сорока пяти, разумеется, не выказал. О Валерии Петровиче Ламзине отозвался негативно и даже выражений особо не выбирал.

— Да он сволочь та еще и вполне мог убить, он еще с юности склонен к насилию и очень агрессивен, — заявил Шнитов безапелляционно.

Антон сделал вид, что впервые слышит об этом, хотя Ромка ему все подробно пересказал, и не только то, что слышал своими ушами, но и то, чем поделилась с ним Каменская.

— Агрессивен? А в чем это выражается?

— Ну как же! Болтенкову челюсть сломал, это вам что, не насилие?

— Но это было много лет назад, и всего один раз, они оба были, в сущности, мальчишками, детьми, — возразил Антон.

Голос Шнитова стал назидательным, и лицо приобрело соответствующее выражение.

— Знаете, у спортсменов детство заканчивается в пять лет. А в пятнадцать это уже взрослые самостоятельные люди и, кстати, весьма и весьма физически сильные, многие уже деньги зарабатывают и родителям помогают в этом возрасте, а вы говорите — дети! — Он начал злиться и теперь уже заговорил с нескрываемым раздражением: — Я вообще не понимаю, зачем вы ко мне опять пришли! Ко мне уже приходил рыженький такой мальчик, теперь вот вы пришли, и все про Ламзина спрашивают, как будто я через два-три дня могу рассказать о нем что-то другое! Вам что, совсем заняться нечем? Ходите тут, одно и то же спрашиваете... Зря я понадеялся, что на Петровке сыщики получше, чем в округе Москвы. Такие же бездельники оказались. А может, и еще хуже. Извините, мне пора, у меня совещание.

Понадеялся он... Значит, именно Шнитов поднял волну вокруг убийства Болтенкова и звонил в Министерство внутренних дел с требованием подключить к расследованию самых лучших сотрудников.

Ну, совещание — так совещание. Коридор тоже хорошее место для продолжения разговора. Антон вышел из кабинета вместе со Шнитовым, продолжая задавать вопросы, на которые Игорю Эдуардовичу все-таки пришлось отвечать. Впрочем, о Ламзине он рассказывал весьма охотно:

— Вы бы слышали, как он орет на всех, в том числе и на спортсменов, обзывает их! Лошади, коровы, кабаны, хряки, кнуры — это еще самое мягкое из его богатого лексикона. Короче, в выражениях не стесняется.

Зато когда Антон спросил об Аникееве, Шнитов раздраженно ответил:

— При чем тут Болтенков и Ламзин? Это не имеет к ним никакого отношения.

Понятно. Стало быть, Шнитов ничего рассказывать не собирается.

Все, кто попадался им на пути, здоровались с чиновником, заискивающе заглядывали в глаза, подобострастно улыбались. Все до единого. Кроме одной женщины в строгом деловом костюме, которая шла им навстречу с папкой в руках. Она смотрела мимо Шнитова, Шнитов же демонстративно отвернулся.

Распрощавшись с Игорем Эдуардовичем, Антон внизу, в вестибюле, внимательно оглядел стенд с фотографиями. Вот и она, та самая женщина в деловом костюме. Только на снимке она была в спортивной форме, стояла на пьедестале, на груди широкая лента с золотой медалью. Фотография примерно двадцатилетней давности, а то и больше. Сейчас этой женщине под пятьдесят. Людмила Волынец.

Все трепещут перед могущественным функционером. Все, кроме Людмилы Волынец. Вот и славно, трам-пам-пам!

Продолжение следует

Содержание

Литературно-художественное издание

А. МАРИНИНА. БОЛЬШЕ ЧЕМ ДЕТЕКТИВ

Маринина Александра

АНГЕЛЫ НА ЛЬДУ НЕ ВЫЖИВАЮТ
Том 1

Ответственный редактор *Е. Соловьев*
Редактор *А. Маковцев*
Художественный редактор *А. Сауков*
Технический редактор *О. Лёвкин*
Компьютерная верстка *М. Белов*
Корректор *Г. Москаленко*

ООО «Издательство «Эксмо»
123308, Москва, ул. Зорге, д. 1. Тел. 8 (495) 411-68-86, 8 (495) 956-39-21.
Home page: **www.eksmo.ru**   E-mail: **info@eksmo.ru**

Өндіруші: «ЭКСМО» АКБ Баспасы, 123308, Мәскеу, Ресей, Зорге көшесі, 1 үй.
Тел. 8 (495) 411-68-86, 8 (495) 956-39-21
Home page: www.eksmo.ru   E-mail: info@eksmo.ru.
Тауар белгісі: «Эксмо»
Қазақстан Республикасында дистрибьютор және өнім бойынша
арыз-талаптарды қабылдаушының
өкілі «РДЦ-Алматы» ЖШС, Алматы қ., Домбровский көш., 3«а», литер Б, офис 1.
Тел.: 8 (727) 2 51 59 89,90,91,92, факс: 8 (727) 251 58 12 вн. 107; E-mail: RDC-Almaty@eksmo.kz
Өнімнің жарамдылық мерзімі шектелмеген.
Сертификация туралы ақпарат сайтта: www.eksmo.ru/certification

Сведения о подтверждении соответствия издания согласно
законодательству РФ о техническом регулировании можно
получить по адресу: http://eksmo.ru/certification/

Өндірген мемлекет: Ресей
Сертификация қарастырылмаған

Подписано в печать 17.06.2014. Формат 84х108 $^1/_{32}$.
Гарнитура «Гарамонд». Печать офсетная. Усл. печ. л. 18,48.
Тираж 110000 экз. Заказ 6256.

Отпечатано в ОАО «Можайский полиграфический комбинат».
143200, г. Можайск, ул. Мира, 93.
www.oaompk.ru, www.оаомпк.рф тел.: (495) 745-84-28, (49638) 20-685

ISBN 978-5-699-73874-8

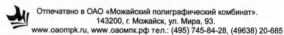

16+